KB009183

신마협도

권용찬 신무협 장편 소설
ORIENTAL FANTASY STORY & ADVENTURE

dream
books
드림북스

신마협도 *10*
견리사의(見利思義)

초판 1쇄 인쇄 / 2010년 10월 30일
초판 1쇄 발행 / 2010년 11월 10일

지은이 / 권용찬

발행인 / 오영배
편집장 / 허경란
편집 / 신동철
본문 디자인 / 신경선
펴낸 곳 / (주)삼양출판사 · 드림북스

주소 / 서울특별시 강북구 송천동 322-10호
대표 전화 / 02-980-2112 팩스 / 02-983-0660
편집부 전화 / 02-980-2116 팩스 / 02-983-8201
블로그 / blog.naver.com/dreambookss

등록번호 / 제9-00046호
등록일자 / 1999년 3월 11일

ⓒ 권용찬, 2010

값 8,000원

(주)삼양출판사 · 드림북스의 서면 허락 없이는 어떠한
형태나 수단으로도 이 책의 내용을 이용하지 못합니다.

ISBN 978-89-542-3974-5   04810
ISBN 978-89-542-3561-7   (세트)

* 지은이와 협의하에 인지는 생략합니다.
* 잘못된 책은 구입한 곳에서 바꾸어 드립니다.

신마협도

10 견리사의(見利思義)

권용찬 신무협 장편소설

ORIENTAL FANTASY STORY & ADVENTURE

신마천로 **10**

견리사의(見利思義)
눈앞에 이익을 보거든 먼저 그것을 취함이
의리에 합당한 지를 생각하라는 뜻.

목차

第四十章

　묵담향 등이 탄 마차는 거룡성의 영향이 강하게 미치는 북쪽 지역으로 들어가지 않기 위해서 곧장 안휘로 향하지 않고 하남의 동쪽 경계 지역을 따라 남하한 뒤, 안휘 서쪽 끝에 있는 금채 쪽으로 이동했다.

　그리고 이후 남쪽 길을 따라 곽산, 악서를 지나 잠산의 서쪽 마을에 이르러 그곳에서 대기하고 있던 의리파 백당원과 접촉을 했다.

　여정을 떠나기 전, 이 마을에서 접선을 하기로 강학청과 약속을 해두었던 것이다.

　그들이 마을로 들어서서 객잔에 머무른 지 이틀도 되지

않아, 그들의 도착을 알린 백당원과 함께 육중포가 두 조카를 데리고 마을에 나타났다.

당원을 따라 객잔에 들어선 세 사람은 묵담향 등이 묵고 있는 방으로 가서 문을 두드렸다.

끼익.

염서성의 얼굴이 살짝 열린 틈에서 나타나고, 그는 살짝 고개를 끄덕여 인사를 건넨 뒤 좌우를 살피고서 그들이 들어올 수 있도록 방문을 완전히 열어주었다.

안으로 들어선 육중포는 자신을 향해 미소 짓는 묵담향에게 가볍게 포권을 취했다.

"묵 소저, 여기까지 오느라 고생이 많았소."

"오랜만에 뵙네요, 육 동주님."

묵담향은 육청우와 육청모 형제에게도 인사를 건넸다.

"여러분들이 이렇게 빨리 오실 줄은 몰랐어요."

"마침 근방에 있었소이다."

육중포는 묵담향의 뒤쪽에 서 있는 서문유강을 호기심어린 시선으로 쳐다봤다.

그는 서문유강이 누구인지 알고 있었다. 그를 처음 본 사람들이 어린아이로 알고 혹 결례를 저지를까 싶어서, 묵담향이 백당원에게 미리 언질을 주어 전하도록 했던 것이다.

서문유강은 묵담향의 옆으로 서며 포권을 취하고 자신의 이름을 밝혔다. 육중포 역시 자신의 이름을 말하고, 조카들도 소개했다.

통성명에 이어 간단히 환영의 말을 건넨 육충포는 묵담향에게 물었다.

"그런데 반 소협은 왜 보이질 않소?"

"곽산에서 헤어졌어요."

반악은 이틀 전 곽산 근방에서 염서성만 남겨두고 견일 등과 함께 마차에서 내렸다.

"임무를 마치고 귀환하는 길이었는데, 난데없이 또 어딜 갔다는 말이오?"

"자세한 설명은 하지 않고, 늦어도 스무 날 안에 돌아온다는 말만 남기고 떠났어요."

그래도 기한이라도 말해주고 간 것은 염서성이 끝까지 따라가겠다고(몸에 심어진 제약이 신경 쓰여서) 고집을 부렸기 때문이었다.

육충포는 반악이 함께 있지 않다는 것에 실망한 표정이었다.

묵담향은 의아해하며 물었다.

"무슨 일이 있나요?"

"지금 상황이 그리 좋지가 않소."

함산 분타에 이어 구화산 분타까지 괴멸시키며 기세를 올린 반룡복고당의 무리는 금방이라도 장강 이남 지역을 평정할 수 있으리라 기대했었다.

하지만 남궁세가를 멸문시킨 시점부터 거룡성에 충성을

맹세하고, 거룡성이 팔공산으로 이전한 이후엔 구화산의 분타와 함께 장강이남의 지배권을 공유하고 있던 것과 다름없던 중소문파들이 반룡복고당의 협력 요청을 거부하고 적대적인 분위기를 조성하기 시작하면서 들떴던 분위기는 한순간에 가라앉아버렸다.

게다가 이와 때를 맞춰 거룡성이 합비에 이르는 각 지역에 다수의 무력대를 파견하고 활동반경을 남쪽으로 급격히 넓힌 것에 더불어, 영향력이 미치는 각 지역의 문파들에게 그 지역에서 활동하는 하오문을 모두 없애버리라는 명령을 내려 의리파의 밑바닥 진출을 사전에 모두 차단시킨 상태였다.

반룡복고당은 상하로 압박을 받으며 진퇴양난에 빠져버린 것이다.

"강 문주는 강북의 문제보다는 강남을 먼저 해결해야 한다고 말했소."

묵담향은 그 말을 듣고 왜 반악의 부재를 아쉬워하고 있는지 바로 알아챘다.

거룡성이 패권을 차지하자 실리를 따라 그들에게 머리를 숙인 문파들이지만, 그래도 아직까지는 남궁세가에 대한 기억이 남아 있을 게 분명했다.

특히 남궁세가의 후인이고 엄청난 실력까지 갖춘 반악이라면 더더욱 강렬한 인상을 줄 것이고, 그 덕분에 소모적인 무력 충돌 없이 문파들을 설득할 수도 있다는 게 강학청의 생각인 것이다.

원래는 곧바로 무력 대응을 하려고 했던 하총평 당주는 강학
청이 강하게 주장한데다 그 생각에도 나름 일리가 있다 여겨,
반악이 돌아올 때까지 대응을 미뤄두기로 한 상태였다.

"그래서 남궁세가의 전인인 반 소협이 있어야 한다는 말
이군요."

"난 잘 모르겠지만, 강 문주는 그리 말하더이다."

묵담향은 난감했다.

상황을 보아하니 여유롭게 반악이 돌아오길 기다릴 상황
이 아닌 것이다. 하총평이 하염없이 기다리지도 않을 것이
고, 적들도 마냥 시간만 끌고 있을 가능성은 없었으니까.

그렇다고 어디로 갔는지도 모를 사람을 무작정 찾아다닐
수도 없는 일이 아닌가.

'게다가 그가 돌아온다고 문제가 해결될 거라 확신할 수
도 없는 일이잖아.'

강학청의 기대감은 반악에 대한 맹신에서 비롯되었다.

물론 지금까지 반악이 보여준 능력과 활약을 감안하면 기
대감을 가지는 게 잘못이라 할 수는 없었다.

하지만 가능성이 높다하여 한 가지 방책에만 의존하는 건
책사에게 있어 지양해야 할 일.

'일단 반 소협이 돌아오기 전까지 문제가 생기지 않도록
시간을 끌 방법을 강구하고, 반 소협이 아니라도 반룡복고

당이 강남에서 안정적인 지위를 차지할 수 있을 만한 방안을 찾아야 해.'

이번만의 문제가 아니었다.

앞으로 반룡복고당이 거룡성과 당당히 맞서려면 어느 한 사람의 힘에 의존하는 일은 없어야 하기 때문이었다.

묵담향은 지체할 시간이 없기에 육중포를 재촉했다.

"육 동주님, 서둘러 강 문주님을 만나야겠어요."

"강 문주는 구화산에 가 있소. 난 의리파의 일 때문에 같이 갈 수 없으나, 청우가 묵 소저를 안내할 것이오. 지금 바로 출발하도록 합시다."

무리는 곧바로 객잔을 나서 마을을 떠났다.

*   *   *

안휘 동쪽의 이름도 없는 산골 마을.

견일 등은 이틀째 그 마을 뒤편에 솟아 있는 산자락 아래에서 각자 자리를 잡고 새로 배운 초식을 연마하며 반악을 기다리고 있었다.

"야, 먹고 하자."

커다란 나무를 상대로 땀이 뻘뻘 나도록 연편을 휘두르던 견삼은 견일의 외침이 들리는 곳으로 갔다.

그곳에선 견이가 껍질을 벗기고 내장을 긁어낸 토끼 두

마리를 불에 굽고 있었다.

"웬 토끼야?"

견이가 흐뭇해하는 얼굴로 대답했다.

"내가 잡았지."

"그깟 토끼 두 마리 잡은 거 가지고 뭘 그리 좋아하냐?"

그 옆에 쭈그려 앉아 있는 견일이 마음에 들지 않는다는 얼굴로 대신 대답했다.

"새로 배운 초식으로 잡았단다."

"진짜? 어떻게?"

견이의 옆으로 바짝 다가가 앉은 견삼은 도저히 믿을 수 없다는 듯, 절대 믿고 싶지 않다는 듯 빤히 쳐다보며 물었다.

"뭐, 그냥 열심히 하는 거지."

"……."

견이의 대답에 견삼은 기분 나쁜 표정을 지었다.

'누군 열심히 안 해서 진도가 안 나가는 줄 아나.'

견일의 표정이 좋지 않은 건 이미 그도 저런 대답을 들었기 때문이리라.

'얄미운 녀석.'

견이가 무공 실력에 있어서, 그리고 재능에 있어서 셋 중 가장 우위에 있다는 걸 부정하진 않았다.

하지만 똑같은 시기에 배웠는데 확연하게 뒤처진다는 건 이유여하를 떠나 짜증나고 성질나는 일이었다.

'요즘 내 장기를 살릴 일이 없어 주인님께 별다른 주목도 받지 못하고 있는데…….'

견삼은 속이 상했다.

반악이 엄청나게 유명해졌을 때 자신들도 더불어 명성을 얻게 될 것이 분명하지만, 이런 식이라면 상대적으로 견일과 견이에 비해 무게감이 떨어질 것이 아니겠는가.

하지만 그러한 속내는 견일도 마찬가지였다. 일단 첫째로 불리고 지시를 전달받아 앞장서는 역할을 하고 있지만, 견이가 초식도 더 빨리, 더 많이 전수받아 무공 방면에서 크게 성장하면 자신은 이름뿐인 첫째가 될 것이고, 그건 결코 기분 좋은 일이 될 수 없기 때문이었다.

'더 열심히 수련해야 한다.'

마음이 급해진 두 사람은 벌떡 일어났다.

나뭇가지에 꿴 토끼 고기를 이리저리 돌리고 있던 견이는 어리둥절한 듯 쳐다봤다.

"왜 그래?"

"해야 할 게 있다."

"깜빡한 게 있어."

실력에서 뒤지지 않기 위해 쉬지 않고 무공을 수련해야 한다고 말하면 자존심이 상하기 때문에 솔직하게 말하지 않은 것이다.

"뭔 일인지는 모르지만, 일단 먹고 해."

"배 안고파."

"너나 많이 먹어."

두 사람이 퉁명스럽게 말하고 사라져버리자 견이는 피식 웃었다.

사실 그는 두 사람의 속내를 짐작하고 있었다.

"덕분에 배 터지게 먹을 수 있겠군."

견이는 기분이 좋았다.

토끼 고기를 독차지할 수 있다는 점 때문만은 아니었다.

완벽하진 않았지만 새로 배운 초식을 나름 그럴듯하게 펼쳤고, 그의 성취에 견일과 견삼이 자극을 받았다는 것에 기분이 좋은 것이다.

견이 역시도 다른 두 사람 못지않게 반악을 통해서 높은 명성을 얻게 되길 바라고 있었다.

또한 반드시 얻게 되리라 믿어 의심치 않았다.

하지만 이젠 단순히 그런 욕심에만 집중하고 있는 게 아니었다.

'녀석들이 있으니까 심심하지 않잖아.'

그는 지금의 삶을 즐기고 있었다. 반악을 통해 이전에는 꿈도 꿀 수 없었던 목표를 가지게 된 것이 좋았고, 또 그 꿈을 혼자가 아니라 같이 지향하는 동료들이 있다는 게 좋았다.

과거 천문당원 시절에는 그런 게 없었다. 교육과 훈련을 받은 대로 혼자서 실력을 키우고, 공을 세우고, 인정을 받으면 되는 것이었다. 그러나 결국 그 모든 걸 성취하면서 생겨난 만족감을 누군가와 나누는 기분은 전혀 모르고 있었다.

당시에는 그런 감정 자체가 필요 없었고, 필요한지도 몰랐다. 천문당에 적지 않은 당원들이 있었고, 함께 임무를 맡은 적도 꽤 있었지만, 단 한 번도 그들을 동료라고 생각해본 적이 없었으니 더 무슨 말이 필요할까.

그래서 반악에게 반강제로 굴복당해 활동하던 초반에도 천문당원 시절의 마음가짐과 크게 다르지 않았었다. 어쩔 수 없이 같이 행동해야 했던 견일과 견삼을 최대한 이용해먹으면서 자신의 존재를 가장 크게 부각시켜 반악에게 인정을 받자, 라는 생각뿐이었던 것이다.

하지만 시간이 흐르고, 여러 곳을 돌아다니고, 많은 사건과 상황을 겪어가면서 달라졌다.

같이 힘을 합해 싸우고, 부족한 부분을 채워주고 채움 받고, 때론 경쟁하면서도 곧 언제 그랬냐는 듯 서로에게 기대어 먹고 마시며 웃고 떠들 수 있다는 게 얼마나 소중하고 행복한 것인지를 이젠 알아버린 것이다.

그래서 조금 전처럼 기회가 될 때마다 고의로 견일과 견삼을 자극해왔다.

그들이 더욱 노력해 실력을 키울수록 자신과 함께 오랫동안 살아남아 반악을 보좌하고, 같이 명성을 얻어 이전에는 몰랐던 여러 즐거움을 만끽할 가능성이 높아질 테니까.

'너무 감상적인가.'

견이는 묘해지는 기분에 피식 웃었다.

"뭐가 좋아서 웃고 있냐?"

갑자기 들려오는 음성에도 견이는 놀라지 않고 오른쪽을 쳐다봤다.

귀에 익숙한 반악의 목소리였기 때문이었다.

하지만 모습을 드러낸 반악을 보고는 깜짝 놀라 일어났다. 지친 얼굴에 옷 이곳저곳이 찢어졌고, 상처까지 입은 상태였던 것이다.

게다가 갈 때는 보이지 않던 큼직한 가죽 주머니를 등에 짊어지고 있었다.

"어떻게 된 겁니까? 적이 나타난 겁니까?"

"그런 거 아니니까 수선 피울 거 없어."

반악이 부정하긴 했지만, 견이는 긴장을 떨칠 수 없었다.

'응? 뭐지?'

견이는 내심 고개를 갸웃거렸다.

그의 옆에 털썩 주저앉는 반악에게서 이상할 정도로 차가운 기운이 느껴졌기 때문이었다.

마치 얼음 동굴에라도 들어갔다 나온 것처럼.

"괜찮으십니까?"

"조금 쉬면 괜찮아질 거다."

견이는 궁금하기 그지없었다.

반악이 이 정도 상처를 입은 건 지난번 천부교와 얽힌 사건이 유일했고, 스스로 지쳤다는 걸 인정하는 말을 한 건 그를 알게 된 이후 처음이나 마찬가지였다.

　'주인님을 이 정도로 몰아붙일 정도의 고수가 이 산에 은거하고 있다는 말인가?'

　반악이 이 궁촌에 온 것도 그 정도로 대단한 은거고수 혹은 은거고수들과 싸우기 위함이었을까?

　"그거 다 익었으면 줘봐."

　반악이 토끼 고기를 가리키자 견이는 얼른 다리 하나를 뜯어 내밀었다.

　"……"

　한입 깨물고 천천히 꼼꼼하게 씹어 삼킨 반악은 그를 빤히 쳐다보고만 있는 견이에게 말했다.

　"넌 안 먹냐?"

　"이렇게 느긋이 있어도 되는 겁니까? 주인님께 위해를 가한 자들이 나타날 것에 대비해야 하는 거 아닙니까? 아니, 그 전에 우선 상처부터 치료하셔야겠습니다."

　반악은 대꾸하지 않고 견이를 유심히 쳐다봤다.

　별다른 설명도 없이 이곳까지 끌고 와서 기다리란 말만 남기고 홀로 산에 들어가 다쳐서 돌아왔으니, 얼마나 강한 적들이 있을까 하며 불안해하는 것도 당연했다.

　그러나 견이의 눈에는 뭔가 다른 감정도 담겨 있었다.

'이 녀석, 날 진짜로 걱정하는 건가?'

분명 염려하는 시선이었다.

희한한 일이었다. 셋 중에서 가장 투박하고, 차가우며, 독립적인 성향이 강한 인물이 견이였다. 그런 그가 자신을 이런 눈빛으로 보고 있다니.

"……."

견이는 답답했다.

반악이 아무 대답도 없이 고기만 먹고 있었기 때문이었다.

'모두 죽이고 오셔서 적들에 대해서는 걱정할 것이 없다는 건가?'

"주인님, 일단은 치료부터……."

"견일과 견삼을 불러라."

견이는 이제야 뭔가 하려나 싶어서 급히 두 사람을 부르러갔고, 얼마 있지 않아 세 사람은 반악의 앞에 앉아 명령이 떨어지길 기다렸다.

반악은 품속에서 작은 가죽 주머니를 꺼내 세 사람의 눈앞으로 내밀며 물었다.

"느껴지냐?"

가죽 주머니에서는 분명하게 느낄 수 있을 만큼의 서늘한 한기가 흘러나오고 있었기 때문에, 세 사람은 고민할 것도 없이 바로 고개를 끄덕였다.

물론, 주머니 안에 뭐가 들어있는지는 알지 못했다.

"뭐가 들어 있는 겁니까?"

반악은 주머니에서 손톱만 한 크기의 새하얀 구슬 세 개를 꺼내 보여줬다.

구슬에서 한기가 느껴졌다. 그래도 주머니에서 여전히 한기가 흘러나오는 걸 보면 안에 그런 구슬이 더 들어 있는 모양이었다.

"이게 내단이라는 거다."

"예?"

견일 등은 어리둥절한 표정을 지었다.

내단?

자신들이 잘못 들은 거라고 생각했다.

세 사람이 불신어린 표정을 짓자, 같은 말을 반복하길 좋아하지 않는 반악이 화를 내지도 않고 다시 말해주었다.

"영물의 내단이라고."

견일 등은 서로를 쳐다보았다.

그리고 조심스럽게 눈치를 살피며 되물었다.

"내단요?"

"그 이야기에나 나오는 내단요?"

"용이 되지 못한 이무기가 몸속에 품고 있다는 그거요?"

반악은 고개를 끄덕였다.

"꼭 이무기만 품고 있는 건 아니지만, 너희들이 알고 있는 그 내단이다."

정확히는 영물화된 지네의 내단이었다.

반악이 지세를 꼼꼼히 살피고 반나절 동안 열심히 수색해 찾아낸 굴속에서 발견한 엄청난 크기의 지네 한 마리와 그보다는 작지만 만만치 않게 위험한 네 마리의 지네를 죽이고 얻은 내단들이었다.

당연히 주머니 안에는 크고 작은 내단이 두 개 더 있었다.

견일 등은 너무 놀라고 신기해서 입을 다물지 못했다. 반악이 허튼소리를 하지 않는 사람이란 걸 경험으로 잘 알기 때문에, 그리고 바로 눈앞에 한기를 내뿜고 있는 실물이 놓여 있으니 믿지 않을 도리가 없었던 것이다.

"이 산은 음기가 매우 강해서 마을 사람들에게까지 영향을 줄 정도였다. 그리고 그 기운의 근원이 한기를 발산하는 영물들이었지."

"그럼, 주인님이 다치신 것도……?"

"맞다. 한 마리라고 생각했는데, 네 마리나 더 있어서 꽤 고생을 했어. 아마도 새끼들이었을 거다."

"그런데 이걸 저희들에게 왜 보여주시는지……?"

견일은 질문을 하면서도 짐작되는 게 있는지 기대 가득한 시선으로 쳐다봤다.

견이와 견삼도 그처럼 기대어린 표정을 짓고 있었다.

'눈치 빠른 녀석들.'

"이걸 너희들에게 먹일까 생각하고 있다."

세 사람은 입가에 미소가 지어지는 것을 억지로 참았다.

'영물의 내단을 먹게 되면!'

내단이란 것은 미천하고 보잘것없는 생물이 상식을 벗어날 정도의 크기로 자라면서, 엄청난 힘과 기력을 발하는 존재가 되는 데 있어, 그리고 수백 년의 삶을 이어가게 하는 데 있어 근원적인 역할을 하는 결정체였다.

이야기에 전해오기로, 그 효험은 무궁무진하고, 특히 무림인들에게 있어서는 소림의 성약이라고 하는 대환단 수십 알을 합친 것과도 비교할 수 없는 가치를 지녔다고 한다.

아니, 실제로 존재한다고 생각 못했고, 그 효과를 경험했다는 말도 들어본 적이 없었으니, 내단은 측정불가의 보물인 것이다.

문득 견이는 의문이 떠올랐다.

"이 천금보다 귀한 것을 어찌 저희에게 주려 하십니까?"

반악이 혼자 고생해서 얻은 것인데다 복용하면 엄청난 효험을 얻을 수 있는 것인데, 왜 나눠주려고 하는지 이해할 수가 없기 때문이었다.

하나씩 나눠먹을 정도가 돼서, 라는 말로는 설득력이 없는 것이다. 눈이 빠져라 내단만 쳐다보고 있던 견일과 견삼도 그 말을 듣고 의아해 했다.

사실 반악도 조금 전에 그러한 자문을 했었고, 몇 가지의 이유를 떠올렸다.

이미 많은 내단을 복용하여 탈태환골까지 이루었으니 더이상 내단이 크게 필요하지 않고, 생각지도 못하게 많은 내단을 손에 넣었으며, 실력이 조금 늘기는 했지만 아직까지 고수라고 하기에 부족한 세 사람의 공력을 높여서 보다 쓸모 있게 만들기 위해서라는 등의 이유들이었다.

하지만 이러한 결정을 내리게 된 가장 큰 이유는 바로 믿음이었다.

'내가 이놈들을 수족 같은 부하라고 생각하게 될 줄은 몰랐지만……'

어쩌다 보니 그렇게 되어버린 것이다.

물론 절대적인 믿음은 아니었다. 그러나 이들에게 아무 의심 없이 등 뒤를 맡길 수 있게 되었다는 것만 해도 반악에게 있어 크나큰 믿음이라 할 수 있었다.

상관미조 등에게 배반을 당한 이후 사람에 대해 믿음이란 걸 절대 품지 않으리라 생각했지만, 역시 삶이란 건 고정되어 있지 않고 변화하면서 흘러가는 모양이었다.

하지만 그러한 속내를 가감 없이 드러낼 수는 없는 일.

반악은 견이에게 반문했다.

"내단을 복용할 수 있게 해주겠다는데, 꼭 이유가 필요하냐? 그냥 주지 말까?"

"아닙니다! 이유 같은 건 하나도 필요 없습니다! 견이가 생각 없이 물었을 뿐입니다!"

"주시면 입 다물고 감사히 받는 게 당연하죠! 저희들은 주인님의 명을 따를 뿐입니다!"

견일과 견삼은 견이를 질책의 시선으로 쏘아보며 반악을 향해서는 크게 손사래를 쳤다.

견이도 내단을 받지 못할까 불안했던지, 전혀 궁금하지 않다면서 자신의 질문을 바로 뒤엎었다.

솔직히 세 사람은 내단 이야기를 듣고 난 후 반악이 짊어지고 있는 큼직한 가죽 주머니 안에 들어 있는 게 뭔지도 궁금했었지만, 괜히 성질을 건드리게 될까 싶어서 그냥 의구심을 접었다.

"그래, 앞으로도 쓸데없는 질문은 삼가해라. 그런데 문제가 있다."

"……?"

"이걸 복용하고 기운을 몸에 흡수하는 과정이 꽤 힘들 거야. 너무 고통스러워서 정신을 잃고 싶을 만큼. 하지만 비명을 지르거나 정신을 잃으면 기운이 단전에 자리 잡지 못하고 그냥 몸 밖으로 배출되어 흩어져버릴 거거든. 구하기가 하늘의 별을 따는 것만큼 힘든 내단을 그냥 날려버리게 되는 거지. 그리고 난 그것 때문에 엄청나게 열 받게 될 거고."

견일 등은 내심 반악이 이전에 내단을 복용한 적이 있었던 건가, 하는 의문이 들었다. 하지만 그의 심기를 건드려 내단을 못 받을까 싶어 곧바로 의문을 머릿속에서 지워버리며 힘차게 외쳤다.

"견딜 수 있습니다!"

"참는 거 하나는 자신 있습니다!"

"이를 악물고 죽기 살기로 버티겠습니다!"

"그리고 또 하나 문제는, 내단의 기운이 자연스럽게 기혈을 따라 돌고 단전에 자리 잡기 위해서는 내가 심어 놓은 제약을 풀어야만 한다는 건데……."

반악이 말을 끝맺지 않고 입을 꾹 다물자, 가장 먼저 눈치 챈 견이가 얼른 무릎을 꿇고 이마가 땅에 닿도록 상체를 납작 엎드렸다.

"제약이 사라져도 주인님께 충성을 다하겠습니다!"

견일과 견삼도 견이를 따라 엎드리며 똑같이 충성을 다하겠다고 소리쳤다.

"지금까지는 충성 안 했냐?"

"했습니다! 하지만 지금까지보다 더 충성하겠습니다! 신명을 다해, 목숨을 다해, 모든 것을 걸고 주인님을 섬기겠습니다!"

결코 거짓이 아니었다.

지금은 처음의 반강제적인 처지를 탈피하여 자신들을 반악의 그림자라 생각하며 따르고 있었다.

그런데 영물의 내단까지 준다고 하니, 목숨을 바쳐도 아깝지 않을 충심이 생기는 게 당연했다.

"주인님, 저희들을 믿어주십시오!"

세 사람은 다시 크게 외치며 반악을 열망어린 시선으로 쳐다봤다.

"사내놈들에게 그런 눈빛 받기 부담스럽다. 눈 깔아라."

세 사람은 얼른 시선을 내리고 초조한 마음으로 반악의 결정을 기다렸다.

반악은 일어나며 말했다.

"따라와라. 내기를 다스리고 심신을 조화롭게 가다듬을 곳을 찾아야 한다."

그리고 내단을 복용했을 때 그들의 몸에서 발산되는 기운을 상쇄시켜 줄 만큼 물이 충분한 계곡도 찾아야만 했다.

"주인님, 감사합니다!"

세 사람은 기쁜 마음으로 크게 외치며 반악의 뒤를 따라 산속으로 향했다.

*   *   *

장강을 건너 안경 등의 지역을 지나 구화산에 이른 묵담향과 일행은 거룡성의 총단이었다가 분타가 되고, 이제는 반룡복고당의 총단이 된 거대 장원을 눈앞에 두게 되었다.

장원은 화현과 함산 사이에 농촌을 형성해 숨어 있던 무리들까지 모두 옮겨 오면서 반룡복고당의 새로운 본거지로 탈바꿈되어 있었다.

"건물 몇 채가 불에 타긴 했지만, 사용하는 데는 큰 문제가 없습니다."

육청우의 설명에 묵담향은 가만히 고개를 끄덕이며 주변을 둘러보았다.

장원으로 향하는 길목 좌우로 빈집들이 가득했다.

예전 이곳은 비룡지라고 불리며 안휘에서 손에 꼽힐 만큼 번화한 마을이었으나, 거룡성이 팔공산으로 총단을 옮기면서 이름 없는 마을이 되어버렸다.

물론 이주할 여력이 없는 일부 사람들은 남아서 분타로 격하된 장원의 사람들과 방문자들을 상대로 장사를 하며 살고 있었지만, 그들마저도 반룡복고당의 공격과 함께 모두 떠난 상태였다.

'이 마을의 풍경이 지금 반룡복고당이 처한 상황을 말해주고 있다 해야겠지.'

사람들이 모두 떠나버리고 아무도 돌아오지 않는 풍경은 이곳이 절대 안전하지 않다는, 곧 거룡성에 의해 무너질 거라고 생각하는 근방 민심의 결과였다.

반룡복고당은 쓸모 있는 물건이 가득 차 있을 거라 믿었지만, 겉모양만 좋고 소리만 요란한 빈 수레를 얻은 격이라고 할까.

'반룡복고당이 거룡성의 진정한 대항마로 인정받을 때,

이 마을이 예전처럼 사람들로 가득하게 될 거야.'

그리고 그때부터 반룡복고당의 당당한 싸움이 시작될 수 있을 거라는 게 묵담향의 생각이었다.

강학청도 그리 생각하고 있을 게 분명했다.

장원 내부는 휑한 느낌만 가득했던 마을과는 완전히 달랐다. 이곳저곳에서 물건을 나르고, 건물을 보수하고, 혹은 무공을 수련하며 기합성을 지르는 어른들부터 장난을 치며 뛰어다니는 어린아이들까지, 시끌시끌한 사람들의 존재감으로 묵담향의 눈을 즐겁게 해주었다.

'다행이야.'

묵담향은 안도감을 느꼈다.

장원 밖의 건조한 풍경과 위험하고 불안한 요소가 상하로 존재하는 현재의 상황 때문에 당원들이 좌절하고 기가 죽어 있으면 어쩌나 걱정을 했었던 것이다.

그런데 남녀노소를 떠나 사람들의 얼굴과 눈동자에선 희망이 보였다.

대부분의 당원들이 동굴 속에 숨어 있어야만 했던 과거에 비해, 푸른 하늘을 머리 위에 두고 있다는 것 자체가 그들에게 긍정적인 미래를 마음에 품을 수 있도록 한 모양이었다.

"전 당주님을 먼저 뵈어야겠어요. 염 소협과 서문 공자님은 육청우 님을 따라가세요."

육청우는 당주가 머무르는 위치를 알려준 뒤 염서성과 서문유강을 데리고 오른쪽 길로 사라졌다.

묵담향은 사람들과 인사를 나누며 당주가 있는 건물에 당도했다.

그 건물은 장원에서 가장 크고 높은 건물로, 예전에는 거룡성의 성주가, 얼마 전까지는 분타의 타주가 사용하던 곳이었다.

그런데 지금은 거룡성과 적대하는 반룡복고당의 당주가 머물러 있고, 건물 주변은 당원들이 지키고 있는 걸 보고 있자니, 묵담향은 괜스레 기분이 이상해졌다.

"묵 소저!"

당원들과 반갑게 인사를 나누고 건물 안으로 들어가려고 하는데, 그녀의 뒤쪽으로 공추걸이 크게 소리치며 빠른 걸음으로 다가왔다.

그는 다짜고짜 묵담향의 손을 덥석 잡았다.

"귀환하는 걸 진작 알았다면 열 일을 제쳐두고 마중 나갔을 것인데, 안타깝게도 조금 전에야 묵 소저가 돌아왔다는 말을 전해 들었소."

"육 동주님께 상황을 전해 듣고 급히 오느라 미리 기별을 할 틈도 없었어요."

"그랬구려. 어쨌든 무사히 돌아와 다행이오. 묵 소저가 떠나고 난 뒤 걱정이 되어 하루도 마음 편한 날이 없었소."

"함산 분타에 이어 이곳을 공격하고 점거하는 데만도 정신이 없었을 텐데, 날 그리 걱정해 주었다니 고마워요. 어디 다친 곳은 없나요?"

"사형들은 조금씩 부상을 입긴 했지만, 난 하나도 없소. 사형들이 다친 상황에서 이런 말 하긴 뭐하지만, 앞으로 험난한 싸움이 많이 남아 있는데, 그 정도 싸움에서 다칠 정도의 실력으로 어찌 살아남을 수 있겠소. 누구든 높은 지위에 있다면 당연히 그에 맞는 실력을 갖춰야 하는 것이니, 이럴 때야말로 자신의 실력을 돌아보고 수련을 거듭하여……."

의도적인지는 알 수 없으나 은근슬쩍 사형들을 깔보는 언행이었고, 주변 당원들의 귀에 들어가서 좋을 것이 없었기에 묵담향은 얼른 그의 말을 끊었다.

"다친 곳이 없어서 다행이에요. 앞으로도 크게 활약하여 당원들을 잘 이끌어주세요."

"하하하, 고맙소. 그건 그렇고, 늘 옆에 있던 묵 소저가 눈에 보이지 않는데 걱정하는 게 당연하잖소. 그동안 묵 소저가 옆에 있다는 게 얼마나 소중한지 깨달았소. 내 다시는 묵소저와 떨어지지 않으리라, 매일 같이 다짐하기까지 했소."

주변에 있는 당원들이 숙덕거리며 웃는 소리가 들렸다.

묵담향의 손을 꼭 잡고 있는 공추결의 말만 들어보면 둘이 연인 사이라고 오해해도 전혀 이상할 것이 없었기 때문이었다.

묵담향은 대답할 말을 찾지 못하고 슬며시 손을 빼며 어색한 미소를 지었다.

솔직히 당혹스럽고, 부담스러웠다.

공추걸이 이전에도 은근히 관심을 드러내기는 했지만, 지금처럼 사람들 앞에서 직접적으로 표현한 적은 한 번도 없었으니까.

하지만 아무 말도 하지 않으면 어색할 것 같아서 가볍게 응수했다.

"그 마음만으로도 고마워요."

당원들의 시선이 신경 쓰인 묵담향은 공추걸이 또 다른 말을 하기 전에 얼른 안으로 들어갔다.

하지만 공추걸은 그녀를 따라와 옆에서 같이 걸으며 자신이 얼마나 걱정했는지, 돌아오길 얼마나 고대했는지에 대한 말들을 구구절절 계속해서 늘어놓았다.

묵담향은 말없이 듣고만 있었는데, 점점 커져가는 부담을 어색한 미소로 대신할 수밖에 없었다. 오죽하면 당주의 방문 앞에 당도했을 때 안도감을 느낄 정도였다.

그녀는 급히 문을 두드리며 말했다.

"당주님, 담향입니다."

곧바로 문이 열리고, 당주의 첫째 제자 소장삼이 그녀를 맞이했다.

그의 얼굴엔 몇 개의 작은 생채기가 나 있었는데, 분타 공격 중에 다친 모양이었다. 보이진 않았지만, 공추걸의 말대로라면 몸에도 부상을 입어 붕대를 감고 있을 게 분명했다.

"소장삼 님, 오랜만에 봬요."

"묵 소저, 잘 돌아오셨소."

간단히 인사를 나눈 묵담향은 공추걸과 함께 안으로 들어서며 탁자 끝에 앉아 있는 당주를 향해 허리를 숙였다.

그가 앞을 볼 수 없다는 걸 알고 있으면서도, 인사하는 몸짓이 공손하기 그지없었다.

"임무를 마치고 돌아왔습니다, 당주님."

"이리 가까이 와 앉거라."

당주의 손짓에 묵담향은 그의 옆으로 걸어가 앉았고, 당주는 그녀의 손을 잡고 부드럽게 웃었다.

"무사히 돌아와 다행이다. 앞일을 예측할 수도 없는 험한 임무를 맡겨 널 보내놓고 내내 마음이 편치 않았는데, 이제는 안심하고 잘 수가 있겠구나."

당주와 묵담향은 여느 부녀의 그것처럼 화기애애한 대화를 나누며 그동안 쌓인 정을 찬찬히 풀어놓았다.

그리고 이어서 묵담향이 각 문파들과 맹약을 약속한 문서를 꺼내놓고, 이곳까지 오며 겪은 일들에 대해서 차분하게 이야기했다.

"반 소협이 여러 가지로 무척 고생을 했어요. 그가 아니었다면 단 한 곳과도 맹약을 맺을 수 없었을 거예요."

"네 노력은 조금도 자랑하지 않으려 하니, 그 겸손함이 기특하구나."

"아니에요. 저는 오히려 방해가 되고, 거추장스런 존재나 다름없었어요."

"그런 말 말거라. 이야기를 들어보니, 네가 중간에서 이끌어주지 않았다면 반 소협은 무성의하게 일을 진행해 도리어 그들에게 원성을 사고 말았을 것이다."

묵담향이 이야기하는 내내 반악에 대한 칭찬을 아끼지 않아서 표정이 좋지 않았던 공추걸이 얼른 끼어들어 맞장구를 쳤다.

"맞습니다, 사부님. 이번 맹약 임무의 성공적인 결과는 묵 소저의 노력과 희생이 아니었다면 불가능 했을 겁니다. 또한 응당 칭찬을 받아 마땅함에도 자신의 공을 감추고자 하는 묵 소저의 겸허함에 제자는 탄복했습니다."

당주는 빙긋이 웃었다.

"아무래도 나보다 걸이가 향이를 생각하는 마음이 더 큰 것 같구나."

공추걸은 자신에게 무게를 실어주는 당주의 말에 흡족한 미소를 지었다.

하지만 묵담향은 이런 대화가 진행되는 걸 원치 않았다.

"강 문주에게도 결과를 이야기해 주어야 하니, 그만 일어나 볼게요."

"그는 여기 없소."

"……?"

묵담향은 그가 여기 있다고 알고 왔기 때문에 의아한 얼굴로 소장삼을 쳐다봤다.

"근방 무림의 동향을 직접 알아봐야겠다면서 삼 일 전에 장원을 떠났소. 그가 직접 나서는 것은 위험할 수가 있으니 다른 당원들에게 맡기라고 했지만, 전혀 듣지 않더이다."

"언제 돌아온다는 말은 없었나요?"

"기약은 하지 않고 갔소. 하지만 주변 상황이 워낙 좋지 않으니 멀리까지 가진 못했을 테고, 아마도 조만간에 돌아올 거라 생각하오."

"그렇군요."

묵담향은 고개를 끄덕이며 일어섰다.

"어쨌든, 그만 일어날게요. 담철이도 봐야 하고, 서문 공자도 챙겨야 하니까요."

"내일쯤 해서 서문 공자와 함께 날 찾아 오거라."

"그렇게 할게요."

묵담향은 곧바로 방을 나갔다.

공추걸도 그녀를 따라 나가려했지만, 당주가 그를 불러 세웠다.

"할 말이 있으니, 앉아 있거라."

"……?"

"네가 향이를 마음에 두고 있다는 걸 알고 있다. 그 아이를 많이 좋아하느냐?"

공추걸은 속내를 들켰다는 것에 놀라지도, 부끄러워하지도 않았다.

오히려 당당하게 품고 있던 생각을 밝혔다.

"사부님만 허락하신다면 그녀를 제 아내로 삼고 싶습니다."

"녀석, 그렇게까지 묵 소저를 생각하고 있었던 게냐?"

소장삼이 기특하다고, 이젠 어엿한 사내가 되었다고 하며 그의 어깨를 두드려주었다.

"너와 향이가 맺어진다면 나도 기쁜 일이지."

"감사합니다, 사부님."

"하지만 남녀의 일이란 것이 생각처럼 되는 게 아님을 알아야 할 것이다."

가문에 매인 남녀라면 어른들의 입장과 논의만으로도 당사자들의 감정과는 상관없이 혼사를 시키는 게 어렵지 않았다.

하지만 묵담향은 사정이 다르지 않은가.

양녀라고는 하지만 강제로 공추걸을 받아들이게 할 수는 없었다.

"오늘 보니 향이가 반 소협을 마음에 두고 있는 듯하더구나."

"반 소협을요? 그럴 리가 없습니다."

공추걸은 부정했지만, 표정을 보니 그도 그 점에 대해서 우려를 하고 있음이 분명해 보였다.

"이 사부는 당연히 네가 향이와 잘 되기를 바란다. 그러니 여러 방면으로 네게 힘을 실어주도록 노력해보마."

"정말이십니까?"

"이 사부가 언제 허튼소리를 한 적이 있더냐. 하지만 명심할 것은, 향이가 반 소협과 더 가까워지지 않도록 네가 잘 견제하고, 처신해야 한다는 거다."

"그 점에 대해선 걱정하지 마십시오. 이번엔 두 사람이 특별한 임무를 맡아 어쩔 수 없었지만, 앞으로는 절대 두 사람이 같이 어울리지 못하도록 할 테니까요."

"그런 마음이면 되었다. 이제 나가 보거라."

"실망시켜드리지 않겠습니다, 사부님."

사부이기 이전에 묵담향의 양부인 당주의 지지를 확인한 공추걸은 활기찬 걸음으로 방을 나갔다.

소장삼이 잠시 망설이다가 물었다.

"사부님, 묵 소저와 반 소협의 사이를 반대하시는 특별한 연유라도 있으십니까?"

"둘이 잘 어울리기도 하지만, 팔이 안으로 굽는 것이야 어쩔 수 없지 않겠느냐."

물론 그게 이유의 전부는 아니었다.

그는 지금의 상황만을 따지는 게 아니라, 훗날의 상황까지 염두에 두지 않을 수 없기 때문이었다. 지금처럼 반악이 꼭 필요하지 않은, 남궁세가의 후인이란 존재가 있다는 게 오히려 불편한 요소가 될 때를 말이다.

*　　　*　　　*

"누님!"

넓게 그늘이 드리운 커다란 나무 밑동에 걸터앉아 책을 읽다가 묵담향이 오는 걸 발견한 묵담철은 환한 얼굴로 크게 소리치며 달려왔다.

하지만 막상 그녀 앞에서 우뚝 멈춰 서더니 공손하게 허리를 숙이며 인사했다.

묵담향이 평소 예를 중시하며 행동의 정갈함을 강조했으니, 남매 사이에도 남녀가 유별하다는 선인의 가르침을 떠올리고 그에 맞게 행동한 것이다.

묵담향은 그런 묵담철이 기특하면서도 그동안 정 없이 너무 딱딱하게만 가르치려고 했구나 싶어서 후회와 안쓰러움을 느꼈다.

그녀는 환한 미소를 지으며 두 팔을 벌렸다.

"누나를 안아주지도 않을 테냐?"

묵담철은 살짝 망설이다 얼른 그녀의 품에 안겼다.

두 사람은 그렇게 서로를 꼭 안고서 혈육 간에만 느낄 수 있는 정과 따뜻함을 음미하다가, 염서성과 서문유강이 있다는 처소로 함께 걸어갔다.

"누님, 갔던 일은 잘 되셨습니까?"

"다행이도 큰 문제없이 성사되었다."

"그렇다면 축하드립니다, 누님. 그런데 반 소협은 왜 보이지 않는 겁니까?"

묵담향은 의아스러웠다.

반룡복고당 내에서 반악의 존재를 모르는 사람은 아무도 없겠지만, 묵담철의 말투는 왠지 그를 개인적으로 잘 알고 있다는 것처럼 들렸기 때문이었다.

"그는 따로 일이 있어 중간에 다른 곳으로 갔단다. 헌데, 그와 만난 적이 있었느냐?"

"예전에 제가 반 소협께 마을을 구경시켜 드린 적이 있습니다."

묵담철은 이전 마을에서 반악과 만나고 대화했던 일들을 이야기했다.

"그분은 냉소적이고 차가운 분위기를 풍겼지만, 제 느낌으로는 분명 좋은 사람이었습니다."

"네가 그리 느꼈다면 그런 것이겠지."

묵담향은 어린 동생이 반악을 마음에 들어 하고 있다는 것이 신기했다.

그녀가 아는 반악은 누군가에게 첫인상부터 좋은 느낌을 주는 사람이 아니었으니까.

"누님은 그분을 어찌 생각하십니까?"

"······?"

"그분은 외모도 반듯하고, 가볍지도 무겁지도 않은 성정에, 듣기로 무공이 고강한데다 의협심까지 높다 하니 더할수 없이 훌륭한 남자라고 생각합니다. 물론 무림인이니 만큼 학식에 있어서는 부족함이 있을지는 모르지만, 공부에는 끝이 없다고 했으니 지금 판단할 문제는 아니라고 봅니다."

"무슨 말이 하고 싶은 게냐?"

"누님의 배필로서 부족함이 없는 남자라는 말입니다."

"이 녀석이."

묵담향은 장난스럽게 동생의 이마를 살짝 쥐어박았다.

묵담철은 이마를 긁적이며 물었다.

"그분이 마음에 들지 않으십니까?"

"마음에 들고 말고도 없다. 그와 나는······."

묵담향은 순간 말문이 막혔다.

반악과 자신은 어떤 사이인걸까?

생각해보니 동료라는 것 외에는 무엇이라 규정지을 수 있을 만한 게 없었다.

아니, 동료라는 말 외에 다른 말이 꼭 필요한 걸까?

'그와 난 아무 사이도 아니야.'

갑자기 우울함이 밀려왔다.

이런 기분이 든다는 게 이해도 안 되고, 뭔가 잘못되었다는 생각이 들었지만 기분은 좀처럼 나아지질 않았다.

묵담향의 표정에서 심상치 않은 느낌을 받은 묵담철이 눈치를 보며 불렀다.

"누님?"

"아, 미안하구나. 잠시 중요한 생각을 하느라 그랬다."

물론 핑계였다.

하지만 지금의 이상한 기분과 속내를 솔직하게 말해줄 수는 없었다.

'응?'

묵담향은 어색한 마음에 고개를 돌리다가 오른쪽 담장 문 안쪽에서 생각지도 못했던 사람이 지나가는 것을 발견했다.

'진가장의 부 부인이 왜 여기에?'

분명 진가장 장주 부용설이었다.

그녀는 당주의 둘째 제자인 소장오와 함께 이야기를 나누며 걸어가고 있었는데, 방향을 볼 때 방금 그녀가 갔다 온 당주의 거처로 가고 있는 게 분명했다.

"왜 그러십니까?"

"아니다. 어서 가자꾸나."

묵담향은 이젠 아무도 보이지 않는 담장 문 쪽을 한 번 더 돌아보고는 묵담철을 재촉해 빠르게 걸어갔다.

第四十一章

계곡 전체에 뿌연 안개가 가득히 들어차 있었다.

아무리 습도가 높은 계곡이라고 해도 해가 중천에 떠 있는 대낮에 안개가 이처럼 가득하다는 건 이상한 일이었다.

그러나 안개가 아니었다.

사실은 견일 등이 내단을 복용하고 발산한 열기가 계곡물을 증발시키며 만들어낸 수증기였다.

"끝났다."

수증기 사이로 반악의 음성이 흘러나오자마자 기다렸다는 듯이 견일 등이 젖은 짚단처럼 무너졌다.

그들은 쓰러진 채로 격한 숨을 헐떡거렸다.

육체적으로 지쳤다거나 기력이 완전히 빠졌다거나 한 것은 아니었다. 오히려 몸에 힘이 넘쳐나고 있었다.

하지만 내단을 흡수하는 과정 중에 생겨난 끔찍한 고통이 그들의 정신을 헤집어버렸고, 더불어 육체가 공황상태에 빠져버린 것이라고 할 수 있었다.

반악도 처음 내단을 복용할 때 이들과 비슷했다.

허나, 그는 홀로 그 고통을 모두 감당하고 이겨내야만 했으니 이들보다 더 힘겨운 시간을 가져야만 했었다. 이들처럼 닥쳐올 고통과 과정과 대응 방법을 미리 듣고 준비한 상태가 아니었던 것이다.

"일어나."

견일 등은 귀찮다는 듯 시선만 살짝 움직여 반악을 올려다보았다.

그러나 반악이 딱딱하게 굳은 표정으로 매섭게 노려보고 있는 걸 보고는 정신이 번쩍 들어 다급히 일어났다.

확실히 그들의 상태는 육체가 아니라 정신적인 문제였고, 반악의 존재감이 그들의 정신 상태를 좌지우지할 만큼 강하게 영향을 주고 있다는 걸 증명한 것이다.

세 사람은 자신들이 실수했다는 걸 알고 얼른 용서를 빌었다.

"주인님, 죄송합니다."

"옷이나 입어."

견일 등은 내단을 삼키기 전에 한쪽에 벗어두었던 옷을 서둘러 걸치고 반악의 앞에 나란히 섰다.

반악은 눈앞에 아른거리는 수증기를 손으로 밀어내며 물었다.

"어떠냐?"

세 사람은 자신들의 몸을 이리저리 둘러보더니 고개를 갸웃거렸다.

"글쎄요. 아직은 잘 모르겠습니다."

"멍청한 녀석들. 내단을 복용하면 몸뚱이가 변하냐? 내공을 운용해봐."

"아, 예."

견일 등은 호흡을 가다듬으며 공력을 끌어 올렸고, 순간 발바닥이 불에 데기라도 한 것처럼 펄쩍 뛰어올랐다.

그들은 서로를 쳐다보며 놀라움과 당혹감, 그리고 기쁨의 표정을 지었다. 이전과 비교도 할 수 없는 엄청난 내공이 기혈을 따라 요동쳤기 때문이었다.

"아직 좋아하기는 일러."

"예?"

"그건 공력이 완전히 흡수되지 않은 상태의 느낌이다. 오히려 조심을 해야 할 시기인 거지. 그렇게 공력이 요동친다는 건 잘못하면 주화입마에 빠질 수도 있는 불안정한 상태라는 뜻이거든."

내단을 복용시키기 전에 심어둔 제약을 풀어준 것도 그러한 점 때문이 아니던가.

세 사람의 표정이 심각하게 굳어졌다.

무림인이라면 누구라도 주화입마에 민감해질 수밖에 없는 것이니까.

"그렇다고 너무 걱정할 건 없어. 공력이 증가했다고 들떠서 생각 없이 막 사용하면 문제가 된다는 거지, 가만히 있어도 주화입마에 걸릴 수 있다는 말이 아니니까. 내단의 기운이 단전에 완전히 안착을 할 때까지 조심하면서 주기적으로 운기행공만 하면 이후로는 별문제 없을 거다."

세 사람은 그제야 안도의 한숨을 내쉬었다.

반악은 산 아래쪽으로 돌아서며 말했다.

"이제 가자."

견일 등은 얼른 짐을 챙겨들고 뒤를 따르며 물었다.

"구화산으로 가는 겁니까?"

"아니."

"그럼요?"

"거룡성 놈들이 뭔 짓거리를 하고 있는지 살펴볼 겸, 합비쪽 근방을 둘러봐야겠다. 견삼."

"예, 주인님."

"넌 지금 곧장 구화산에 가서 염서성을 데려와라."

그와 헤어진 지 벌써 열흘이 흘러버린 상황이고, 합비쪽을 둘러보는데 얼마의 시간이 더 소비될지 가늠할 수가 없으니, 그를 자신이 있는 곳으로 불러들이는 게 더 낫다고 판단한 것이다.

"예상보다 빨리 끝내고 남하할지도 모르니까, 우선적으로…… 려강 쪽에 들러라. 내가 그곳에 없으면 곧장 합비 쪽으로 올라오고."

"혹시 주인님이 합비에도 계시지 않으면 어찌합니까?"

"그런 것까지 일일이 설명해 줘야 하냐? 네 특기를 사용하면 되잖아."

"알겠습니다."

"그리고."

"……?"

반악은 제약에 매이지 않는 자유로운 몸이 되었다하여 견삼이 돌아오지 않으면, 대신 견일과 견이를 죽이겠다는 말을 하려다가 말았다.

그런 경고가 크게 효용성을 가질 것 같지 않았기 때문이었다.

"쓸데없이 시간 허비하지 말고 얼른 갔다 와."

"예, 주인님."

견삼은 공손히 머리 숙여 인사하고, 견일과 견이에게 가볍게 눈인사를 보내고는 산 아래로 뛰어 내려갔다.

'괜찮겠지?'

제약을 풀어버린 상태에서 내린 첫 번째 명령이었다.

견삼이 마음을 달리 먹고 이대로 도망쳐버리는 게 아닌가, 하는 우려가 드는 것도 당연했다.

'만약 녀석이 이대로 사라진다면……'

견삼이 아니라 과거의 잘못을 또다시 반복한 자신을 탓해야만 할 것이다.

'기다려보는 수밖에.'

"가자."

세 사람은 산을 내려가 합비가 있는 서쪽으로 이동해갔다.

＊   ＊   ＊

말이나 마차는 없었지만 경공을 펼쳐 빠르게 이동한 반악 등은 각 지역의 동태와 거룡성 무리의 움직임을 살피면서 삼 일만에 합비 근방에 다다를 수 있었다.

"변장을 해야겠다."

자신의 얼굴이 천문당에 알려져 있으니, 거룡성의 영향권이 미치는 지역에 무턱대고 들어갈 수는 없지 않겠는가.

"인피면구를 만들까요?"

"그 정도까지 할 필요는 없고, 아주 조금씩만 변화를 주는 정도면 된다."

사람의 시각이란 건 신기하고 바보같은 구석이 있어서,

약간의 변화만으로도 착각을 하게 만들 수가 있었다.

눈썹의 색깔, 입술꼬리의 형태, 머리 모양, 옷차림만으로도 완전히 딴사람처럼 보이게 할 수도 있는 것이다.

옷이 날개란 말이 괜히 있는 게 아니니까.

"난 유람이나 하는 돈 많은 집안의 한량처럼 행세할 테니, 너희들은 주인을 믿고 거들먹거리며 싸가지 없게 구는 종처럼 행동하는 거다."

"주인과 시종의 형태는 너무 식상한 것 같은데요. 함께 장사하러 다니는 보부상이나 같이 어울려 다니는 한량 패거리로 행세하는 게 어떨까요?"

"핑계 삼아 나랑 맞먹어 보자는 거냐?"

"아닙니다, 절대 아닙니다."

"그럼 뭔데?"

견일은 변명이 소용없다는 걸 깨닫고 머리를 숙일 수밖에 없었다.

"죄송합니다."

반악이 인적 없는 곳으로 가서 고급스런 비단옷으로 갈아입고 비싼 장신구로 치장을 하자, 견일이 솜씨를 발휘하여 머리모양과 눈썹, 입술 모양을 아주 살짝살짝 변화시켰다.

얼굴 전체에 큰 변화를 주지 않았음에도 반악은 완전히 다른 사람처럼 되었다. 의도했던 대로 돈 많은 한량처럼 보이게 된 것이다.

견일 등도 고급스럽지는 않지만 좋은 옷으로 갈아입고 혹시 모른다는 생각에 반악과 비슷한 방식으로 얼굴에 변화를 주었다.

"말이나 마차가 없는 게 아쉽군."

조금 전의 잘못을 만회하겠다는 듯 견일이 얼른 해결방안을 제시했다.

"성내로 들어가면 조용히 마차 하나 구해두겠습니다."

"그렇게 해. 물론, 네 생각이니 네 돈으로 사라."

견일은 괜히 나섰다가 생돈을 날리게 됐다고 후회했지만, 번복을 했다가 욕을 먹을지도 모르기 때문에 어쩔 수 없이 알겠다고 대답했다.

세 사람은 박도까지 포함하여 너무 크고 독특해서 눈에 잘 띄는 무기들을 드러나지 않게 숨겨둔 다음, 합비로 향하는 사람들 사이에 섞여 성내 쪽으로 이동했다.

*　　　*　　　*

합비 성내 중심 지역에 위치한 거룡성 소유의 장원.

안휘의 성도이기 때문에 다른 어느 곳보다 관의 힘과 영향력이 세부적으로 넓게 퍼져있고, 그래서 공개적으로 분타를 세워 혹시라도 그들을 자극하는 위험을 감수할 수 없었던 거룡성이 궁여지책으로 구입한 곳이 바로 이 장원이었다.

겉으로 볼 때는 돈 많은 부자가, 아니면 뇌물을 많이 받아 챙겨 부를 축적한 관리가 사는 장원으로밖에 보이지 않지만, 안에는 적지 않은 숫자의 거룡성 무사들이 매서운 눈을 번뜩이며 칼을 갈고 있는, 용담호혈과 같은 곳인 것이다.

분타보다 규모가 작은 일종의 지부였다.

그런데 오늘 장원 내부는 다른 때보다 더 심상치 않은 분위기가 짙게 깔려 있었다.

최근 거룡성의 분타 두 곳이 공격을 받아 무너진 이후 무거운 분위기가 조성되긴 했지만, 오늘의 분위기는 그런 종류가 아니었다.

총단에서 나온 매우 중요한 인물의 방문으로 생겨난 일종의 긴장감이었다.

원래부터 성주의 무남독녀라는 무시할 수 없는 신분이었으나, 최근 권력의 핵심단체라고 하는 천문당의 부당주가 되면서 그 영향력이 욱일승천한 상관미조가 다른 지역을 순방하고 아침 일찍 합비에 당도하여 장원을 방문한 것이다.

*　　　*　　　*

장원에서 가장 크고 화려한 건물이자, 장주의 집무실 안.

사르륵.

사람은 세 명이나 되었지만, 종이가 넘겨지는 소리 외에는 아무것도 들리지 않을 만큼 조용했다.

'염병할, 정말 더러워서 못 해먹겠구만.'

거룡성에 몸을 의탁하고 있는 많은 호법들 중 한 명이고, 지난날 패권싸움에서 적지 않은 활약을 하여 그 능력을 인정받아 합비를 책임지고 있는 청포검객 엄벽달은 짜증나는 속내를 감추기 위해 애를 쓰고 있었다.

그의 나이가 어느새 오십을 훌쩍 넘은 상태였다. 이곳 합비의 책임자로 올 수 있었던 건 능력도 능력이지만, 책임자로 앉아서 여러 사람을 부릴 수 있을 만큼의 연륜이 된다는 점이 어느 정도 작용을 한 덕분이었다.

그런데 나이가 자신의 절반도 되지 않는 계집의 옆에서 한 시진째 꿔다놓은 보릿자루처럼 덩그러니 서 있으려니 기분이 좋을 리가 없는 것이다.

'이년이 도대체 뭘 원하는지를 알 수가 있어야지.'

처음엔 반룡복고당을 향한 본격적인 공세에 관련해서 성주의 명령을 전달하러 온 것인 줄 알았다.

합비가 선봉의 역할을 하라고 말이다.

그러나 상관미조는 장원에 들어서자마자 운영에 관련한 모든 문서와 함께 극품의 차를 요구하더니, 한 시진째 일어날 생각을 않고 있었다.

게다가 그를 쳐다보지도 않았다. 차라리 뭔가 물어보기라도 했다면 이렇게까지 무시당하는 기분이 들진 않으리라.

'그리고 저놈은 또 뭐냐고.'

엄벽달은 그가 거금을 주고 구입한 백호가죽으로 감싼 넓은 의자에 누워 있는, 오행궁의 소궁주이자 상관미조의 약혼자이기도 한 백염비를 짜증스런 시선으로 노려보았다.

'생긴 건 기생오라비처럼 해가지고……'

일단 사내놈이 여느 미인보다 더 아름다운 외모인 게 거슬리고, 잔뜩 분위기를 잡은 건조한 표정으로 고개만 까딱이는 인사 태도, 거기에 늙은 자신은 앉지도 못하고 있는데 젊은 놈은 저리 퍼질러 자고 있는 모습을 보고 있자니 울화가 치밀어 오를 수밖에.

'안휘 무림의 도의가 사라진 게야.'

엄벽달도 젊을 적 누구 못지않게 싸가지 없다는 평가를 들어왔음에도, 막상 자신이 나이가 들고 보니 젊은 것들의 행태가 눈뜨고 보기 힘들 만큼 더없이 못마땅한 것이다.

하지만 그는 불편한 속내를 겉으로 드러낼 수 없었다.

'이 어린년이 홍 당주의 총애를 받고 있으니 뭐라 할 수도 없고.'

그는 성주의 명령서를 받아 합비의 책임자로 왔다.

그러나 그를 선택하고 명령서를 작성한 게 성주가 아니라 실세 중의 실세인 천문당 당주 홍문한이란 것은 누구나 다 알고 있는 사실이었다.

이전처럼 상관미조가 성주의 딸이기만 했다면 이렇게까

지 굴복적인 태도를 취하진 않았다. 하지만 그의 목줄을 쥐고 있고, 지금의 풍요로움과 권력을 단박에 빼앗을 수 있는 홍문한의 총애를 받는 천문당 부당주라면 절대 함부로 대할 수가 없는 것이다.

꼬르륵.

"……!"

엄벽달은 자신의 배에서 난 소리에 움찔했다.

상관미조가 처음으로 문서에서 시선을 떼고 한심하다는 듯 쳐다봤다.

민망해진 엄벽달은 헛기침을 하며 그녀의 시선을 슬며시 피했다.

"허험, 아침을 걸렀더니만……."

"점심 식사를 할 때가 되긴 했지요."

자고 있는 줄 알았던 백염비가 그를 신경 써주듯 말했지만, 엄벽달은 전혀 고맙지 않았다.

오히려 자신을 조롱하는 것처럼 느껴져서 더 밉상으로 보였다.

"전반적으로 잘 운영되고 있군요."

"성주님께 누가 되지 않도록 노력하고 있소이다."

"헌데……."

"……?"

"쓰레기들을 치우는 일이 잘 되지 않는 모양이네요. 문제가 있는 건가요?"

엄벽달의 얼굴이 굳어졌다.

쓰레기들을 치우는 일이란, 뒷골목에 암약하고 있는 하오문과 하오배들을 남김없이 모두 처리하라고 최근에 내려진 총단의 지시를 말하는 것이었다.

사실 그는 이해가 가지 않았다. 당장 남쪽으로 내려가 반룡복고당의 무리를 칠 생각은 하지 않고, 하오배들이나 처리하고 있으라니.

허나, 속내를 드러낼 수는 없는 일.

엄벽달은 손을 내저으며 부정했다.

"아니오, 문제는 전혀 없소. 단지 이곳 합비의 하오문은 다른 지역의 하오문에 비해서 전통이 남다르고, 관리들과도 좋은 관계를 유지하고 있어서 소란이 생기지 않도록 처리하느라 시간이 약간 더 걸렸을 뿐, 지금은 전혀 걱정 할 게 없소. 이젠 모두 처리했소이다."

"그런데 이틀 전 기루에서 일어난 화재는 뭐죠?"

엄벽달은 내심 찔끔했다.

상관미조가 거론한 화재는 그들 소유의 고급기루에서 큰 불이 났던 일을 말하는 것이다.

'젠장, 역시 합비도 예외 없이 천문당원들이 감시를 하고 있었구나.'

"부당주가 그 잡스런 사건을 어찌 알고 있는지 모르겠지만, 신경 쓸 문제가 아니오. 주방에서 숙수를 보조하는 녀석이 실수를 해서 불이 난 것일 뿐, 하오배들과는 아무런 연관이 없소이다."

"아~ 그래요?"

상관미조는 의자에 깊숙이 기대앉으며 엄벽달을 빤히 쳐다보았다.

그녀는 엄벽달의 말을 믿지 않았다. 화재 사건만 거론했지만, 그것 말고도 하오배들의 소행으로 의심되는 크고 작은 사건들에 대해서 들은 게 있기 때문이었다.

하지만 엄벽달의 표정을 보면 절대 진실을 이야기할 생각이 없는 것처럼 보였다.

'하긴, 꼬투리를 잡혀 이 좋은 자리를 내놓고 싶지는 않겠지.'

상관미조는 이번엔 그냥 넘어가주기로 했다.

하지만 이번 방문과 가벼운 추궁으로 엄벽달은 그녀의 손아귀에 들어온 것이나 마찬가지이고, 앞으로 그녀의 말에 순종할 수밖에 없을 것이다.

그녀가 이곳을 찾아오며 날려버린 시간이 아깝지 않다고나 할까.

"장주님이 허튼소리를 할 분은 아니니, 믿기로 하죠."

"믿어주어 고맙소, 부당주."

"허나 명심하세요. 이번 성주님의 지시가 완료 되었을 때

곧장 남쪽으로 치고 내려갈 거란 걸. 결코 가볍게 끝낼 일이 아니고, 괜히 거짓으로 보고를 했다가 나중에 문제가 생기는 일은 절대 없어야 한다는 말이에요."

엄벽달은 입안이 마르고 등줄기에 땀이 맺혔지만, 겉으로는 합비에서 걱정할 일은 전혀 없을 거라고 호언장담했다.

"그렇다면 다행스런 일이죠. 무엇보다 엄 장주님 자신을 위해서도 깨끗하게 해결되어있어야만 할 거예요."

"……."

"출출하네요. 안휘의 성도이니, 진미를 맛볼 수 있는 곳이 몇 군데쯤은 있겠죠?"

"당연히 있소이다. 자, 갑시다. 백 소궁주, 그만 일어나시오. 내가 최고의 음식점으로 안내하겠소."

*   *   *

엄벽달이 백염비와 상관미조, 그리고 그녀를 호위하는 임무를 맡은 백룡대 무사들까지 이십여 명의 무리를 데리고 도착한 음식점은 중심 지역에서 살짝 외곽으로 떨어져 있었으나, 규모만큼은 흔히 보기 어려울 만큼 컸다.

음식점이라고 써진 단순무식한 간판에다가, 기와지붕조차 없는 투박한 모양의 한 층짜리 판자구조물이었으나, 백 명은 족히 들어가도 무리가 없을 만큼 넓었던 것이다.

하지만 외형부터 시작해서 음식점의 분위기가 상관미조의 취향에는 전혀 맞지가 않았다. 게다가 손님들 대부분이 그녀가 생각하는 격과 전혀 어울리지 않는 옷차림 일색의 중, 하층민들이었던 것이다.

"여긴가요?"

상관미조는 음식점 앞에 도착했을 때부터 얼굴을 찡그리더니, 입구에 완전히 들어서고 나서는 불쾌감을 노골적으로 드러내기 시작했다.

뒤따라 들어선 백염비는 뭔가 재밌게 돌아간다는 듯 가느다란 웃음을 짓고 있었다.

"여기가 엄 장주님이 말한 최고의 음식점인가요?"

"그렇소. 생긴 지는 얼마 되지 않았지만, 여기서 한 번 맛을 보면 절대 그 맛을 잊지 못하게 될 것이오."

엄벽달의 주장은 확실히 근거를 가지고 있기는 했다.

음식점 내부는 이미 사람들로 그득했고, 문밖으로는 수십명이 넘는 사람들이 길게 줄을 서서 차례를 기다리고 있을 정도였으니까.

계산대에 앉아 주판을 만지작거리고 있던 주인이 얼른 뛰어나와 엄벽달에게 머리를 조아렸다.

"어서 오십시오, 엄 장주님."

"내가 늘 앉는 자리는?"

"금방 준비될 겁니다."

"일행이 많으니 자리가 많이 필요할 게야. 귀한 손님을 모셔왔으니, 서둘러주게."

이십 명이 넘는 무사들을 보고 주인의 얼굴이 당혹감에 물들었지만, 곧 머리를 숙이며 대답했다.

"죄송하지만, 아주 조금만 기다려 주십시오. 최대한 빠르게 자리를 마련해드리겠습니다."

주인의 눈짓을 받은 점소이가 자리를 만들기 위해서 득달같이 움직였다.

"엄 장주님이 극찬을 해서인지, 주인이 대우하는 게 남다르군요."

상관미조의 말이 칭찬이 아닌 조롱의 의미라는 것도 모르고 엄벽달은 흐뭇한 미소를 지었다.

실상 길게 줄을 선 사람들의 질시어린 시선을 받으며 아무런 제지도 없이 안으로 들어올 수 있었던 건 엄벽달이 특별한 단골손님이기 때문이었다.

주인이 공손히 맞이하고, 자리를 마련하기 위해 즉각적인 조취를 취하는 것만 봐도 그가 어떤 대우를 받고 있는지 짐작이 가능하지 않겠는가.

하지만 그게 꼭 좋은 이유 때문만은 아니었다.

그가 아주 우연히 이곳에 들려 맛을 본 이후 틈이 날 때마다 찾아오던 초반에는 그 역시도 다른 손님들과 마찬가지로 한참 줄을 서서 기다렸다가 먹었었다.

원래 지위와 신분이 높고 돈이 많은 이들이 음식점과 주점 등에서 대우를 받는 이유는 그들이 능력에 맞게 비싼 음식을 주문해 많은 돈을 쓰기 때문이었다.

하지만 이 음식점은 따로 주문을 받지 않고 세 가지 음식을 하나로 합친 단 한 종류의 요리만을 파는 데다, 값도 비싼 편이 아니었고, 주인 입장에서는 자주 찾아오긴 하지만 거의 대부분 일인분만 먹고 가는 엄벽달을 특별히 귀한 손님으로 대우할 필요성을 느끼지 못했었던 것이다.

그러던 어느 날, 자신의 신분, 능력, 그리고 좋지 않은 성정과 허기가 하나의 이유가 되어 그의 인내심을 밑바닥까지 끌어내렸고, 탁자 서너 개를 부수고 손님 다섯 명과 점소이 두 명을 피범벅으로 만들어 기절시키는 등의 난리를 친 이후에는 모든 게 달라졌다.

그는 순식간에 특별손님으로 분류되어 지금과 같은 대접을 받기 시작했던 것이다.

엄벽달이 대단한 위세를 가진 무림인이란 걸 외부지역에서 살다가 들어온 주인은 그때 처음 알게 되었다고 한다.

즉, 지금 주인은 그의 앞에서 실실 웃고 있지만, 속으로는 미친놈, 개 같은 놈, 씹어 먹을 놈과 같은 욕을 곱씹고 있을 가능성이 높다는 뜻이었다.

"자리가 준비되었습니다."

다 먹지도 않은 손님들을 어르고 달래서 자리를 마련한

점소이가 다가와 굽실거리며 말했다.

엄벽달은 만족스런 표정으로 헛기침을 터트리며 주변을 쓱 둘러보았다.

그들이 안으로 들어설 때부터 힐끔거리며 쳐다보던 손님들이 이제는 눈도 깜빡하지 않은 채 노골적으로 시선을 집중하고 있었다.

"앞장서거라."

엄벽달은 당당히 어깨를 펴고 점소이를 뒤따랐다.

손님들이 식사를 멈추고 주목하는 게 그의 위세에 경탄을 보내는 것이라고 여기고 우쭐해 하는 것이다.

하지만 그건 착각이었다. 손님들이 주목하는 건 그가 아니라 상관미조와 백염비였다. 특히 백염비가 시선을 가장 크게 끌고 있었다.

이유는 뻔한 것이었다.

이곳이 합비의 성도인 만큼 상관미조보다 약간 부족한, 혹은 그에 준하는 미모의 여인을 간간히 볼 수가 있었겠지만, 백염비와 같은 절세의 미남자는 흔히 볼 수 있는 게 아니기 때문이었다.

심지어 일부 남자들도 그의 용모에 홀린 표정을 짓고 있을 정도니, 더 무슨 말이 필요하겠는가.

그들은 어쩌면 그가 남장을 한 여인이라고 생각하고 있을지도 모를 일이었다.

하지만 모두가 그 두 사람의 아름다움에 혹해 있는 가운데, 한 사람만은 다른 의미로 쳐다보고 있었다.

반악.

지시를 받고 장원을 감시하던 견일로부터 상관미조를 목격했다는 보고를 받자마자 곧장 음식점으로 달려왔고, 차례가 되어 안으로 들어선 그는 자리가 나기를 기다리며 상관미조를 바라보는 중이었다.

'시간이 흐를수록 그녀를 더욱 많이 닮아가는군.'

반악은 기분이 묘했다.

대략 일 년가량의 시간이 흘렀지만 절대 잊을 수 없는 그날의 분노에도 불구하고, 상관미조를 보며 떠오른 첫 번째 감정은 아련한 그리움이었다.

상관미조의 얼굴은 이전보다 더욱 완벽하게 첫사랑이었던 그녀의 얼굴을 닮아 있었기 때문일 것이다.

'하지만……'

그렇다고 해서 복수심이 사라졌다는 뜻은 아니었다.

홍문한 때의 실수를 다시 반복할 생각은 조금도 없었으니까.

'어떻게 죽이지?'

일단 가까이 접근해야 할 것이다.

하지만 잘 훈련된 이십여 명의 일류 무사들과 고수라 평가받을 수 있는 실력의 엄벽달, 그리고 견일이 오행궁의 소궁주라고 한, 젊은 나이에도 뭔가 위험스러울 정도로 차분한 기도를 가진 백염비까지 상관미조를 둘러싸고 있어서 쉽지가 않아 보였다.

그냥 무턱대고 기습한다고 될 상황이 아닌 것이다.

'더 적절한 때를 기다려야 할까?'

만약 상관미조가 오늘 장원에 머무른다고 한다면 몰래 숨어들어가 죽일 수가 있었다.

거룡성에 비해 경비 체계가 삼엄하지 않은 장원이라면 반악이 몰래 숨어드는 데는 큰 문제가 없을 테니까.

하지만 그녀가 머물 것인지도 알 수 없고, 혹시 더 많은 고수들과 무사들이 몰려와 장원의 경비가 더욱 단단해질지도 모르는 일이었다.

'이런 기회도 흔치 않다.'

반악은 결심을 굳혔고, 점소이가 안내한 자리에 앉으며 계속 고민을 했다.

'녀석들을 함께 데리고 올걸 그랬군.'

상관미조에 대해 보고한 견일은 합비에 또 다른 거룡성의 무사들, 혹은 관련자들이 있는지 탐색하고, 또한 거룡성에 관한 이야기들을 수집하고 있을 견이를 도우라고 보낸 상태였다.

만약 그들도 함께 있었다면 두 사람에게 무사들의 이목을 끌게 하고 자신은 상관미조를 노리는 방법을 쓸 수도 있었다는 아쉬움이 드는 것이다.

'응?'

반악은 인상을 살짝 찌푸렸다.

시키지도 않았는데 당연하다는 듯 점소이가 알아서 가져온 음식을 괜히 눈에 띄지 않을 목적으로 한 점 집어먹었는데, 이해할 수 없는 맛이 느껴지는 게 아닌가.

'이건……'

미각이 뛰어난 사람이 아니라면 알아챌 수 없을 정도로 미미하지만, 분명히 양귀비의 맛이었다.

정확히는 말린 양귀비 열매의 맛이었다.

음식 재료로 잘 쓰이지 않고, 외견상 열매가 보이지도 않는데 왜 양귀비 맛이 나는 걸까?

'아!'

반악은 이곳이 왜 이리도 장사가 잘 되는지를 알게 되었다.

'숙수가 요리에 양귀비를 넣고 있었군.'

양귀비는 마취약과 설사 등에 쓰는 약재이기도 한데, 매우 조심히 다뤄야 할 것이, 잘못하면 중독이 될 수가 있었기 때문이었다.

즉, 이 음식점은 음식에 양귀비 말린 것을 아주 소량 첨가하여 중독성 있게 만들고, 손님들에게 계속 이곳을 찾게 만들고 있었던 것이다.

'이런 개 같은 것들이.'

반악은 욕이 입 밖으로 튀어나오려는 걸 간신히 참았다.

음식 재료로 양귀비를 사용하는 건 돈을 많이 벌기 위한 상업적 전략이라는 핑계로 용인될 수 있는 수준이 아니었다.

도박보다 더 심한 중독성을 가졌으니 더 무슨 말이 필요하겠는가.

무엇보다 자신이 양귀비의 맛과 특성을 모르고 음식을 먹었다면 알지도 못하는 사이에 끔찍한 중독의 늪으로 빠질 수도 있었다는 점이 그를 화나게 만들었다.

반악은 당장 주인을 끌고 주방으로 뛰어 들어가 숙수와 함께 요절을 내버릴까, 하고 심각하게 고민하는데, 상관미조와 일행의 대화가 귀에 들어왔다.

*　　*　　*

"부당주, 안 드시오? 보기엔 평범해 보여도 맛은 좋다니까 그러네. 사실 나도 처음엔 그렇게 맛이 있는 줄 몰랐소. 하지만 이상하게 나중에 다시 먹고 싶은 마음이 간절해지지 않겠소. 그리고 이제는 보름에 네다섯 번은 꼭 먹어야 직성이 풀릴 정도로 이 음식에 매료되었소이다. 그러니 날 믿고 한번 먹어보시오."

"됐어요."

"상관 소저, 괜히 까다롭게 굴지 말고 한번 먹어보시오.

맛이 생각만큼 나쁘지 않소."

백염비까지 엄벽달을 거들고 나서자, 상관미조의 표정이 굳어졌다.

그녀는 만두를 한 입 깨물어 먹으며 희미하게 웃고 있는 백염비를 불만스런 시선으로 노려보았다.

'무슨 속셈으로 여기까지 따라와서는……'

그녀는 백염비와 같이 올 생각이 전혀 없었다.

그런데 그가 상관 성주에게 조금이라도 보탬이 되고 싶다면서 동행을 청했고, 오행궁의 적극적인 협력이 필요하다 생각한 성주가 상관미조의 반대를 무시하고 허락했던 것이다.

약혼을 했음에도 사이가 서먹한 둘을 더 가깝게 만들려면 자주 어울리게 해야 한다는 삼궁주 요월홍의 꼬드김이 많은 부분 영향을 주기도 했다.

그런데 백염비는 정작 도와주겠다고 따라왔음에도 아무것도 하는 게 없었고, 순방하는 내내 성질만 건드리고 있으니 어찌 곱게 볼 수 있겠는가.

음식에 대한 것도 마찬가지였다. 소채와 만두, 그리고 구운 오리고기 몇 점을 한 접시에 담아 내오는 이 따위 허접스런 요리를 먹으라고 강요하다니.

"배고프지 않소? 괜한 고집 피우지 말고 한번 먹어보시오."

"됐다니까요. 이런 싸구려 음식이 입에 맞는 소궁주나 많이 드세요."

상관미조가 목소리를 높이며 신경질적으로 반응하자 엄벽달이 민망스러웠는지 헛기침을 터트렸다.

호위하듯 사방에 자리 잡고 앉아 먹고 있던 무사들도 멀뚱거리며 젓가락을 내려놓았고, 손님들은 인상을 찌푸리며 그녀를 쳐다보았다.

잘 먹고 있는데 싸구려 음식이라는 말을 하면 누구라도 기분이 나쁠 수밖에 없었으니까.

특히 이 음식에 깊이 빠져 있는 사람들이라면 더욱 그러할 것이다.

"난 소저의 말씀에 깊이 동감하오!"

갑자기 들려온 외침에 모두의 시선이 그쪽으로 모아졌다.

그 말을 한 것은 다름 아닌 반악이었다.

그는 시선이 자신에게 쏠리자 기다렸다는 듯 부채를 펼쳐 흔들며 상관미조가 있는 쪽으로 걸어갔다.

그쪽 길목에 앉아 있던 백룡무사 다섯이 일어나 더 다가오지 못하도록 허리에 찬 칼의 손잡이를 움켜잡으며 위협적인 시선을 보냈다.

그러자 반악은 상관미조를 바라보며 포권을 취했다.

"본인은 염서성이라 하오. 실례가 되지 않는다면 아름다움이 꽃과 같은 소저의 방명을 알려주시겠소?"

상관미조는 피식 웃으며 말했다.

"이름은 알려줄 수 없으나, 성이 상관 씨라는 것 정도는 말해줄 수 있겠네요."

"반갑소, 상관 소저. 본인은 상관 소저께서 이 음식에 대해 느끼고 있는 거부감에 깊이 공감하고, 또한 당연히 그래야 한다는 정당한 이유를 말해드리고 싶소."

"이유요?"

상관미조는 흥미롭다는 표정으로 되물었다.

"체통 없이 목소리를 높여 떠드는 것보다, 가까이 다가가 말해드리고 싶소이다."

상관미조는 반악의 전신을 빠르게 훑어보았다.

자신의 안전을 위협할 만한 인물인가를 알아보기 위함이었다.

적당히 잘생긴 얼굴과 고급스런 옷차림.

'아무리 봐도……'

풍족한 가문의 태생으로 여자나 밝히는 한량으로밖에 보이지 않았다.

"이유는 무슨 이유! 네놈은 뭔데 나서서 소란을 일으키는 것이냐!"

엄벽달이 마음에 들지 않는 다는 얼굴로 반악을 향해 버럭 소리쳤다.

자신이 최고라고 칭찬한 음식을 먹어서는 안 된다고 나선 자가 눈에 거슬리는 것이야 당연한 일이었다.

"응당 존중을 받아야 할 상관 소저께서 부당하게 먹기를 강요받고, 무얼 잘못하고 있는지도 모르는 자들이 이렇듯 비난하는 시선으로 쳐다보는 꼴을 도저히 보고만 있을 수 없어 나섰소. 상관 소저, 부디 내가 나선 이유를 밝혀 소저께서 옳았음을 이 무지몽매한 자들이 알게 하도록 허락해 주시오."

상관미조는 엄벽달과 백염비를 한 번씩 쳐다보고는 반악을 향해 고개를 끄덕였다.

"가까이 오도록 해요."

보통 때였다면 그 의도가 자신의 얼굴과 몸을 원하기 때문인 게 뻔한 자의 말은 그냥 무시하고 거들떠보지도 않았을 것이다.

하지만 지금은 자신의 기분을 풀어줄 수 있는 아주 작은 이유라도 필요했다.

반악은 상관미조의 손짓을 받고 좌우로 물러난 백룡무사들을 지나쳐 그녀와 마주보는 자리에 섰다.

"말해 봐요."

"그 전에, 내가 이 자리에서 밝히는 이유가 마음에 든다면 상관 소저께 술 한 잔 받을 수 있는 영광을 주겠다고 약조해 주시오."

"마음에 든다면 그렇게 하죠."

상관미조는 점소이를 불러 술을 가져오게 하고, 반악에게 어서 말해보라고 눈짓했다.

반악은 점소이가 술병을 가져와 탁자에 내려놓을 때까지 기다렸다가, 손을 뻗어 상관미조의 앞에 놓여 있는 접시를 집어서 위로 치켜들었다.

아까부터 호기심을 갖고 지켜보던 사람들의 이목이 접시와 반악의 입에 모여드는 것은 당연지사.

"모두 잘 들으시오. 이 음식에는 양귀비가 들어가 있소!"

반악의 말을 들은 손님들이 보인 반응은 무슨 소리인지 모르겠다는 어리둥절함이 대부분이었다.

양귀비에 대한 지식이 없었기 때문인 것이다.

하지만 상관미조는 그들과 달리 양귀비로 인해 생겨날 문제를 인식할 정도의 지식은 가지고 있었다.

"그게 사실인가요?"

"사실이오."

"당신은 그것을 어찌 알았죠?"

"미각이 뛰어나기 때문이오."

반악의 말을 듣는 순간 얼굴이 살짝 굳어진 백염비에게 물어 양귀비에 대한 정보를 얻은 엄벽달이 탁자를 주먹으로 쾅, 하고 내리쳤다.

"미각? 이 자식아! 산해진미는 물론이고, 별의별 음식을 가리지 않고 먹어본 내가 지금껏 한 번도 느끼지 못했는데, 무슨 놈의 미각!"

반악은 기가 죽은 것처럼 어깨를 살짝 움츠리면서도 혼잣

말처럼 중얼거렸다.

"많이 먹어봤다고 미각이 좋아지나, 그냥 돼지처럼 살만 찔 뿐이지."

"뭣이라!"

엄벽달은 눈에 살기를 담으며 벌떡 일어났다.

그는 당장 칼을 뽑아 반악을 일검에 두 쪽을 내버릴 기세였다.

반악은 더욱 기가 죽은 양 뒤로 한 걸음 물러났다.

상관미조가 손을 들어 엄벽달을 막았다.

"엄 장주님, 진정하고 앉으세요."

"저놈이 날 모욕하고, 개소리를 나불거리는데 참으란 말이오?"

"난 사실인지 거짓인지 확인하고 행동해도 늦지 않을 거라고 말하는 거예요."

상관미조의 눈짓을 받은 백룡무사들이 일어나 반악이 도망칠 만한 길목을 모두 가로막았다.

엄벽달은 궁금하다는 듯 물었다.

"저놈의 말을 어찌 확인한다는 것이오?"

"이 음식을 만든 자에게 직접 물어보면 되지요. 가서 주인과 숙수를 데려와라."

명령을 받은 백룡무사 둘이 주방 쪽으로 갔다가 곧장 돌아왔다.

"숙수와 주인이 사라졌습니다."

반악은 내심 만족스런 미소를 지었다.

사실 그는 조금 전에 주인이 주위 눈치를 살피며 슬금슬금 주방 쪽으로 몸을 빼고 있던 걸 보았고, 당연히 이런 결과가 나오리란 것도 알고 있었던 것이다.

웅성웅성.

뭔지는 모르지만 분위기가 이상하다고 생각하고 있던 손님들이 당혹해 하며 양귀비가 뭐냐, 그게 뭔데 음식에 들어간 게 문제가 되느냐에 대해 떠들기 시작했다.

반악은 조금 더 소란스런 분위기를 조성하기 위해 양귀비가 무엇이고, 그게 어떤 용도로 쓰이며, 왜 함부로 복용하면 안 되는지를 설명했다.

"주인은 어디 간 거야!"

"숙수를 잡아야 돼!"

"놈들을 붙잡아 물어보자!"

손님들이 분노를 터트리며 일어났고, 잘못하면 자신들에게 불똥이 튈까봐 걱정이 된 점소이들이 당황한 얼굴로 급히 밖으로 뛰어나갔다.

"저놈들을 잡아라!"

주인과 숙수를 잡아야 한다고 목소리를 높이던 손님들이 점소이들을 쫓아 우르르 달려 나갔다.

음식점은 순식간에 흉가처럼 조용해졌다.

잠깐의 어색한 침묵이 흐르고, 상관미조가 코웃음을 치며 말했다.

"엄 장주님 덕분에 아주 진귀하고 요상한 경험을 하게 되는군요."

엄벽달은 상관미조의 질책어린 비아냥거림에 얼른 일어나 포권을 취하며 머리를 숙였다.

"부당주께 큰 잘못을 저지를 뻔했소이다! 이 늙은이가 몰라서 저지른 일이니, 부디 너그러이 용서해주시기 바라오!"

"이 기분이 그리 쉽게 가라앉을 거 같진 않군요. 하지만 엄 장주님의 이후 태도를 보고 이를 문제 삼을지 말지에 대해 결정하겠어요."

"이번 실수를 잊어주기만 한다면 부당주의 말을 성주님의 말을 따르듯 열심히 따르겠소이다."

"고마운 말씀이군요."

상관미조는 흡족한 미소를 지어보이고는 백염비를 쳐다봤다.

엄벽달이 이렇게 말하는데, 그도 뭔가 말을 해보라고 따지는 시선이었다.

백염비는 특유의 감정이 느껴지지 않는 투명한 눈동자로 음식을 내려다보다가 옆으로 치워버리고 무미건조한 음성으로 말했다.

"이런 일이 생겨 유감이오."

"할 말은 그것뿐인가요?"

"그럼 내가 더 무슨 말을 해야 하오?"

상관미조는 음식을 먹지 않는다고 자신을 비난했던 것에 대해서 사과 받으려 한 것이었다.

하지만 백염비는 절대 그런 일이 일어나지 않을 거란 걸 무성의한 태도로 보여주고 있기에, 상관미조의 표정이 싸늘하게 굳어졌다.

가만히 지켜보고 있던 반악이 두 사람의 분위기가 차갑게 냉각되는 것을 기회로 삼아 끼어들었다.

"상관 소저, 술 한 잔 받을 수 있는 영광을 주시겠소?"

상관미조는 얼굴이 언제 굳어 있었냐는 듯 반악을 향해 매혹적인 미소를 지었다.

"당연하죠, 염 공자. 오히려 불의한 상황에 빠져 곤란을 겪고 있는 나를 구하겠다고 용감히 나서준 염 공자에게 술을 따를 수 있어 영광이에요."

반악은 내심 코웃음을 치면서도 겉으로는 호탕하게 웃음을 터트렸다.

"하하하, 과찬이시오. 아름다운 여인이 위급한 처지에 놓였는데 구하지 않는다면 어찌 천하를 앞에 두고 사내대장부라 말을 할 수가 있겠소."

반악은 술잔을 집어 들고 세 걸음 간격으로 가까이 다가갔다.

상관미조는 마치 백염비에게 보라는 것처럼 더욱 매혹적인 미소를 지으며 술병을 집어 들었고, 자리에서 일어나 스스로 한 걸음 움직여 간격을 좁혔다.

반악의 가슴에서 살기가 스멀거리며 피어났다.

두 사람 사이에 앉은 채로 상체를 빼며 공간을 만들어주려고 하는 엄벽달이 있기는 했지만, 분노를 억누르고 참아온 반악에게 있어서 지금이 다시없을 절호의 기회인 것이다.

상관미조가 잔에 술을 따르며 말했다.

"이럴 것이 아니라, 보다 조용하고 안락한 자리로 옮겨 같이 마실까요?"

반악은 앞으로 상체를 기울이며 미소를 지었다.

그리고 얼음처럼 차가운 음성으로 말했다.

"너같이 더러운 년하고 같이 술을 마실 생각은 조금도 없다."

"……!"

술잔으로 술병을 옆으로 쳐내고, 그 사이로 반악의 주먹이 화살처럼 뻗어나갔다.

당혹해하면서도 본능처럼 상체를 뒤로 빼는 상관미조와 다급히 칼을 빼들며 일어나는 엄벽달.

하지만 반악의 주먹은 그들의 반응으로 어찌할 수 없을 만큼 빨랐다.

그러나 아쉽게도 염백비의 반응이 적절하면서도 놀랄 만

큼 빨랐고, 그가 걷어찬 탁자가 튀어 오르며 주먹이 날아가
는 방향을 가로막았다.

콰직!

반악의 주먹이 탁자를 꿰뚫었다.

"악!"

상관미조가 어깨를 감싸 쥐며 뒤로 날아갔다.

가슴뼈를 일격에 꿰뚫어버리려 했던 주먹은 탁자로 인해
어깨를 가격하는 정도에 그칠 수밖에 없었던 것이다.

바로 그때 염벽달의 칼이 반악의 목을 노리고 휘둘러져왔다.

반악을 뒤로 물러나지 않았다. 그대로 앞으로 상체를 숙
이며 뒤통수 위로 칼을 흘려보내고, 동시에 바닥을 차고 앞
으로 뛰어나가며 상관미조를 쫓았다.

'반드시 죽인다!'

반악은 바닥을 나뒹굴었다가 입가로 피를 흘리며 일어나
뒷걸음치는 상관미조를 향해 붕 떠올랐다.

상관미조의 얼굴이 두려움으로 물들었다. 십여 개의 그림
자를 만들며 그녀의 눈앞을 가득 채워오는 반악의 발길질
때문이었다.

하지만 매섭게 공간을 가르는 소리와 수십 개의 새하얀
칼날이 반악의 옆쪽을 뒤덮었다.

반악은 내심 욕을 하며 공중에서 두 번의 회전을 하고 옆
쪽으로 멀찍이 내려섰다.

'저놈!'

반악은 그를 또다시 방해한 백염비를 노려보았다.

조금 전 공격을 포기하지 않았다면 그의 몸은 백염비의 검이 만들어내는 검기에 난자되고 말았을 것이다.

'보통 놈이 아니다.'

처음에도 그의 공격을 눈치채고 엄청난 반응속도를 보였고, 어려움 없이 검기를 발출했으며, 그 위력과 날카로움이 쉽게 추측할 만한 수준이 아니었다.

반악의 느낌상, 최소 구노 이상의 고수였다.

"뭣들 하느냐! 놈을 죽여라!"

엄벽달의 호통에도 불구하고 백룡무사들은 포위형태만 취한 채 움직이지 않았다.

그들은 대주의 명령을 받고, 대주는 상관미조의 명령을 받기 때문이었다.

"놈을 사로잡아라!"

상관미조의 명령에 백룡대 대주 정모권과 백룡무사들의 얼굴이 굳어졌다.

척 봐도 범상치 않은 실력의 고수를 사로잡으라니.

불가능하단 생각은 들지 않았지만, 적지 않은 희생을 각오해야하는 명령이기에 표정이 좋지 않은 것이다.

그러나 명령은 명령.

대주의 소리 없는 눈짓을 받은 백룡무사들이 반악의 주위를 빙글빙글 돌며 기회를 노리기 시작했다.

"실수하는 거요."

어깨에서 생겨나는 끔찍한 고통을 간신히 참고 있던 상관미조는 백염비를 노려보았다.

백염비가 그녀의 목숨을 두 번이나 구했다는 걸 알면서도 여전히 그가 하는 말이 좋게 들리지를 않는 것이다. 정략적 관계이기는 하지만, 약혼녀가 다친 것이라면 최소한 괜찮으냐고 물어보기라도 해야 하는 게 아닌가.

하지만 그는 무심한 표정으로 할 말을 계속했다.

"저자는 죽이기도 쉽지 않은 고수요. 사로잡으라는 건 자살하라는 명령과 같소."

한 명 한 명이 일류의 실력을 가진 백룡무사들 이십 명이 단 한 명을 죽이지 못한다는 게 말이 되느냐고 반박을 하려던 상관미조는, 잠시 싸움 상황을 지켜보다가 마음을 바꾸고 다시 명령했다.

"입을 열게만 할 수 있다면 팔다리를 잘라도 상관없다! 죽지만 않게 해라!"

"죽이기도 쉽지 않은데, 팔다리만 골라 공격하는 게 쉬울 거 같소?"

백염비의 지적에 상관미조는 미간을 찡그리며 엄벽달에게 소리쳤다.

"엄 장주님도 힘을 보태세요."

상관미조는 반악을 사로잡아서 진짜 정체와 배후를 알아
내고 싶었기에 되도록 죽이지 않는 방향을 고집하고 있는
것이다.

하지만 백염비는 여전히 부정적인 의견을 냈다.

"그가 합류해도 마찬가지요."

상관미조는 이를 악물더니 짜증스런 말투로 말했다.

"그럼, 백 소궁주님도 도우세요."

"부탁하는 거요?"

"지금 그게 중요한가요?"

"나에겐 중요하오."

상관미조는 너무 짜증이 났다.

하지만 백룡무사들이 엄벽달의 도움을 받고서도 적수공
권의 반악을 제대로 몰아치지 못하고 오히려 확연하게 밀리
고 있자 어쩔 수 없이 현실적인 판단에 따른 결정을 내려야
만 했다.

"그래요, 부탁이에요. 어서 저들을 도와 놈을 잡으세요."

"이미 늦었소."

"……?"

의아해하며 고개를 돌린 상관미조는 반악이 두 명의 백룡
무사들을 나뒹굴게 만들고, 다시 한 명의 머리를 짓밟아 으
스러트리며 높이 솟아올라 창문을 부수고 밖으로 사라지는
걸 보며 멍한 표정을 지었다.

그녀는 백염비를 원망스런 시선으로 노려보고는 엄벽달에게 소리쳤다.

"엄 장주님, 동원할 수 있는 모든 자들을 모아서 놈을 찾으세요! 사람이 부족하면 돈을 아끼지 말고 현령을 움직여서 포쾌들도 동원하세요! 알아들었나요? 놈을 반드시 잡아야 해요! 반드시요!"

상관미조의 차갑고 단호한 명령에 엄벽달은 급히 밖으로 뛰어나갔고, 백룡무사들도 반악을 추적하기 위해 그 뒤를 쫓았다.

* * *

'염병, 염병, 염병할!'

음식점을 빠져나와 가장 먼저 보이는 골목으로 꺾어 들어간 반악은 내심으로 연신 욕을 했다.

'병신 같이 실패하다니.'

낚싯줄에 걸린 물고기를 물 위로 끌어올려 손으로 잡아놓고도 놓친 격이었다.

더구나 상관미조에게 경각심을 갖게 해서, 다시 기회를 만들기도 어렵게 되었다.

돌이켜보면 실수랄 것도 없었다. 마음이 조급하긴 했어도 최대한 냉정하게 관찰하고, 기회를 만들고, 잠시의 망설임도 없이 공격을 감행했다.

그런데도 실패한 것이다.

반악은 골목을 내달리며 곰곰이 생각했다.

실패의 원인이 무엇일까?

너무 성급했던가?

인내심을 갖고 조금 더 확실한 때를 기다려야 했었던 건가?

하지만 아무리 생각해도 시기와 만들어가는 방법은 적절했다. 상관미조에게 그처럼 가까이 접근할 수 있는 게 아무 때나 생길 수 있는 기회는 아니니까.

'그래, 놈을 제대로 견제하지 못했기 때문이다.'

소궁주 백염비.

심상치 않은 첫인상을 느꼈음에도 너무 안이하게 여기고 있었다. 젊은 나이에도 위험스러울 정도로 차분한 기도를 지녔다면, 그만큼 실력과 눈치가 있다는 걸 감안하고 접근했어야 하는 것이다.

'하지만……'

백염비의 반응력과 검력은 이상할 정도로 강했다.

빠르게 포기하고 물러난 것도 예상을 뛰어넘는 백염비의 실력 때문이 아니던가.

물론 고집을 부렸다면 상관미조를 죽일 수도 있었을 것이나, 작지 않은 피해를 얻었을 것이다.

하지만 백염비의 실력에 대해서 제대로 알지 못했기 때문에 그 희생이 어느 정도일지 예측할 수 없었고, 아직 해야 할 것도 많은데 상관미조 한 명 죽이겠다고 그렇게까지 무리수를 두고 싶지는 않았다.

'아무리 생각해도 이해가 안 된다. 무공이 나이와 절대적으로 비례한다 볼 수는 없지만……'

대부분의 사람은 나이를 먹음에 따라 무공이 성장하고 경험과 실력, 공력이 증가하기 마련이었다.

아무리 천재라고 해도 최소한 공력에 관해서는 예외가 될 수 없었다.

그러나 백염비는 공력 면에 있어서 그 나이 때에 맞는 평균치를 훨씬 상회하는 깊이를 가지고 있었다.

'검의 날카로움과 위력이야 상승의 검공을 익혔기 때문이라 생각할 수도 있지만, 검기를 자유자재로 뽑아내는 건 설명이 안 돼. 만약 놈이 나처럼 영물을 사냥하고 다니며 내단을 복용했다면 모를까……'

아니면 그가 생각지도 못하고 상상하지도 못했던 기연을 얻어 젊은 나이에도 불구하고 엄청난 공력을 갖게 된 것이라 생각해야 할까?

'빌어먹을!'

조금 전의 상황을 떠올릴수록 머리가 아프고 짜증이 났다.

어떤 이유와 변명을 떠올리더라도 상관미조를 죽이지 못했다는 사실은 변하지 않으니까.

남이 아니라 스스로를 탓할 수밖에 없는 것이다.

'일단 몸을 감추고 있어야 하는데……'

이대로 상관미조를 포기할 생각도 없었고, 견일 등과도 만나야만 했다.

우뚝 멈춰선 반악은 주위를 둘러보며 어디로 가야 추적을 떨쳐낼 수 있을 지에 대해 고민했다.

그런데 갑자기 오른쪽 끝에 있던 문이 열리고 인상이 날카로운 중년의 사내가 그를 향해 소리쳤다.

"이쪽이오!"

생면부지의 사람이 난데없이 그에게 소리치며 손짓을 하다니.

'저놈은 뭐야?'

하지만 조금 전에 지나왔던 뒤쪽 골목에서 백룡무사들이 우르르 달려오는 기척이 감지되자 망설임 없이 문 안으로 뛰어 들어갔다.

* * *

백룡무사들의 추적을 간단히 떨쳐내게 해준 사내는 자신을 따라오란 말만 하고는 이후 침묵으로 일관한 채 계속 걷기만 했다.

몇 채의 집과 몇 개의 골목을 지나치는 살짝 복잡한 경로

(실제로는 거리가 짧고 가까운 경로)를 이용한 끝에 당도한 곳은 규모가 제법 큰 기루의 뒤쪽 골목이었다.

덩굴과 잎사귀로 덮인 높다란 담장에는 자세히 보지 않으면 있는지도 모를 작은 쪽문이 있었고, 사내가 그 문을 두드리자 잠시 뒤 안쪽으로 문이 열렸다.

"따라오시오."

"……."

반악은 누가 기다리고 있을지도 모르는 쪽문 안으로 머리를 들이밀고 들어가는 것이 내키지 않았다.

"난 다른 방법으로 가겠소."

"……?"

반악은 그대로 땅을 차고 담장을 뛰어넘었다.

스릉.

땅에 내려서자마자 기다렸다는 듯 좌우에서 칼이 날아왔고, 반악은 좌우로 손을 뻗어 잡아버렸다.

"……!"

양쪽에서 칼을 휘둘렀던 매서운 인상의 두 사내는 크게 놀라면서도 칼을 빼내기 위해 힘껏 잡아당겼다.

하지만 칼은 거석에 박힌 것처럼 꼼짝도 하지 않았고, 반악은 코웃음을 치며 발을 빠르게 좌우로 내질러 두 사내의 복부를 걷어찼다.

"윽!"

두 사내가 신음을 터트리며 쓰러지자 안쪽에서 세 명의 사내가 칼을 들고 달려왔다.

"그만!"

쪽문을 통해 들어온 사내가 달려오는 사내들을 향해 손을 들어서 제지했다.

그리고 반악을 향해 감탄과 불쾌감이 엇갈린 표정을 지었다.

"댁을 죽이려고 했다면 굳이 이곳까지 데려왔겠소?"

"이유가 무엇이건 간에, 내게 칼을 휘두르면 대가를 치러야 하오."

"……"

사내는 반악을 빤히 쳐다보다가 한숨을 내쉬었다.

"댁의 말이 맞소. 경고도 없이 칼을 휘두른 건 잘못이었소. 미안하오."

반악은 사내가 낮은 지위에 있지 않음을 알 수가 있었다. 그리고 순순히 잘못을 인정하는 걸 보면 자신에게 뭔가 바라는 게 있음이 분명했다.

"하지만 댁이 내게 묻지도 않고 함부로 담장을 뛰어넘은 게 문제를 만든 원인임을 부정하진 마시오."

반악은 사내가 제법 강단이 있는 자라고 생각했다.

그를 뒤따라오며 걸음과 자세, 근육의 움직임을 통해서 사내가 제법 튼실하게 무공을 익혔다는 걸 알 수가 있었다. 하지만 사내는 자존심을 우선으로 삼는 무림인이 아니라 대부분 힘의 고하로 위계를 결정하는 하오배가 분명했고, 아마도 자신이 매우 강하다는 걸 알고 있을 것이다.

그런데도 사과에 그치지 않고 잘잘못을 분명하게 걸고 넘어가려고 한다는 건 배짱이 두둑한 인물이라는 뜻이 아니겠는가.

반악은 고개를 끄덕였다.

"부정하진 않소."

"그럼 됐소. 앞으로는 조심해 주시오."

"글쎄. 앞으로 또 문제가 생기지 않게 하려면, 저런 쪽문으로 안내하지 말라고 조언하겠소."

사내는 대화가 되지 않는다고 생각했는지 고개를 절레절레 흔들었다.

"시간 낭비는 그만합시다."

사내는 수하들을 좌우로 넓게 비켜나게 하고, 반악과 함께 별채의 뒷문으로 들어섰다.

그리고 그 별채 안에 만들어놓은 비밀문을 통해서 지하로 내려갔다.

*　　　　*　　　　*

지하로 들어선 순간 옅은 약냄새가 났다.

저 아래에 부상자, 혹은 병자가 있다는 뜻이었다.

사내는 캄캄해서 잘 보이지 않을 텐데도 꽤 익숙한 듯 계단을 빠르게 내려가 문을 두드렸다.

"누구냐?"

"접니다."

끼익.

문이 열리고 불빛이 새어나왔다.

반악은 사내를 따라 문 안으로 들어갔다.

지하실의 내부는 제법 넓었다. 여느 방처럼 모든 걸 갖춰두었고, 사람도 다섯 명이나 있었다. 그리고 그중 한 명이 나머지 네 명을 등 뒤에 거느리고 의자에 앉아 있었는데, 상의를 벗은 채로 어깨와 복부에 붕대를 감고 있는 상태였다.

나이와 어울리지 않는 단단한 근육질의 상체에는 호랑이 문신이 새겨져 있었는데, 그림의 화려함과 거대함만 보더라도 그가 평범한 지위의 인물이 아님을 알 수 있었다.

그가 두목인 것이다.

"일어나 손님을 맞이해야 하는데, 몸이 이 지경이라 그러지 못해 미안하오. 난 일성파 두목 마기영이오."

반악은 다짜고짜 물었다.

"날 이곳으로 오게 한 이유가 뭐요?"

마 두목의 뒤에 서 있던 네 장년인들의 얼굴이 일그러졌다.

이름도 밝히지 않고 묻는 반악의 건방진 말투와 태도에 분노한 것이리라.

하지만 입도 뻥긋하지 않는 걸 보면 두목이 말을 할 때는 절대 나서지 않는다는 확고한 기준을 가지고 있는 게 분명했다.

아마도 그들은 마 두목의 옆에서 오랫동안 충심을 가지고 보좌한 자들일 것이었다.

반악은 그들의 태도를 통해서 일성파가 규율과 서열, 그리고 뒷골목 특유의 의리가 잘 잡혀 있는 전통의 하오문이라고 추측할 수 있었다.

마 두목 역시도 그들처럼 기분이 별로 좋지 않을 텐데, 별다른 내색 없이 입을 열었다.

"내 모습을 통해 이미 짐작하고 있겠지만, 최근 우리의 상황이 좋지 않소. 그리고 오늘 젊은이가 노렸던 자들 중에 하나가 우릴 힘들게 한 원흉이라오. 여기 합비의 무림과 뒷골목 사회가 제 것이라 착각하고 있는 청포검객 엄벽달 말이오."

"합비와 댁들의 사정은 내가 알 바 아니니, 본론만 말하시오."

뒤에 선 네 명의 어깨가 꿈틀거렸다.

당장이라도 칼을 뽑아 달려들 기세라고 할까.

하지만 반악을 노려보기만 할 뿐, 이를 악물고 끝까지 참아냈다.

"한 가지 부탁을 할까 해서 이리로 불렀소이다."

"설마 나보고 엄벽달을 죽여 달란 거요?"

"역시 말이 잘 통하는구려. 맞소. 엄벽달을 죽여주시오."

반악은 코웃음을 쳤다.

"내가 왜 그래야 하오?"

"내 아들 녀석의 말을 들어보자니 젊은이는 아까 거룡성 놈들을 죽이려고 했던 거 같은데, 그렇지 않소?"

반악은 뒤를 돌아보았다.

그를 안내했던 사내가 마 두목의 아들이었던 것이다.

사내가 고개를 살짝 끄덕였다.

"인사가 늦었소. 마평진이오."

"날 감시하고 있었소?"

"댁이 아니라 엄벽달 늙은이를 감시하고 있었소. 그러다 댁을 보게 된 거지."

그리고 반악을 이용해 엄벽달을 제거하자는 생각을 하게 된 것이다.

마 두목은 뒤로 손짓을 해 의자를 가져오게 하고, 반악에게 앉기를 권했다.

"지금은 서로 간에 급할 것이 없으니, 일단 앉아서 차분하게 이야기를 나눠 봅시다."

반악은 잠시 침묵하다가 자리에 앉았다.

그리고 물었다.

"그 상처는 엄벽달의 짓이오?"

마 두목의 얼굴에 처음으로 감정이 나타났다.

분노라고 할 수 없는, 그렇다고 좌절감이라고 보기 애매한, 그러나 반악에게는 익숙하게 느껴지는 표정이었다.

배신감.

반악은 물었다.

"엄벽달과 잘 아는 사이였소?"

마 두목은 팔걸이가 으스러지도록 움켜잡으며 버럭 소리쳤다.

"그 씹어 먹어도 시원찮을 새끼는 보름여 전까지만 해도 나를 아우라 불렀소!"

같은 산에 두 마리 호랑이가 있는 격이기는 했지만, 엄벽달과 마 두목은 서로 반목할 이유가 크게 없었다.

사실 엄벽달이 처음 합비에 왔을 때만해도 하오배들을 모두 쓸어버리는 것으로 본보기를 삼아 자신의 무서움을 널리 알려 분위기를 휘어잡아볼까, 하는 생각을 하긴 했었다.

그러나 하오문이라고 무시하기에는 일성파가 가진 전통과 규모가 만만하지 않았고, 특히 마 두목을 비롯한 주요 인물들이 하오배답지 않은 무공 실력을 지니고 있는 터라, 엄벽달은 위험부담이 생길 수도 있는 싸움을 피하는 쪽으로 생각을 돌리게 되었다.

물론 몇 가지 사업에 있어서는 모른 척하기 힘들 만큼 직접적으로 얽히고 상충하는 부분도 있었으나, 우두머리들 간에 묵직한 금원보가 은밀히 오가고 적당히 합의를 보는 것으로 분쟁 없이 조용히 마무리를 지었다.

그리고 두 사람은 그러한 만남을 통해 친분을 형성하고 최근까지 형님, 아우 하면서 잘 지내왔다. 나름 성격도 잘 맞는 편이고, 같이 어울린 시간이 적지 않아서 꽤 돈독한 사이가 되었다고 할까.

그런데 여느 때와 다름없이 어울린 술자리에서 엄벽달이 뒤통수를 친 것이다.

"보다시피 어깨살이 한 움큼 잘려나가고, 복부에도 칼침을 맞았소."

아래층에 있다가 뭔가 이상한 낌새를 눈치챈 마평진과 수하들이 뛰어 올라와 그를 구출하지 않았다면, 그리고 젊을 적부터 동고동락했던 측근 두 명을 비롯한 십여 명의 수하들이 목숨을 버리면서까지 퇴로를 열지 않았다면 이곳에 있지도 못했을 거라는 게 그의 설명이었다.

"애들이 놈들의 동태를 살펴본 바로, 내가 죽었다고 믿는 것 같더이다. 하긴 배에 구멍이 나서 기절한 상태로 피를 철철 흘리며 업혀나가는 걸 봤으니 그리 생각할 수밖에 없겠지. 그리고 실제로 거의 죽다 살아나기도 했고."

그는 열흘 가까이 사경을 헤매다가 간신히 정신을 차렸던 것이다.

반악은 의아해서 물었다.

"거룡성이 안휘 북부의 하오문들을 공격하기 시작한 게 거의 한 달이 다 되었다고 들었는데, 그때까지도 그들의 움직임을 모르고 있었다는 거요?"

"놈들이 갑자기 우릴 적대하기 시작했다는 걸, 그리고 주변 지역에서 그 일로 난리가 났다는 걸, 난 정신을 차리고 나서야 알았소."

일단 일성파 자체의 정보수집 능력에 문제가 있었고, 주변 지역의 하오문과 하오배들이 너무 순식간에 당해버리는 바람에 소문이 알아서 차단되어버리는 효과가 생긴 것도 한 원인이었다.

게다가 엄벽달에 대한 믿음 때문에 평소 거룡성의 움직임을 주시하지 않은 안이함도 한몫을 했다.

'나도 배반당한 경험이 있어서 이자의 심정이 이해 안 가는 건 아니지만……'

반악은 솔직히 마 두목이 느끼는 배반감에 완전히 공감할 수가 없었다.

애초부터 두 사람의 친분은 이해득실에 따른 만남에서 생겨난 것이었는데, 주변지역의 심각한 분위기를 놓칠 만큼 마음을 놓고 있었다니.

냉정히 평가해보자면, 마 두목은 엄벽달을 원망할 처지가 아니었다.

오히려 그 자신의 어리석음을 탓해야만 할 것이다.

반악이 상관미조를 죽이지 못한 것에 얼마큼 대단한 능력의 방해자가 있었건 간에, 자신의 어리석은 판단과 실수 때문에 생겨난 결과라고 자책했던 것처럼 말이다.

어느 정도 흥분을 가라앉힌 마 두목이 물었다.

"젊은이가 누군지도 모르고, 무슨 사정이 있는지도 알 수가 없지만, 어쨌든 작정을 하고 놈들을 노린 거잖소. 그렇다면 그냥 이대로 포기하지는 않을 터. 분명 다시 시도할 것 같은데, 그렇지 않소?"

"내가 뭘 하든, 당신들이 상관할 일은 아니오."

"만약 우리가 도와주겠다고 한다면 상관이 없다 할 수는 없겠지."

"……."

"어차피 죽이려한 놈들이고, 아까의 실패로 벌집을 건드린 격이라 다시 기회를 만들기 어렵게 되었다는 건 젊은이도 잘 알고 있잖소."

"……."

"우리 일성파는 합비에서 잔뼈가 굵고, 이곳에서만큼은 감시망이 매우 두터워서 젊은이에게 필요한 정보를 알려줄 수 있소. 그 외에도 요구하는 모든 걸 지원하겠소. 원한다면 성공하고 난 후에 흡족할 만큼의 사례금도 드리리다."

반악은 대꾸가 없었다.

마 두목은 설득이 안 되는 건가 싶어 걱정이 되었다. 그래서 되도록 꺼내지 않으려고 했던 물음을 던졌다.

"젊은이는 내 생각만큼 그 여자를 죽이고 싶은 마음이 없었던 모양이오?"

순간 반악의 날카로운 시선이 마 두목의 눈동자에 송곳처럼 박혔다.

그가 상관미조를 노리고 있다는 걸, 뭔가 개인적인 원한이 있다는 걸 조금이라도 눈치채고 있다면 살려둘 수 없기 때문이었다.

마 두목의 뒤에 선 수하들은 칼의 손잡이를 움켜잡은 채 언제라도 나설 자세를 취했다. 마평진도 손에 비수를 쥐고 부친의 신호를 기다렸다.

하지만 마 두목은 오히려 손을 휘저어서 섣부른 행동을 하지 말라고 경고했다.

"손님을 모셔놓고 뭣들 하는 게냐."

그러나 마 두목도 긴장하고 있기는 마찬가지였다.

단지 아들이 보고 전해주었던 반악의 실력을 감안할 때, 싸움이 나면 도리어 자신들이 죽어나갈 가능성이 높다는 걸 알기 때문에 자제시키고 있는 것이다.

하지만 반악의 날카로운 표정과 눈빛은 진정될 기미가 없었고, 분위기는 더욱 싸늘해져만 갔다.

헌데, 바로 그때 누군가 문을 두드렸다.

"저예요."

여인의 목소리였다.

반악의 날카로운 시선이 갑자기 무뎌졌다.

마 두목 등은 내심 안도의 한숨을 내쉬었지만, 왜 반악이 달라졌는지에 대해서는 알 수가 없었다.

반악이 문을 쳐다보자 마평진이 누가 온 것인지에 대해서 설명했다.

"우리를 도와주고 있는 기루의 여주인이오. 원래부터 우리와도 엄벽달과도 거래하지 않고 중립을 지켜온 사람이라 걱정할 필요는 없소. 아마도 식사 때가 되어 먹을 것을 가져온 걸 거요."

마평진은 반악이 대꾸하지 않자 얼른 문을 열어주었다.

"왜 이리 늦게 열어요?"

음식이 가득히 담긴 쟁반을 손에 들고 들어온 여인은 규모 있는 기루의 주인이라 하기에는 너무 젊고 예뻤다.

"어머, 못 보던 분이 있네요. 마 두목님은 이런 상황에서도 손님을 불러들이시다니, 배짱 하나는 정말 대단한 분이라니까요."

여주인은 사내라면 누구라도 싱글거리게 만드는 간드러지는 말투와 색기 어린 미소를 가지고 있었다.

하지만 그것만이 아니었다. 그녀는 자신감이 넘쳤다. 주변에 인상 험악한 사내들이 있고, 그들이 거룡성의 추적을 받는 자들이란 것을 감안하면 이처럼 흔들림 없는 태도는 여느 사내들도 보여주기 힘든 배짱이었다.

마 두목이나 다른 자들도 살짝 건방져 보일 수도 있는 여주인의 태도와 말투에 반박을 하거나 화를 내지 않고 자연스럽게 받아들이는 걸 보면 이런 태도를 이전부터 겪어왔고, 그녀를 인정하고 있다는 의미일 것이다.

반악은 담담한 표정과 달리 내심으로는 매우 놀라고 있었다.

'이런 곳에서 보게 될 줄이야.'

반악은 여주인을 알고 있었다.

그녀는 과거 노호채에서 도망치듯 살아나와 잠깐 동안 그와 동행을 하기도 했었던 월은이었다.

게다가 몇 달 밖에 되지 않은 시간이 흘렀는데, 월은은 많이 달라져 있었다. 조금 전의 태도만 봐도 남자에게 의지하지 않고는 살아갈 수 없을 것 같던 예전의 그녀가 아니었던 것이다.

뭔가 그녀를 변화시킨 계기가 있었던 것일까?

월은은 쟁반을 탁자에 내려놓으며 반악에게 물었다.

"백월루의 주인인 월은이라고 해요. 잘생긴 공자님의 이름은요?"

"……."

"입이 무거운 분이신가 보네요. 음, 그런데 왠지 낯이 익어요. 혹시 백월루에 오신 적이 있나요?"

월은은 반악을 알아보지 못하고 있었다.

그만큼 견일이 효과적으로 얼굴의 특징을 변화시켜놨던 것이다.

　반악은 간단히 대답했다.

　"없소."

　"……!"

　월은의 눈이 갑자기 동그랗게 커졌다.

　마 두목 등은 월은의 놀란 표정을 보고 의아해 했다. 왜 갑자기 저런 반응을 보이는지 이해할 수 없었으니까.

　월은은 살짝 떨리는 음성으로 물었다.

　"얼굴은 달라졌어도 그 목소리는 절대 잊을 수가 없어요. 공자님은 반악 님이시죠?"

　"……."

　침묵은 무언의 긍정이라 했다.

　이미 반악이라 확신하고 있던 월은은 환한 미소를 지으며 그의 앞에 엎드려 절을 했다.

　"은공께 인사드려요."

　지켜보던 마 두목 등은 사정을 알 수 없어 어리둥절해졌고, 반악은 얼른 월은을 일으켜 세웠다.

　분명 그가 그녀를 구해주긴 했었지만, 그때도 지금도 은인이니 은공이니 하는 말까지 들을 정도는 아니라 생각하고 있기 때문이었다.

　"이럴 필요 없다."

"은공은 변함없이 무뚝뚝하시네요. 하지만 제가 좋아서 하는 거예요. 반악 님을 다시 보게 되어 너무 기쁘거든요."

반악은 기분이 묘했다.

우연히 그녀를 구했던 것이고, 동행하는 와중에는 그녀의 유혹을 거부하고 모멸감까지 주었는데, 월은은 그를 다시 본 것만으로도 이렇듯 즐거워하고 있다니.

"두 사람이 아는 사이였다니 참으로 놀랄 일이구만. 월 루주, 어찌 이 젊은이를, 아니, 반 소협을 알게 되었는가?"

마 두목의 궁금증 가득한 물음에 월은은 빙긋이 웃었다.

"별로 밝히고 싶지 않은 과거지사이기 때문에 자세히는 알려 드릴 수가 없어요. 그냥 제가 이분께 목숨을 구함 받았다는 것만 말씀드릴게요. 은공, 저와 함께 기루로 가세요."

월은은 할 말이 많다고, 맛있는 음식과 술을 대접할 테니, 먹으면서 이야기하자고 말했다.

반악은 고개를 내저었다.

"난 거룡성의 추적을 받고 있다."

"아, 그래서 여기 계셨던 거군요. 제가 위험해질까봐 걱정 돼서 가지 않으시겠다는 거겠죠? 하지만 아무 염려 마세요. 마 두목님을 비롯해서 일성파 분들의 은신처까지 제공하는 데, 반악 님 한 분 정도 감추는 것이야 제게 일도 아니에 요."

월은은 반악의 팔짱을 끼고서 밖으로 끌고 나갔다.

두 사람이 나가고 지하실에 잠시 침묵이 감돌았다.

"두목님, 일이 이상하게 돌아가는데요?"

수하의 말에 마 두목은 고개를 끄덕이면서도 웃었다.

"오히려 잘 된 걸 수도 있다. 월 루주가 우릴 돕고 있고, 우리에게 문제가 생기면 그녀에게도 안 좋다는 점을 반 소협도 알고 있을 테니까."

"반 소협이 그녀 때문에 우릴 도울 거라는 말씀이십니까?"

마평진이 살짝 흥분한 목소리로 물었다.

질투심 때문이었다.

그는 예전부터 월은을 좋아하고 있었다. 처음 합비에 나타나 주점을 구입해 운영하기 시작할 때부터 누구 앞에서건 당당했던, 심지어 뒷골목의 제왕으로 군림하는 부친을 먼저 찾아와 장사를 하려고 하니 자신을 방해하면 사내로 생각하지도 않겠다고 기세 좋게 말해서 인정을 받았던 그녀의 모습에 반한 것이다.

그런데 반악과 매우 긴밀한 사이인 것처럼 보이니, 기분이 좋을 리가 없는 것이다.

마 두목은 잘못 생각하고 있다면서 고개를 흔들었다.

"월 루주 때문에 우리와 손을 잡는다는 게 아니라, 어느 정도 영향을 줄 거라는 뜻이다. 척 봐도 고집이 대단한 인물이야. 그런 자가 한 번 노린 목표를 그냥 포기할 것 같으냐?

아닐 거다. 조금 전의 날 보는 눈빛 봤지? 어떤 내막인지는 모르지만, 그 여자에게 품은 원한도 보통 원한이 아니야. 어떻게든 끝장을 보려 할 게 분명하다. 그러니 반 소협이 자존심을 한쪽으로 치워두고 우리와 손을 잡는 데 있어서 월 루주가 아주 좋은 핑곗거리가 될 수 있다는 거지."

"어쨌든, 그가 월 루주를 신경 쓰고 있다는 거 아닙니까."

마 두목의 얼굴이 굳어졌다.

"네가 예전부터 월 루주를 마음에 들어 하고 있다는 거 안다! 그러나 때를 가려야지! 지금이 여자 때문에 질투나 하고 있을 때냐!"

부친의 호통에 마평진은 고개를 떨어트렸다.

"죄송합니다."

"알면 됐다. 이제 나가서 수하들과 함께 엄벽달이 뭘 하고 있는지 알아봐라. 그리고 그 거룡성에서 온 여자와 무리의 움직임도 파악해두고."

마평진은 알겠다며 축 처진 어깨를 하고서 문으로 돌아섰다. 문을 나서려는 그를 마 두목이 불러 세웠다.

"평진아."

"……."

"조심해야 한다. 뭐라 해도 살아남는 게 우선임을 잊지 말고."

투박하긴 하지만 나름 아들을 걱정하는 부정의 표현이었다.

마평진은 부친을 돌아보며 한 번 웃어 보이고는 곧장 밖으로 나갔다.

*   *   *

월은과 함께 별실에 만들어진 지하실을 나온 반악은 주방의 뒷문을 통해 기루에 들어섰다.

루주가 나타났음에도 누구도 그녀에게 시선을 주지 않았다. 숙수도, 보조들도 음식을 만드는 데만 집중하고 있었다.

'신기하군.'

그들의 태도가 아니라, 주방에서 일하는 이들이 모두 여자라는 점 때문이었다.

월은은 사람들의 태도에 대해서 신경도 쓰지 않고 주방을 그대로 가로질러갔다.

"루주님."

주방을 나오자 분칠을 심하게 하고, 과도할 정도로 화려한 의복의 장년여인이 다가왔다.

그녀의 이름은 덕홍이라 하고, 기루의 총관이면서 월은을 그림자처럼 따르고 보좌하고 있었다. 홍등가에서조차 받아주지 않는 노기였으나, 우연히 월은과 인연을 맺어 지금에 이르렀기에 그녀의 충심은 명문가의 가신 못지않게 깊고도 단단했다.

"루주님, 방금 전에 엄 장주의 수하들이 떼거리로 다녀갔습니다."

"별문제는 없었고?"

"막지 않고 원하는 대로 모든 방을 다 보여주었으니, 소란이 생길 일이 없었지요."

"잘 했어. 내 방으로 주안상을 가져다 줘."

덕홍은 반악을 힐끔 쳐다보고는 서둘러 준비하겠다고 대답하고 물러갔다.

"이쪽이에요."

월은을 따라 계단을 올랐다.

중간에 지나치는 사람들도 손님들을 제외하고 모두 여자였다. 그리고 주방에서 그러했듯 월은을 신경 쓰지도 않고 자기 일에만 열심이었다.

'이곳에선 여자만 고용하고 있는 건가?'

그리고 일을 할 때는 일만 한다는 분위기인 모양이었다.

두 사람은 가장 꼭대기 층인 오층에 이르렀다.

오층은 통째로 월은의 방이었다.

하나부터 열까지 방 안의 모든 것이 고급스러웠고, 형형색색의 화려함으로 가득했다. 그녀가 얼마나 많은 돈을 벌고 있는지 자랑이라도 하는 것처럼 꾸며져 있었다.

'왠지 좁은데.'

그렇다고 방이 넓지 않다는 건 아니었다.

단지 한 층을 모두 사용하는 것에 비해서 넓지 않다는 느낌이었다.

반악의 느낌은 정확했고, 이유는 금방 드러났다.

끼익.

월은이 구석에 있는 뭔가를 만지작거리자 책장이 한 사람이 드나들 수 있을 만큼 옆으로 밀려나고 밀실이 나타났다.

"은공을 감추는 건 일도 아니라는 제 말뜻을 이제 아시겠죠?"

반악은 스스로를 대견스러워하듯 환하게 웃는 월은을 따라 밀실로 들어갔다.

밀실은 이전의 방과 완전히 달랐다. 공간은 사분지일 정도밖에 되지 않았고, 전체적으로 수수했다. 그냥 보통의 규방 같은 느낌이었다.

반악에게 자리를 권하고 차를 따라 준 뒤 마주 앉은 월은은, 한동안 아무 말도 않고 입가에 미소를 지은 채로 빤히 쳐다만 보고 있었다.

"신경 쓰이니까, 그만 봐."

"그 얼굴은 어떻게 된 거예요?"

"변장이다."

"본래의 얼굴을 드러내지 않으려고 하신 걸 보면, 뭔가 나쁜 짓을 하려고 하셨던 모양이죠?"

"비슷해."

"못 믿겠는데요."

"왜?"

"반악 님은 협사시고, 협사는 좋은 일을 하잖아요."

반악은 코웃음을 쳤다.

"누가 협사냐. 난 아니야."

"철심무정협객을 협사가 아니라고 한다면, 누가 또 협사로 불릴 수 있겠어요."

"그건 어디서 들었냐?"

"이목이 어두우면 고달픈 세상이라 이곳저곳 관심 있게 둘러보다가 자연히 듣게 되었지요."

"천이서생, 그 늙은이의 입에서 나온 걸 들은 게 아니고?"

월은이 놀라며 눈을 동그랗게 떴다.

"알고 계셨어요?"

"역시 그 늙은이가 퍼트린 별호였구나!"

"사실은……."

반악과 헤어지고 함께 합비까지 온 천이서생은 한 달 가량 그녀의 보호자 역할을 해주었다고 한다.

젊고 예쁜 여인이 낯선 곳에서 혼자 자리를 잡으려면 여러 어려움이 생길 수 있기 때문에, 그녀가 패물을 팔고, 그 돈으로 주점을 사들이고, 일꾼을 고용하고 나서도 보름간을 더 함께 지냈던 것이다.

그때 천이서생이 철심무정협객이란 별호를 지었다면서

월은에게 자랑스레 말을 해주었는데, 그가 합비를 떠난 지 얼마 되지 않아서 반악에 대한 이야기와 별호가 절강지역을 떠돌았고, 천이서생의 행적을 따라 소문이 퍼져나간 끝에 돌고 돌아서 결국 합비에 안정적으로 자릴 잡은 월은의 귀에도 들어오게 되었다는 것이다.

"그 늙은이가 여기 다시 온 적은 없냐?"

"없어요. 하지만 다시 들르신다고 했으니, 언제고 나타나시겠지요."

"나중에 그 늙은이를 만나게 되면 내가 한번 보잔다고 전해라."

"좋은 기분으로 만나시겠다는 것 같지가 않은데요?"

"남의 이름을 함부로 떠들고 다닐 정도면 그만한 각오는 하고 있겠지."

"그러지 마세요. 입이 가벼운 분이기는 해도 결코 나쁜 의도를 가지고 계신 건 아니잖아요."

"말로 돈을 벌고, 위세를 떨고 사는 인간이야."

"살아가는 방식은 제각각이니까요. 그래도 등 어르신 덕분에 은공의 명성이 각지에서 널리 퍼지고 있는 걸요."

"명성 같은 건 필요 없어."

"은공다운 말씀이시네요. 역시 멋져요."

반악은 문득 자신이 너무 많은 말을 했다는 걸 깨달았다.

'내가 달라진 건가, 아니면……'

월은이 너무 변한 걸까?

"왜 갑자기 말이 없으세요? 제가 멋지다고 해서 당황하셨나요?"

"당황은 무슨. 그건 그렇고, 왜 일성파를 돕고 있는 거냐?"

누가 봐도 일성파의 상황은 촛불 앞의 바람처럼 위태롭기 그지없었다.

그들을 돕고 있는 걸 거룡성에 들키기라도 하면 월은은 목숨을 보전하기조차 힘들게 될 것이다.

"일성파를 돕는 게 아니라 마 두목님을 돕는 거예요."

"무슨 차이가 있냐?"

"전혀 달라요. 전 세력이 아니라, 사람을 보고 돕고 있으니까요. 제가 주점을 시작할 때 그분께 도움을 좀 받았거든요. 비록 그분이 누구에게도 부끄럽지 않을 만큼 좋은 분이라고 당당히 주장하지는 못하지만, 상대가 누구건 간에 은혜를 받았으면 갚을 줄도 알아야죠."

반악은 새삼스런 시선으로 월은을 바라봤다.

예전에는 자기 몸을 챙기기도 벅차서 남자에게 의존하려고만 했던 여인이, 이제는 삶의 큰 그림을 그리고 사람을 말하고 있지 않은가.

"너, 많이 달라졌구나."

월은은 순순히 인정했다.

"달라졌죠. 아주 많이요. 모두 은공 덕분이에요."

"내가 뭘?"

"넌 남자가 없으면 안 되는 여자냐?"

"……?"

"제 유혹을 차갑게 뿌리치시면서 은공께서 그리 말씀하셨잖아요. 그 말을 듣고 저를 돌아보게 되었어요. 그리고 그 상태로 살아가야 한다는 게 너무 부끄럽고 괴로웠죠. 그래서 달라지기로 했어요. 이를 악물고 했죠. 그래도 제가, 저의 인생이 달라지지 않으면 죽어버리겠다는 각오로요. 그래서 지금의 제가 되었어요. 때때로 겁이 나고 물러서고 싶을 때마다 은공의 말씀을 떠올려요. 그리고 다시 이를 악물고 힘을 내죠."

"……."

"마 두목님을 돕는 것도 이전의 저였다면 절대 하지 않았을 거예요. 은혜를 입기는 했어도 예전처럼 모든 걸 머리로만 생각하고 있다면 그분을 외면하고 엄 장주, 그 늙은이에게 알려야 했겠죠. 하지만 이제는 은공처럼 이 가슴으로 생각하게 되었어요. 그래서 거의 망설임도 없었죠. 그냥 너무 자연스럽게 받아들이게 됐어요."

"……."

"이것도 협이겠죠? 일신의 안위도 아니고, 앞날의 풍요로움도 아니고, 그래야 하니까 앞뒤 보지 않고 뛰어들어버리는 거요. 저도 은공처럼 협을 행하고 있는 거겠죠?"

반악은 순간 할 말을 찾지 못했다.

생각지도 못했던 사람에게서 협을 들었기 때문이었다.

또한 자신이 어떤 대답을 해야 하는지 망설여졌기 때문이었다.

'나는 답을 알고 있는가?'

짧지도 길지도 않은 시간 동안 여러 일들을 겪으면서도 결론을 내리지 못하고 고민만 거듭해왔다.

왜 이러나 싶을 정도로 감정적으로 정리되지 않았고, 갈팡질팡했다.

이게 답이겠지 했더니 다른 의문이 생기고, 저게 답이겠지 했더니 또 다른 사람들이 혼란스런 말들을 던져주거나 혹은 행동으로 보여주어 그를 고민하게 만들었다.

그리고 이제 다시 또 한 명의 사람이, 그것도 전혀 상관도 없을 줄 알았던 월은이 그에게 협에 대해 물음을 던지고 답을 요구하고 있었다.

반악은 자신에게 물었다.

'넌 협을 무엇이라 말하고 싶은 거냐?'

월은은 반악이 아무 말도 않고 있자 얼굴을 살짝 붉히며 어색한 미소를 지었다.

"제가 너무 바보 같은 소릴 했죠? 은공을 만나 괜히 들떠서 그런가 봐요. 몸뚱이로 사내나 후릴 줄 알았던 하찮은 계집이 이제는 협객처럼 호방하고 의협심을 발휘하면서 잘 살게 됐다고, 당당해졌다고 자랑하고 싶었나 봐요."

"맞다."

"……?"

"네가 하는 것은 협이다."

"정말요?"

"남녀를 가리지 않고 내가 만났던 모든 사람들을 돌이켜 보아도 너와 같은 사람은 손에 꼽을 정도다."

"진짜죠?"

"난 쓸데없이 허튼소리를 하지 않는다. 옛말에 협객은 정의에 벗어나 있지만 자신이 말한 것을 지키는 신의, 어디서나 칼을 뽑는 실천력, 약속에 대한 성실함, 자신의 생사를 돌보지 않고 다른 사람의 재난을 구해 주는 의협심, 자신의 능력을 과장하지 않고 타인에게 베푼 은혜를 자만하지 않는 인간성, 이것들을 가치 있는 것으로 평가한다고 했다. 그러니 넌 천하의 어떤 협객 앞에서도 당당할 수 있는 여협객이다."

반악이 크게 고개를 끄덕여주자 월은의 눈시울이 붉어지고, 얼굴 가득 환한 미소가 그려졌다.

그녀의 뺨을 타고 맑게 빛나는 눈물이 흘러내렸다.

"다행이에요. 정말 다행이에요."

월은은 울고 있기도, 웃고 있기도 했지만, 그 두 가지 모두 안도감과 기쁨으로 인한 것이었다.

그리고 반악은 그녀의 모습에서 지금껏 스스로를 괴롭혀

온 고민이 사라져버리는 개운함을 느끼게 되었다.

'협은⋯⋯.'

기준이란 것이 없으면 단순한 폭력과 다를 것이 없다.

허나 머리로써 기준을 잡는 것이 아니라, 마음으로 잡아야 하는 것이다.

또한 그 시작에 있어 이해와 판단, 결과를 보는 것이 아니라, 실행한다는 것 자체만 봐야 한다.

사람은 선할 수만은 없고, 악할 수만도 없기에 누구를 돕고 누구를 벌하느냐에 현실적이냐 이상적이냐를 따질 것이 아니다.

그 처한 상황이 고상하기도 하고 천박하기도 하며, 그 끝이 좋을 때도 있고 나쁠 때도 있어 마음의 편함만을 추구해 고를 수 있는 것 또한 아니다.

협은 그 자체로 살아 있다. 그래서 의도하지 않았음에도 월은과 같이 받아들이고, 가치관과 삶이 변화하는 사람이 생겨나기도 하는 것이다.

하지만 행하지 않으면 나타날 수도 없으니, 사람이 행함으로써 그제야 협은 만들어지고 퍼져나가게 된다.

협은 행이고, 행은 곧 협이라.

그래서 예전에는 악인이었던 반악도, 예전에는 자신의 안위만 생각했던 월은도, 앞뒤를 보지 않고 마음을 따라 올곧게 행함으로써 협객이 될 수가 있는 것이다.

아니, 이런 생각과 이론도 필요 없었다. 그는 이제 협이 무엇인지 깊고도 분명하게 느끼고 있고, 그것으로도 충분함을 느꼈다.

기분이 좋았다.

이제야 석 무사의 행동과 마음을 진정으로 이해하게 되었기 때문이었다.

"하하하하!"

반악의 커다란 웃음에 눈물을 닦던 월은은 멍한 표정을 지었다.

"괜찮으세요?"

아무리 생각해도 이리 웃을 일이 없고, 그녀가 알고 있는 반악은 이렇게 웃을 사람도 아니었기에 어안이 벙벙할 수밖에.

"네가 날 웃게 하는구나."

"제가 울면서 웃는다고 놀리시는 거예요."

"아니다, 절대 아니다."

반악은 자리에서 일어났다.

그리고 정중하게 포권을 취하고 머리를 숙이기까지 했다.

"네가 날 일깨워주었다. 진정으로 고맙다."

월은은 깜짝 놀라 벌떡 일어났고 손을 내저으며 뒤로 물러났다.

"은공께서 저에게 머리를 숙이시다니요. 민망스럽고 두렵습니다."

"묻지도 말고 알려 하지도 말고, 그냥 나의 진심어린 인사를 받아다오."

황망하여 어찌할 바를 몰라 하던 월은은 반악의 진지하고 정중한 요청에 잠시 침묵하다가 공손하게 허리를 숙였다.

"연유는 알 수 없으나, 은공의 인사를 감사히 받겠어요."

"고맙다."

두 사람은 고개를 들고 서로를 마주보며 웃었다.

이때, 밀실 밖에서 규칙적으로 벽을 두드리는 소리가 났다.

덕홍이 주안상을 가져왔다는 신호였다.

"그럼 술과 음식으로 은공과 저의 재회를 축하할까요?"

"그거 좋지."

반악은 그 어느 때보다 밝은 음성과 표정으로 고개를 끄덕였고, 월은은 가벼운 발걸음으로 걸어가 문을 열었다.

그리고 밀실 안으로 들인 진수성찬과 술을 함께 먹고 마시며 월은이 합비에 와서 성공하기까지 있었던 일들에 대해 이야기 했다.

두 사람은 정말 오랜 만에 각자의 인생에서 살짝 비껴 나와 아무런 고민과 걱정도 없이 즐거운 시간을 보내고 있었다.

*　　　*　　　*

반악과 월은이 즐거운 시간을 보내는 그때.

사람들의 이목을 피해서 백월루로 몰래 접근하고 있는 하나의 인영이 있었다.

엄벽달을 비롯한 거룡성의 무리를 관찰, 감시하기 위해 합비에서 머무르고 있던 천문당원들 중 한 명이었다.

그는 상관미조의 명을 받아 반악의 흔적을 뒤쫓아 이곳에 이르렀고, 반악의 존재를 확인하기 위해 기루로 침투하는 중이었다.

하지만 그 천문당원은 자신의 움직임을 파악하고 감시하고 있는 사람들이 있다는 걸 모르고 있었다.

견일과 견이.

장원을 감시하다가 반악이 상관미조를 기습하다 실패했다는 상황을 파악하고 즉시 흔적을 추적해 기루 근방에 당도한 뒤, 얼마 있지 않아 천문당원이 나타날 걸 예상하고 주변을 감시하고 있었던 것이다.

『저놈 하나만 있지는 않겠지?』

기루의 오른쪽 건물 지붕 위에서 몸을 감춘 채 지켜보고 있던 견일이 견이에게 입모양만 움직여 말했다.

『어딘가에서 저놈을 보조할 놈이 숨어 있겠지.』

『그럼 어떻게 할래?』

『네가 저놈을 맡아라. 난 숨어 있는 놈을 찾겠다.』

『시간을 끌어야 하냐?』

『아니. 금방 숨어 있는 놈을 찾을 테니까, 기회가 되면 망설이지 말고 처리해라.』

『그런데 저놈, 우리가 아는 놈일까?』

『글쎄. 설사 아는 녀석이라도 상관없어. 난 주인님과 우리 외에는 전혀 관심 없다.』

『나도 그래.』

『그럼 시작하자.』

천문당원들의 행동방식과 성향을 잘 알고 있는 두 사람은 곧바로 각자의 목적을 위해 좌우로 흩어졌다.

第四十二章

　월은과 즐겁게 먹고 마시며 이야기를 나누다가 취기가 돌아서 일찍 잠이 들었던 반악은 새벽 무렵 잠에서 깨어났다.

　'개운하군.'

　잠을 푹 자서가 아니라, 이제는 협을 바라보는 자신의 시선과 행동과 나아가야 할 방향에 대한 고민을 깨끗하게 털어낸 상태기 때문이었다.

　반악은 침상에서 일어나 옷을 걸쳤다.

　밀실 안은 어두웠지만 그에게는 전혀 문제될 것이 없었다. 탁자는 깨끗하게 치워져있었고, 잔 하나와 주전자가 놓여 있었다.

물을 따라 마셔보니 꿀을 탄 것이었다. 월은이 그를 생각하는 마음이 얼마나 진심어린 것인지, 또 배려심이 가득한지를 알 수 있는 부분이었다.

반악은 밀실을 나와 창문을 통해 가벼운 몸놀림으로 지붕에 올라갔다.

그곳에는 견일과 견이가 납작 엎드려 그를 기다리고 있었다.

견일은 성 밖에 나가서 찾아온 박도를 반악에게 건네주고 곧바로 상황을 보고했다.

"합비에는 세 명의 천문당원이 배정되어 있었습니다. 그 중 둘은 이곳까지 와서 숨어들려 하는 것을 붙잡아 제거했고, 나머지 한 명은 장원 주변에서 근방을 감시하고 있었는데, 팔공산에서 상관미조를 따라온 두 명의 당원과 함께 있는 것을 찾아내 없앴습니다."

"확실히 더 없는 거냐?"

천문당원이 더 남아 있다면 또다시 이곳을 찾아낼 것이고, 여러 가지로 번거로운 존재가 될 것이기 때문이었다.

무엇보다 백월루 내에 자신과 마 두목 등이 숨어 있는 게 밝혀져서 월은이 피해를 당하게 되는 걸 원치 않았다.

견일은 망설임 없이 고개를 끄덕였다.

"놈들을 처리하기 전에 수단을 다 동원해 입을 열게 했고, 근방을 꼼꼼하게 탐색하면서 모두 다섯뿐이었다는 걸 재삼 확인했습니다."

"상관미조와 나머지는?"

"엄벽달을 제외하고 모두 장원에 있습니다. 엄벽달은 장원의 무사들뿐만 아니라 포쾌들까지 동원하여 지금도 주인님을 찾고 있는 중이지만, 염려할 부분은 없어 보입니다. 포쾌들은 상부의 지시를 받아 억지로 하는 것이라 그저 형식적으로 돕는 시늉만 하고 있고, 무식하게 힘만 키운 무사 놈들에겐 원래부터 파악할 능력조차 없으니까요."

그래서 천문당원들부터 찾아내 제거한 것 아니겠는가.

"천문당원들이 당했다는 걸 상관미조가 알기까지 얼마나 걸릴 거 같으냐?"

"평시의 보고체계로 가정해보면 내일 아침쯤에 알게 될 것입니다. 하지만 알아낸 바로는 상관미조가 천문당의 부당주가 되었다고 합니다. 그렇다면 보다 세밀한 보고를 받고 있을 테고, 지금쯤 이상한 낌새를 느끼고 있을 가능성이 높습니다. 그런데 놈들을 조지면서 알아낸 것 중에 놀라운 내용이 있는데, 상관미조가 홍문한과 몸을 섞는 사이가 되었답니다."

"……!"

"그 자존감 강한 홍문한이 상관미조 앞에서는 제대로 힘을 못 쓰고 있다더군요. 물론, 천문당 내에서만 이야기가 돌고 있고, 성주는 둘 사이를 모른답니다."

반악은 싸늘한 미소를 지었다.

자신을 함정으로 꼬드겨서 암습을 하는 교활하고 치밀한 모습을 보이더니, 결국 그 영악한 홍문한까지 휘어잡아 암계와 책략을 통괄하는 천문당의 요직을 차지한 것이다.

'요망한 것.'

새삼 분노와 살기가 치밀어 올랐다.

착하고 따듯하기 그지없던 그녀에게서 어찌 상관미조와 같은 딸이 태어날 수 있단 말인가.

'그녀가 아니라, 상관 성주의 영향 때문이다.'

그 외에는 달리 설명할 방법이 없었다.

'절대 살려 보낼 수 없다.'

이유는 당연히 복수심이었다.

그러나 이젠 그녀의 외모를 한 채로 악독하고 사악하며 음란하기까지 한 품성을 가진 여인으로 살아가는 상관미조를 두고 볼 수 없다는 이유가 덧붙여졌다.

그녀를 너무나 사랑했던 자신에게 있어 결코 가볍게 생각할 수 없는 이유였다.

"가서 장원을 감시하고 있어라."

"존명."

둘이 사라지자 반악은 기루의 뒤뜰로 뛰어내렸다.

상관미조를 확실히 죽이려면 이전보다 더욱 튼튼한 사전 준비와 합비에 대해서 잘 아는 조력자가 필요했다.

깃털처럼 사뿐히 땅에 내려선 반악은 마 두목을 만나기

위해 지하밀실이 있는 별관으로 걸어갔다.

* * *

거룡성의 지부 장원.

새벽인데도 불이 꺼지지 않은 방 안에서 상관미조는 어깨의 고통을 술로 달래고 있었다.

힘줄과 근육뿐만 아니라 뼈가 상하고 내상까지 입은 데서오는 고통은 그녀를 쉽게 잠들 수 없게 만들었다. 게다가 머리가 둔해진다는 이유 때문에 의원이 처방한 약 중 몇 가지를 먹지도 않았고, 그래서 그녀가 느끼는 고통은 보는 이가 상상하는 수준 이상으로 컸다.

물론, 그녀가 잠들지 못하는 건 어깨의 고통과 더불어 자신을 이렇게 만든 자에 대한 분노 때문이기도 했다.

"그냥 의원이 처방해준 약을 모두 먹으시오. 소저를 보는내가 더 힘들구려."

상관미조는 그녀와 마주 앉아 있는 백염비를 노려보았다.

하지만 곧 한숨을 내쉬며 고개를 돌렸다.

'그래도……'

백염비가 이 늦은 시간까지 자지 않고 옆에서 지켜주고있다는 점을 외면할 수가 없었다.

이제껏 마음에 드는 구석이 하나도 없었는데, 지금만은

다른 사람 같이 느껴진다고 할까.

'이 사람에게도 이런 면이 있을 줄은 몰랐어.'

대부분 무미건조한 표정과 음성으로 일관했던 백염비가 이렇게 자신을 배려하는 건 처음이었다.

음식점에서는 무시했지만, 목숨이 위태로웠던 자신을 구해준 게 다른 누구도 아닌 백염비임을 감안하면 진작 고맙다는 인사를 했어야 옳았다.

그리고 지금도 옆을 지키고 앉아 걱정을 해주고 있으니, 얼어붙은 마음이 녹으려 하는 것도 이상한 일이 아니었다.

이제야 백염비가 자신의 약혼자 같다는 기분이 들기 시작한 것이다. 하지만 그런 기분도 잠깐이었다.

'그래봤자 사내놈일 뿐이야!'

상관미조는 감정적으로 빠지려는 정신을 일깨웠다.

어릴 때부터 남자 따위는 믿고 살지 않겠다는, 오히려 이용하고 도구처럼 부리며 살겠다는 다짐을 떠올렸기 때문이기도 하지만, 다른 무엇보다 천문당원의 보고를 받을 시간이 한 시진이나 지났다는 점이 그녀의 마음을 불편하게 만들고, 냉정한 현실로 끄집어내 준 것이다.

'뭔가 잘못됐어.'

"지금 당장 여길 떠나야겠어요."

"흉수의 시신을 보고 가겠다고 했잖소."

사실 백염비는 진작 합비를 떠나야 한다고 했었다.

잠깐 손속을 나눴을 뿐이지만, 흉수의 무공 수준을 추측할 수 없었다는 점 때문이었다. 세상에 두려워할 자가 한 손에 꼽힌다고 자신하고 있지만, 예측 불가의 상대를 두고 쓸데없이 모험을 하고 싶지는 않았으니까.

게다가 상관미조를 노린다면 반룡복고당과 연관이 있을 가능성이 높고, 그 흉수 말고 또 몇 명이 더 있을지 알 수 없는 일이었다. 은밀히 그를 호위하는 일궁조 조원들을 데려오지 않아 등 뒤의 위험에 적절히 대응할 수 없는 지금은 그러한 불확실성 위험을 무시할 수 없었다.

그런데 상관미조가 거부를 했다. 흉수를 잡고, 그 시신을 찢어발겨 개의 먹이로 주지 않으면 분노가 가라앉지 않을 거라고 말이다.

"엄 장주가 아직까지 놈을 잡지 못한 게 이상하긴 하지만, 수하를 보내 육안과 장봉에 있는 무력대까지 이곳으로 부른 마당에 떠난다는 것은……."

상관미조는 말을 끝까지 듣지도 않고 일어섰다.

"그렇게 아쉬우면 소궁주 혼자 남아있으세요."

백염비는 짜증이 나고 울화가 치밀었지만, 내색하지 않고 예의 건조하면서도 담담한 표정으로 따라 일어섰다.

"상관 소저의 의지가 그렇다면야 어찌 거부하겠소. 그리고 난 다친 약혼녀를 혼자 보낼 만큼 어리석고 못난 사내가 아니오."

상관미조는 내심 안도했다.

말을 하진 않았지만, 지금 그녀에게 가장 믿을 만한 사람은 백염비였다. 이전에는 알지 못했지만 백염비의 무공은 생각 이상으로 높았고, 또 언제 흉수가 그녀를 노릴지 모를 상황에서 총단까지 안전하게 돌아가기 위해서는 백염비의 보호가 필요한 것이다.

하지만 겉으로는 조금도 내색 않고 방을 나섰다.

"어찌 나오셨습니까?"

밖을 지키고 있던 정모권 백룡대 대주가 의아해하며 물었다.

"총단으로 돌아가겠어요."

"지금 말입니까?"

"돌아가는 데 문제가 있나요?"

날카롭게 쳐다보는 상관미조의 신경질적인 반응에 정모권은 내심 욕을 하면서도 얼른 고개를 숙이며 전혀 문제없다고 대답했다.

그는 수하들에게 당장 출발 준비를 하라고 소리쳤다.

"부당주님, 우리가 떠난다는 걸 엄 장주에게 알릴까요?"

"그럴 필요 없어요."

정모권은 의문이 들었지만, 또 신경질적인 반응을 보일 것 같아서 묻지 않았다.

그사이 백룡무사들은 짐을 챙기고 마구간에서 말과 마차를 끌고 나왔다.

"대주님, 준비가 끝났습니다."

"알겠다. 모두 말에 올라라. 부당주님, 마차에 오르시죠."

상관미조와 백염비는 마차로 걸어갔다.

헌데, 그들이 문을 열고 들어가려는데 갑자기 소란스런 소리가 들리더니 장원에 남아 있던 무사들이 부산스럽게 뛰어나와 정문으로 달려가는 게 아닌가.

이상함을 느낀 상관미조가 그중 한 명을 불러 세워 무슨 일이냐고 물었다.

"지금 산하의 기루와 주점에 불이 나고, 흉수를 찾아다니던 무사들이 공격을 받고 있다는 전갈이 왔습니다!"

"공격을 한 자들이 누구라더냐?"

"……."

무사는 대답하기를 망설였다.

몰라서가 아니라, 누군가에게 함구의 명령을 받아 대답할 수 없다는 표정이었다.

정모권이 험악한 표정을 지으며 어서 대답하라고 압박했다.

기가 죽은 무사는 주위를 둘러보고 동료들이 자신을 보지 않고 있다는 걸 확인한 뒤 대답했다.

"일성파 놈들인 것 같습니다."

상관미조의 표정이 일그러졌다.

'병신 같은 늙은이! 역시 정리를 완전히 못했구나!'

어느 정도 예상은 하고 있었다.

하지만 이처럼 대대적으로 반격을 받을 정도로 정리가 안 되어 있었다니.

너무 짜증이 났다. 그리고 한편으로는 짙은 의구심이 생겼다.

'나를 공격한 자가 나타난 지 얼마 지나지 않아서 이런 일이 생긴다는 게……'

시기적으로 너무 공교롭지 않은가.

합비를 서둘러 떠나야 할 이유가 더욱 분명해지는 느낌이었다.

"정 대주, 서두르세요."

정모권은 자신들도 도와야하지 않느냐고 묻고 싶었지만, 역시 좋은 반응이 나올 것 같지 않아서 알겠다고 대답한 뒤 수하들에게 출발한다고 소리쳤다.

말을 탄 백룡무사들이 열 명씩 나뉘어 마차의 앞뒤에 자리 잡고서 장원을 빠져나와 북문으로 이동해갔다.

*   *   *

『주인님, 놈들까지 장원을 빠져나오고 있는데요. 어떻게 하죠?』

견일이 난감한 표정으로 반악을 쳐다보았다.

일성파가 사방에서 일제히 소란을 일으켜 엄벽달 등의 이목을 딴 곳으로 돌리게 하는 사이 장원 안으로 침투해 상관미조를 노린다는 게 반악의 계획이었다.

성동격서의 계책인 것이다.

그런데 상관미조의 무리까지 장원을 나오고 있으니 당혹스러울 수밖에.

『저들이 엄벽달을 돕기로 한 걸까요?』

『모양새를 보니, 아무래도 합비를 떠나려는 거 같다.』

『이 새벽에 떠나려는 걸 보면 뭔가 눈치를 챈 모양입니다.』

『어쩌면.』

가만히 생각에 잠겨 있던 반악은 계획을 바꾸기로 했다.

『공격 시기를 미뤄야겠다.』

『언제로요?』

『따라와.』

반악은 담장을 박차고 옆쪽 건물 위로 올라섰고, 견일과 견이도 곧장 그의 뒤를 따라 몸을 날렸다.

*　　　*　　　*

"계속 가지 않고 왜 서는 거냐?"

마차가 멈춰 서자 상관미조는 창문 밖으로 고개를 내밀며 목소리를 높였다.

그러자 앞장서 이끌고 있던 정모권이 말 머리를 돌려 다가왔다.

"성문을 지키고 있던 포쾌들이 통과시킬 수 없다며 막아섰습니다. 그리고 의심스럽다면서 마차를 살펴봐야겠다고 합니다."

상관미조는 짜증이 났다.

성도에서는 야간 통행이 법으로 금지되긴 했지만, 평소 이 시간에 잠이나 자고 형식적으로 근무를 서는 자들이 척 봐도 무림인들인 게 분명한 자신들을 막아선 이유는, 게다가 마차까지 뒤져봐야 한다고 하는 건 뭔가 바라는 게 있기 때문이라고밖에 설명할 수 없었다.

"엄 장주의 이름을 말해봤나요?"

엄벽달이 현령을 비롯한 관의 주요 인물들에게 막대한 뇌물을 주고 있으니, 그의 이름값으로 문을 열게 할 수도 있다 생각한 것이다.

"자신들은 그런 사람의 이름은 모른다고 합니다. 아무래도 돈이 궁해서 작정하고 자릴 지키고 있는 놈들인 것 같습니다."

혹은 엄벽달이 현령을 움직여 포쾌들을 종놈 부리듯 하고 있는 것 때문에 화가 나 있는지도 모를 일이었다.

"쓰레기 같은 놈들. 지체하고 싶지 않으니, 원하는 만큼 돈을 주고 서둘러 문을 열게 하세요."

"알겠습니다."

정모권은 다시 성문 쪽으로 말머리를 돌렸고, 상관미조는 짜증을 얼굴 가득 드러내며 자리에 앉았다.

기분이 좋지 않으니 어깨의 고통이 더욱 심해지는 것 같았다.

백염비는 물었다.

"왜 그리 불안해하는 거요?"

"누가 불안해 한다는 거예요?"

"소저의 얼굴을 거울로 봐보면 내가 왜 그리 묻는지 알게 될 것이오."

상관미조는 백염비의 시선을 외면해버릴 뿐 거울을 꺼내 보진 않았다.

반박을 하긴 했지만 스스로 불안해하고 있다는 걸 알고 있었으니까.

하지만 그녀도 정확히 설명할 수 없었다.

단지 어제 암습을 당한 일, 그리고 천문당원들이 아무도 그녀에게 연락을 취하지 않는다는 것, 그들이 떠나기 전에 일성파가 일으킨 소란 등등의 것들이 복합적으로 그녀의 마음을 불편하게 한다는 정도가 지금의 심정을 설명할 수 있는 모든 것이었다.

이때 포쾌들에게 뇌물을 주고 성문을 열게 한 정모권이 창가로 다가와 뒤쪽에서 엄벽달이 달려오고 있다고 말했다.

상관미조는 무시하고 당장 출발하라고 말하려 했지만, 그 사이 엄벽달이 당도해버렸다.

"부당주, 이렇게 그냥 가면 어찌하오?"

엄벽달은 헉헉거리면서도 마차가 움직이지 못하도록 문고리를 붙잡고 얼굴을 창문 안으로 들이밀었다.

그녀가 이대로 총단에 돌아가서 하오배들을 깨끗하게 처리하라고 한 성주의 명령을 제대로 완수하지 못했다는 걸 알리게 되면 자신의 신상에 결코 이롭지 못한 일이 생길 것이라는 우려 때문이었다.

'능력도 없는 늙은이가 겁은 많아가지고.'

상관미조는 입가에 미소를 지었다.

"합비에 들른 용무가 모두 끝나서 총단으로 돌아가는 것이에요."

엄벽달은 그 말을 곧이곧대로 믿을 수가 없었다.

떠날 것이면 진작 떠날 것이지, 이 새벽에 떠날 이유는 뭔가.

그것도 일성파가 난리를 치며 자신을 곤란케 하고 있는 시점에 말이다.

"하지만 내가 부당주를 부상 입힌 자를 찾고 있잖소. 최소한 흉수가 잡히는 건 보고서 떠나시구려."

"당연히 그놈이 잡히는 걸 보고 싶지만, 해야 할 일이 많아서 하염없이 기다릴 수가 없어요. 그리고 마음이 편해야 몸의 회복도 빠르다잖아요. 그래서 서둘러 총단으로 돌아가 실력 있는 의원의 보살핌을 받으며 쉴 생각이에요. 이제 출발을 해야겠으니, 물러나주세요."

엄벽달은 마음이 조급해졌다.

상관미조가 장원을 떠났다는 말을 듣자마자 만사를 제쳐 두고 달려왔는데, 그녀의 시큰둥한 반응과 설득력 없는 대답을 듣고 보니 더더욱 그냥 보낼 수가 없었다.

이대로라면 합비의 책임자 자리에서 쫓겨나, 뒷방에서 뒹굴거리다가 시키는 일만 하는 호법들 중의 한 명으로 전락하고 말 게 분명했다.

"다친 어깨야 내가 근방의 명의들을 모두 데려다 치료케 할 것이니 조금도 걱정하지 마시오. 일단 장원으로 돌아가 이야기 좀 합시다. 귀한 손님을 이렇게 그냥 보내면 남들이 뭐라고 하겠소? 내 평생 손님을 귀히 대접하는 걸 낙으로 여기고 자랑스러워했는데, 부당주를 이렇게 보내면⋯⋯."

쉬리릭!

갑자기 날카롭게 공간을 가르는 소리에 놀란 엄벽달은 말을 하다말고 머리를 급히 숙였다.

스악—

숙인 그의 머리 위로 뭔가가 빠르게 지나가고, 백룡무사들은 적들의 기습이라고 소리쳤다.

이때 다시 뭔가가 고개를 드는 엄벽달을 향해 날아왔고, 이번에는 당황하지 않고 검을 뽑아들며 위로 휘둘렀다.

깡—

"윽!"

엄벽달은 어깨까지 밀려드는 충격에 이를 악물었다.

그리고 검에 막혀 공중으로 높이 튕겨 오르는 것이 주변에서 쉽게 보기 힘든 류이란 걸 알게 되었다.

"어떤 개자식이야!"

엄벽달은 류이 날아왔을 것이라 예상되는 성문 쪽을 노려보며 버럭 고함을 내질렀다.

무기를 뽑아든 정모권과 백룡무사들도 그쪽을 보고 있었다.

성문을 열고 그들이 지나가길 기다리고 있던 포쾌들은 겁을 먹은 얼굴로 굳어버렸다.

그 반응만으로도 포쾌들이 던진 게 아니란 건 분명했다.

"피해!"

갑자기 터진 백염비의 쩌렁한 외침에 엄벽달은 어리둥절한 표정을 지으며 마차 안으로 고개를 돌렸다.

그리고 그 순간 처음 날아왔던 류이 다시 되돌아와 그의 머리를 베고 지나갔다.

서걱—

눈높이에서부터 잘려나간 엄벽달의 머리가 두 쪽이 난 호두 껍데기처럼 땅으로 떨어졌다. 반쪽이 되어버린 머리에서 피가 샘물처럼 솟구치고, 뇌의 파편이 얼굴을 타고 줄줄 흘러내렸다.

풀썩!

부들부들 떨고 있던 엄벽달의 육체가 짚단처럼 무너졌다.

정모권과 백룡무사들의 시선은 시신을 보고 있지 않았다. 그들의 눈은 새벽의 흐릿한 공간을 가르며 되돌아 날아가는 륜을 향해 집중되었다.

륜이 날아왔던 곳으로 되돌아가는 걸 알았으니, 그 끝에 륜을 던진 자가 있을 거라고 생각한 것이다.

그리고 예상대로 성문 위로 날아간 륜은 누군가의 손에 잡혔다. 어둑한 곳에 자리 잡고 있어서 얼굴이 제대로 보이지 않았지만, 정모권은 지체하지 않고 소리쳤다.

"저기다! 잡아라!"

앞쪽에 있던 열 명의 백룡무사들이 성문을 향해 움직였다.

그리고 그때 뒤쪽에 있던 백룡무사 하나가 비명도 없이 숨이 끊어졌다. 그의 목은 반이 잘려나가 있었는데, 그 단면이 매끈하기 그지없었다.

휘릭!

견일이 한 명의 목을 베어버리고 곧바로 앞쪽의 백룡무사를 향해 초겸을 휘두르려 할 때, 먼저 목이 잘려 죽은 백룡무사의 육신이 말에서 떨어졌다.

쿵.

큰 소리는 아니었지만 백룡무사들의 시선을 모으기에는 충분했다.

"뒤쪽이다!"

놀란 백룡무사들의 외침과 함께 또 한 명이 견일의 초겸에 걸려 목이 잘렸다.

그리고 견일의 모습은 사라졌다.

"어, 어디냐!"

"저기다!"

"왼쪽이다!"

"오른쪽이야!"

백룡무사들은 혼란에 휩싸였다.

가뜩이나 시야가 밝지 않은데, 견일이 이리저리 움직이며 사라졌다 나타나길 반복했기 때문이었다.

그러는 사이에 또 한 명이 갈라진 옆구리로 피와 내장을 쏟아내며 말에서 떨어졌다.

백룡무사들은 고삐를 당겨 뒤로 물러났다. 형체 없는 그림자처럼 움직이는 견일의 공격 방식에 당황한 것이다.

"물러나지 말고 자리를 지켜라!"

정모권은 크게 소리치고 뒤쪽으로 말머리를 돌렸다.

헌데, 바로 그때 정모권의 오른쪽에서 서늘한 바람이 불어왔다.

"……!"

정모권은 안장을 박차고 마차 위로 뛰어올랐다.

히히힝!

도풍에 맞아 옆구리를 깊숙하게 베인 말이 고통스런 울음을 터트리며 몸부림 쳤고, 마차에 강하게 부딪치며 쓰러졌다.

정모권은 크게 흔들리는 마차 위에서 균형을 잡기 위해 다리에 힘을 주었고, 도풍을 날린 어둠 속의 적을 찾기 위해서 눈에 공력을 모았다.

"으악!"

성문 쪽에서 비명이 들려왔다.

성문 위에 있던 자를 잡으러 갔던 수하들의 사정이 좋지 않다는 뜻이었지만, 정모권은 그쪽을 쳐다보지도 않았다.

앞뒤를 먼저 공격한 것은 속임수일 뿐, 진짜 목적은 마차 안에 있는 상관미조란 것을 알기 때문이었다.

그리고 어제 상관미조를 노렸던 자가 곧 모습을 나타내리라.

'이곳에 그냥 있으면 안 된다.'

"출발해라."

정모권은 고개를 돌리지도, 눈을 깜빡이지도 않고 마부석에 앉아 있는 수하에게 지시했다.

고삐를 흔드는 소리와 함께 마차가 움직이기 시작했다. 뒤에서 앞에서 무기가 부딪히는 소리, 비명과 신음 소리가 계속해서 들려왔다.

그러나 정모권은 꼼짝도 하지 않았다.

바로 그때, 그가 바라보던 곳에서 새하얀 검기가 빛살처럼 퍼져 나오며 폭풍처럼 그를 뒤덮어왔다.

채채채채채채챙!

정모권은 있는 힘껏 공력을 끌어올려 온 힘을 다해 칼을 휘둘렀고, 몇 개의 자잘한 상처만 입은 채 모두 막아낼 수 있었다.

검기의 폭풍이 사라진 순간, 그는 안도의 한숨을 쉬었다.

베인 상처들이 쓰려왔지만 스스로도 믿기 힘들 만큼 잘 막아냈다는 사실이 자랑스럽기까지 했다.

그래서 웃었다.

하지만 그 웃음은 반악이 어둠 속에서 모습을 드러내고, 그가 박도를 휘두르며 만들어낸 기다랗고 새하얀 호선을 본 순간 사라졌다.

'검강?'

검기라고 하기에는 형상이 너무 분명하고 강렬한 빛을 뿜어내고 있었으니까.

정모권은 순간적으로 갈피를 잡지 못했다.

검강을 막을 자신은 없었고, 그렇다고 그냥 피해버리면 마차에 모든 피해가 집중될 것이기 때문이었다.

그러나 고민도 잠시, 세상 무엇도 자신의 목숨보다 중요한 게 없다는 걸 깨달은 정모권은 급히 앞쪽으로 움직여 마부석으로 뛰어내렸다.

*   *   *

츠악!

마차의 뒤쪽 지붕이 검강에 격중되어 잘려나갔다.

검강에 잘려 생겨난 구멍 아래로 상관미조의 당황한 얼굴이 드러났다.

반악은 땅을 박차고 점점 속도를 높여가는 마차의 지붕 위를 향해 뛰어올랐다. 이때 마부석으로 피했던 정모권이 반격할 기회라 여기고 지붕으로 올라서며 칼을 휘둘러왔다.

차창!

반악은 칼을 위로 쳐내고, 한 번 공중제비를 돌아 땅에 내려섰다가 다시 빠르게 뛰어오르며 정모권을 향해 발길질을 날렸다.

파파파파파팡ㅡ

십여 개의 그림자를 만들어낸 반악의 발끝이 정모권의 양팔을 걷어차 부러트리고, 활짝 열린 가슴을 북을 치듯 연신 때려댔다.

쿠당탕탕!

반탄력에 밀려 지붕에서 떨어지고 길 옆쪽으로 튕겨나간 정모권은 입에서 피를 꾸역꾸역 쏟아내며 일어나려고 바둥거리다가 그대로 멈춰버렸다.

가슴뼈가 모두 부서지고 속이 만신창이가 되어 죽어버린 것이다.

반악은 그사이 성문을 지나고 있는 마차를 뒤쫓아 달렸다.

"마부를 죽여라!"

하나 남은 륜을 휘두르고, 때론 던지면서 백룡무사들을 상대로 고군분투하고 있던 견이는 반악의 외침을 듣고 지체 없이 성문 바깥쪽 아래로 뛰어내렸다.

"이얍!"

뛰어내리며 그대로 던진 륜이 맹렬할 속도로 날아가 막 성문을 벗어난 마차의 앞쪽을 쓸고 지나갔다.

그리고 마부 노릇을 하고 있던 백룡무사가 깊숙하게 갈라진 가슴을 부여잡고 마차 옆으로 떨어졌다.

하지만 마부가 사라진 자리를 어느새 밖으로 나온 백염비가 차지했고, 그는 매우 능숙하게 고삐를 흔들며 마차의 속도를 급격하게 높이는 놀라운 능력까지 보였다.

'빌어먹을!'

마차의 움직임을 차단했다고 생각했던 반악은 인상을 찡그릴 수밖에 없었다.

"견일과 합류해 뒤를 따라라!"

반악은 견이에게 명령을 내리고 점점 간격이 벌어지고 있는 마차를 뒤쫓아 달렸다.

"마차를 보호해야 한다!"

견일에게 발목이 잡혀 있던 백룡무사들이 상황을 깨닫고서 말머리를 돌려 성문 쪽으로 달려갔다.

성문 위에 있던 무사들도 급히 아래로 내려와 말을 타고 그 뒤를 따랐다.

견일은 한쪽에 떨어진 륜을 챙긴 뒤 주인을 잃고 서성이 던 말을 타고 뒤를 쫓았다. 성문을 나오자 기다리고 있던 견 이가 얼른 뒤로 올라탔다.

견일은 그에게 륜을 건네주며 물었다.

"주인님은?"

"먼저 마차를 쫓아가셨다."

"그럼 서둘러야겠군. 근데, 한 마리를 같이 타면 속도가 느리잖아."

"일단 출발해. 죽기 살기로 달려서 앞에 가는 놈들 거 빼 앗아 타면 되니까."

"알았다."

견일은 저 앞쪽으로 달리는 백룡무사들을 따라 잡기 위해 서 고삐를 맹렬하게 흔들어 말을 다그쳤다.

*   *   *

반악은 경공을 펼쳐 엄청난 속도로 달리고 있었지만, 네 마리가 끄는 마차와의 간격은 생각만큼 빠르게 줄어들지 않 았다. 그에 반해서 뒤따라오는 십여 명의 백룡무사들은 말 들의 거친 숨소리가 들려올 만큼 가까워진 상태였다.

반악은 뒤를 돌아보고는 고의로 달리는 속도를 줄였다.

그러자 백룡무사들의 선두 무리가 급격하게 간격을 줄이

면서 뒤쪽으로 바짝 붙어왔다.

스악!

앞장선 무사가 반악의 뒷목을 노리고 칼을 휘둘렀다.

순간 반악은 공중으로 뛰어오르며 발 아래로 칼을 흘려보내고, 두 번째로 따라오고 있던 무사의 머리 위로 떨어졌다.

스걱!

일도에 무사의 목을 깨끗하게 베어버린 반악은 동시에 머리 잃은 무사의 몸뚱이를 걷어차 떨어트리고 비어버린 안장 위에 가볍게 올라섰다.

앞과 뒤에서 백룡무사들이 그를 향해 칼을 휘둘렀다.

반악은 고삐를 잡고 가볍게 뛰어 공중재비를 돌면서 두 개의 칼을 피하고 곧바로 안장에 앉았다.

스삭!

"악!"

"큭!"

번개처럼 휘둘러진 박도에 각기 얼굴과 가슴을 베인 백룡무사들은 비명을 터트리며 말에서 떨어졌다.

"둘러싸!"

살짝 뒤쳐져 있던 무사들은 합류하기 위해 더욱 속도를 높이고, 앞선 무리에 속한 다섯 명은 반악의 좌우로 말머리를 틀어 포위 형세를 취했다.

"죽어라!"

다섯 무사는 눈짓을 주고받고 상하좌우를 동시에 노리며 칼을 휘둘렀다.

카카카카캉!

다섯 개의 칼이 한꺼번에 막히며 튕겨졌다.

백룡무사들은 당황했고, 그런 그들을 향해 새하얗게 빛나는 박도가 빛살처럼 뻗어왔다.

강기에 휩싸인 박도는 무를 자르듯 칼을 잘라버리고, 팔과 가슴, 머리를 가리지 않고 베어버렸다.

일순간에 세 명의 무사가 피를 뿌리며 말에서 떨어지고, 나머지 두 명도 연이어 뻗어오는 박도를 막지 못하고 가슴이 갈라진 채 땅으로 곤두박질쳤다.

따라붙으려고 노력하던 뒤쪽 무리의 백룡무사들은 반악의 압도적인 무공에 얼굴이 굳어지며 저도 모르게 고삐를 살짝 끌어당겼다.

말의 속도가 줄어들고, 반악에게 가까워지던 거리가 다시 벌어진 것은 당연지사.

하지만 반악과 멀어졌다고 해서 그들이 안전해지는 건 아니었다.

슈아악-

가장 뒤쪽에 있던 백룡무사는 반응할 사이도 없이 륜에 격중되어 허리가 반쯤 잘렸고, 도끼에 찍힌 고깃덩이처럼 두 조각으로 나뉘며 땅으로 떨어졌다.

무사들은 다섯 장의 거리를 두고 따라붙어 오는 견일과 견이를 돌아보며 고민에 빠졌다. 앞쪽의 반악을 쫓아가 싸울 용기는 나지 않고, 그렇다고 상관미조를 안전하게 지켜야 하는 임무를 포기할 수도 없었으니까.

그러나 고민은 길지 않았다. 견이가 되돌아온 륜을 받아 들자마자 주인을 잃고 뒤로 쳐졌던 말에 옮겨 타더니, 곧바로 또 하나의 륜을 던졌기 때문이었다.

백룡무사들은 황급히 몸을 숙이며 륜을 피하고 버럭 소리 쳤다.

"저 새끼들 먼저 처리하자!"

여섯 명의 백룡무사들은 고삐를 당기고 말머리를 뒤로 돌려 견일과 견이를 향해 달려갔다.

*　　　*　　　*

반악은 뒤를 돌아봤다.

견일과 견이의 견제 덕분에 자신을 방해할 자들은 없었고, 말을 타고 달리는 속도라면 곧 마차를 따라잡을 수 있을 것이다.

두두두두!

마차가 달리고 말이 뒤를 쫓는 새벽 공간의 동쪽으로 아침 기운이 솟아오를 기미를 보이기 시작했다.

흐릿했던 시야는 조금 더 밝아지고, 인적 없는 대지를 따라 땅을 내리찍는 말발굽 소리와 마차 바퀴 구르는 소리만이 가득히 퍼져나갔다.

반악은 넉 장의 거리로 가까워진 마차를 노려보다가 안장 위에 올라섰다.

그의 박도가 빛에 물들었다. 그리고 호선을 그리며 휘둘러지고, 그 끝에서 새하얀 빛이 길게 뽑혀 나오며 마차를 향해 날아갔다.

콰직!

뒷바퀴 위쪽이 강기에 맞아 부서져나갔다. 마차가 잘게 흔들리기 시작했다. 강기에 맞으면서 바퀴와 몸체의 연결 부위에 틈이 생겼기 때문이었다.

흔들림은 갈수록 커졌다. 더불어 마차의 속도도 줄어들기 시작했다. 마차의 흔들림 때문에 말들이 똑바로 균형을 잡기 힘들었고, 그에 따라 달리는 속도도 느려질 수밖에 없었던 것이다.

반악은 다시 안장에 앉아서 말의 속도를 높이는 데 집중했다. 그리고 얼마 있지 않아 마차의 뒤쪽으로 가까이 다가갈 수 있었다.

한 번의 도약으로 어려움 없이 지붕에 올라설 수 있을 만큼 가까이 말이다.

이때, 마부석에 있던 백염비가 지붕 위로 올라왔다. 마차의 느려진 속도로는 반악을 떨쳐낼 수 없다고 판단한 것이다.

그는 검을 뽑아들고 그 끝으로 반악을 가리켰다. 마치 자신이 있으면 지붕 위로 올라오라고 말하는 듯했다.

반악은 싸늘하게 웃었다.

'어제의 빚을 갚아주지.'

안장을 박차고 마차 쪽으로 날아올랐다.

그러나 백염비는 애초부터 정정당당한 승부를 원한 게 아닌 모양이었다. 그는 반악이 뛰어오르자마자 검을 휘둘렀고, 십여 개의 새하얀 기운들이 검 끝에서 퍼져 나와 공중에 떠오른 반악을 향해 날아왔다.

'개자식!'

반악은 몸을 뒤틀어 방향을 꺾고, 곧바로 허리를 튕기면서 천근추의 기술을 발휘하여 아래로 뚝 떨어졌다.

그의 머리 위로 서늘한 검기들이 스쳐지나갔다.

반악은 한 발로 땅을 찍고 위로 뛰어올라, 뒤따라 달려오고 있던 말의 이마를 걷어차서 그 반탄력을 이용해 마차 쪽으로 다시 날아올랐다.

슈샤사사사!

반악은 지붕 높이만큼 뛰어오르자마자 박도를 빠르게 휘두르며 검기를 뽑아냈다.

그 기운들이 백염비를 향해 날아갔고, 한 발 물러난 백염비는 검을 화려하게 휘두르며 검기를 하나도 빠짐없이 쳐내고, 막아냈다.

그사이 반악은 마차의 지붕 끄트머리에 내려섰고, 곧바로 두 걸음을 나서며 박도를 내리쳤다.

채챙!

상대적으로 무거운 박도를 좌우로 밀어내듯 두 번씩 쳐내 떨어지는 방향을 살짝 틀어지게 한 백염비는 순식간에 옆으로 파고들어 반악의 옆구리를 노렸다.

하지만 반악은 허리를 뒤로 뺐다가 다시 앞으로 한 걸음 나아가는 동작으로 검을 피하고, 돌아서지도 않고 박도를 뒤로 휘둘렀다.

후앙-

박도가 묵직한 소리를 만들며 공간을 가르고, 그 높이보다 조금 더 위로 뛰어올라 피한 백염비의 검이 한순간에 여섯 개의 그림자를 만들어내며 반악의 상체를 향해서 송곳처럼 찔러왔다.

채채채채채챙!

누울 것처럼 상체만 뒤로 뺀 반악이 박도를 위로 쳐올리며 검영을 모두 쳐냈다.

"······!"

순간 반악은 뒤통수를 자극하는 위험 신호에 반응하여 옆으로 회전하듯 몸을 꺾었다.

방금 그가 서 있던 위치에서 날카로운 검끝이 지붕을 뚫고 올라왔다.

마차 안에 있던 상관미조가 그의 위치를 파악하고 검을 찔러 올린 것이다.

몸을 바로 세운 반악은 인상을 쓰며 박도에 공력을 응집시켰다. 일격에 마차를 두 동강 낼 의도였다.

하지만 백염비가 그러한 틈을 주지 않았다.

쉬쉬쉬쉭!

뱀이 혓바닥을 낼름거리는 것처럼 귀에 거슬리는 소리와 함께 검끝이 반악의 상반신 요혈을 노리고 찔러 들어왔다.

반악은 어쩔 수 없이 어깨에서 힘을 빼고, 박도를 위에서 아래로 내리치며 마주쳤다.

까강—

백염비는 인상을 찌푸렸다.

단순히 막힌 것뿐만이 아니라 검끝을 타고 전해지는 충격 때문에 팔이 저릿하게 아팠기 때문이었다.

'이자는 어떻게 이리 막대한 공력을 지닐 수 있는 거지?'

어제 겪어본 것만으로도 반악의 수준이 남다를 것이란 예상은 하고 있었다.

하지만 요 몇 번의 격돌로 느끼게 된 것은 반악의 공력이 그가 측정할 수 있는 수준보다 한참 위에 있다는 점이었다.

그리고 그의 상식으로는 이해할 수 없는 부분이기도 했

다. 자신은 비정상적인 방법을 이용해 지금의 막강한 공력을 쌓을 수 있었는데, 자신과 비슷한 연령으로 보이는 반악이 그 이상의 공력을 지니고 있다는 건 말이 되지 않으니까.

'설마······.'

반악도 자신처럼 채음보양과 같은 흡정공 종류의 사공(邪功)을 이용해 공력을 쌓은 것일까?

그것도 더 오랫동안, 더 많은 사람을 이용해서?

모를 일이었다. 그리고 지금은 그런 것에 신경 쓸 틈이 없었다.

'이놈을 죽이기만 하면 되는 거다.'

백염비는 궁주들을 비롯해서 오행궁의 사람들에게조차 알려지는 것을 우려해 보통 땐 사용하지 않고 있던 심법을 운용해 공력을 끌어올리고, 역시 감춰두고 있던 검법을 펼치기 시작했다.

"······!"

맹렬하게 백염비를 몰아치던 반악의 표정이 굳어졌다.

백염비의 검이 확연히 다른 기세와 움직임으로 변화했기 때문이었다.

'강하고······.'

화려했다.

검이 움직일 때마다 최소 세 개의 그림자가 생겨나고, 그 끝에선 서늘한 기운이 넘실거렸다.

특히 움직일 공간이 앞뒤로 여섯 걸음, 좌우로 네 걸음 정도의 간격 밖에 되지 않는 한정된 마차 지붕 위에서 그 위력은 한층 더 효과적인 공격력으로 반악을 위협했다.

게다가 마차 안에서 상관미조가 기회가 생길 때마다 검을 찔러 올리고 있었기 때문에 반악으로선 더욱 힘든 싸움이 되고 있었다.

하지만 반악의 표정이 굳어진 것은 불리해진 상황으로 인한 당혹감 때문이 아니었다. 백염비가 펼치는 검공이, 검의 움직임이 무림에 명성 높은 누군가의 이름을 떠올리게 했기 때문이었다.

'옥존.'

직접 맞상대한 적은 없었지만 이 정도의 위력과 화려함, 그리고 움직임들이 천하의 고수 초모융의 무공인 초검결(草劍訣)을 연상시키고 있었다.

거기다 검은자가 흐릿해 보일 만큼 백염비의 눈동자가 투명해 지는 것은, 초심기(草心氣)라고 불리는 초모융만의 내공심법의 특징과 유사성을 가지고 있지 않은가.

그리고 또 하나.

반악이 알고 있기로 오행궁의 무공 중에는 이러한 위력을 가진 검법이 하나도 없었다.

하지만 그러한 생각들은 그저 심증일 뿐.

반악은 모서리를 밟고 움직여 검 끝을 허리 옆으로 흘려

보내면서 물었다.

"초모용과 무슨 사이이기에 그의 검공을 펼칠 수 있는 거냐?"

백염비는 대꾸도 없이 그를 따라 움직이며 검영을 더욱 넓게 퍼트렸다.

하지만 반악은 분명히 보았다. 백염비의 눈동자가 아주 잠깐 흔들렸던 것을.

'맞구나.'

반악은 백염비가 옥존과 모종의 관계로 엮여 있다는 걸 확신하게 되었다.

그리고 그 관계가 다른 사람들에겐 비밀이고, 내막은 모르겠지만 비밀로 해야만 하는 이유가 있다는 것도.

"옥존이 말하지 말라고 했냐? 네가 옥존의 숨겨둔 아들이라도 되는 모양이구나!"

반악의 조롱에 백염비는 입도 뻥긋하지 않았다.

하지만 그의 검은 미묘하게 거칠어졌다. 얼굴에 드러나지 않도록 억누르고 있지만, 실상은 흥분했다는 의미였다.

반악은 내심 회심의 미소를 지었다.

막대한 공력에 바탕을 두고 화려한 움직임을 장점으로 삼는 검공이 거칠어졌다는 건 섬세함을 잃었다는 의미이고, 그건 초검결의 장점을 제대로 살리지 못하고 있다는 뜻도 되었으니까.

무공의 고하를 떠나서, 냉정을 유지하고 있는 반악 쪽으로 승패가 기울었다고 봐야 하는 것이다.

물론 아주 조금의 차이일 뿐이지만, 고수들 간의 싸움에서 그 정도의 차이는 결코 무시할 수 없는 기울기였다.

카카캉—

반악은 지붕을 뚫고 올라오는 검을 피하고 앞으로 움직이며 검영들을 쳐냈다. 그리고 더욱 안쪽으로 파고들며 손바닥으로 백염비의 가슴을 밀어 쳤다.

백염비는 피할 수 없다는 판단에 호흡을 멈추고 공력을 가슴 쪽으로 모았다.

퉁!

두 걸음 물러난 백염비의 얼굴이 일그러졌다.

하지만 반악의 손에 담긴 장력의 크기를 감안하면 그의 상태는 거의 멀쩡하다고 봐야 했다.

반악은 내심 아쉬워하며 박도를 상하로 내리쳤다.

"옥존이 근접전은 안 가르쳐줬냐?"

"닥쳐!"

더는 참을 수 없다는 듯 버럭 소리친 백염비는 검을 올려쳐 박도를 막고, 앞으로 한 걸음 움직여 옆구리 쪽을 노리며 좌우로 휘둘렀다.

검기가 맺힌 날은 피했다고 해도 영향이 미치는 법.

검날이 스쳐지나간 부위의 옷깃이 잘리고 베이며 풀잎처

럼 마차 뒤쪽으로 흩어져 날아갔다.

하지만 반악은 움츠러들지 않았다. 설사 피부에 상처가 생겼다고 해도 그는 개의치 않았을 것이다.

"고작 이거냐!"

반악은 검끝을 노리고 박도를 똑같이 찔렀다.

팅!

검끝과 박도의 끝이 정확히 부딪쳤다. 그리고 그게 시작이었다. 반악은 백염비의 속을 꿰뚫어보는 것처럼 그가 휘두르는 검의 움직임을 정확히 노리고 쳐내고, 또 쳐냈다.

발밑에서 찔러오는 상관미조의 검을 피하기 위해서 쉼 없이 좌우로 움직이고 있으면서도 검을 쳐내는 동작엔 전혀 흔들림이 없었다.

'빌어먹을!'

백염비는 피가 나도록 이를 악물고 있었다.

조금 전 그답지 않게 고함을 내지른 것처럼 속에서 끓어오르는 분노와 짜증이 가감 없이 표출되지 않도록 참고 있는 것이다.

그러나 이를 악문다고 머릿속의 혼란까지 진정시킬 수 있는 건 아니었다.

'이럴 리가 없다.'

백염비는 지금의 상황이 믿기지가 않았다.

어떤 방법을 썼는지는 모르겠지만, 자신의 공력이 반악에게 미치지 못한다는 것은 그럴 수도 있다고 생각하기로 했다.

하지만 순수하게 검공의 수준에 있어서까지 밀린다는 건 도저히 수긍이 되질 않았다.

왜?

자신은 무림 제일의 검객이라고 해도 무방할 옥존에게 직접 배운 최강의 검공을 펼치고 있었으니까.

물론 아직은 완벽하다고 말할 수 없었지만, 초식은 정확하게 구현해내고 있다 자신할 수 있었다.

보통 사람은 감히 엄두도 못 내고, 궁주들이 보기 드문 무공의 천재라 하고 스스로도 그렇게 믿고 있는 자신조차 처음엔 십여 번을 반복해서 봐도 제대로 이해하지 못했을 정도의 복잡하고 화려하기 그지없는 초식을 말이다.

그런데 그 초식의 모든 경로가 철저하게 막히고 있다니.

'도대체 이놈의 정체는 뭐야?'

가슴에서 일어나는 궁금증이 저도 모르게 입으로 뱉어졌다.

"네놈은 누구냐!"

하지만 반악은 비웃음만 지었다.

그리고 이제는 막아내는 것을 넘어, 그 사이사이로 백염비의 요혈을 노리고 박도를 찔러 넣으며 등골이 오싹해질 정도의 위협을 가하기 시작했다.

자연히 지붕 위를 가득 채워버릴 듯 퍼져나가던 검영들이 급격하게 줄어들어갔다.

'이럴 수는 없다! 이럴 수는 없어!'

백염비는 위축되어버린 자신의 움직임을 부정했다.

반악에게 압도되고 있다는 상황을 믿고 싶지 않았다.

하지만 두 개의 검영을 깨부수고 들어온 박도가 그의 팔 뚝을 가늘게 베고 지나가고, 그와 같은 상처들이 계속해서 늘어나자 마냥 현실을 외면할 수가 없었다.

'이대로는 안 된다. 지붕에서 싸우는 건 내게 너무 불리해. 화려하고 빠른 신법을 펼치는 건 고사하고, 물러날 공간조차도 없잖아.'

엄청난 양의 공력을 바탕으로 절정의 검공을 펼치고도 밀리고 있는 것은 장소 때문이라고 스스로에게 변명을 하고 있는 것이다.

조금 전까지 공간의 협소함 때문에 유리했던 건 신경도 쓰지 않았다.

공력을 비롯한 모든 실력에 있어서 반악보다 약하기 때문이라 인정하기에는 지금껏 그가 쌓아온 자부심과 자존심이 너무나 크고 강했으니까.

그래서 장소를 바꿀 결심을 했다. 자유롭게 움직일 수 있는 땅에 내려서면 반악을 이길 수 있을 것이라 여긴 것이다. 하지만 그런 결심을 한 순간, 저 뒤쪽에서 빠른 속도로 마차를 향해 달려오는 견일과 견이의 모습이 눈에 들어왔다.

치열한 싸움을 하고 왔다는 걸 증명이라도 하듯 몸에 상처가 가득하고, 온통 피칠을 하고 있었다.

그러나 어디에서도 백룡무사들의 모습은 보이지 않았다.

'저 둘에게 모두 당했단 말인가?'

그렇다면 이제 그를 도울 사람이 아무도 없다는 말이었다.

그리고 상관미조가 어깨를 다쳐 거의 쓸모가 없는 상태인 걸 감안하면, 자신 혼자 반악과 견일, 견이까지 셋을 상대해야 한다는 의미이기도 했다.

'바보 같은 짓이지.'

반악 한 명을 상대로도 쉽지 않은 마당이었다.

이대로 무턱대고 싸움을 선택한다면 죽여 달라고 목을 내미는 것과 다름없는 것이다.

'내가 왜?'

가만 생각해보면 이들의 목표는 자신이 아니었다.

직접적으로 누굴 죽이겠다고 주장한 적은 없었지만, 어제의 상황을 따져보면 우선적인 목표는 상관미조였다. 그런데 자신이 그 앞을 막아서니 이들도 어쩔 수 없이 자신을 상대로 싸울 수밖에 없었던 것이다.

'게다가…….'

자신에게 옥존과 관계있냐고 한 반악의 물음을 상관미조가 들었을 거라는 것도 문제였다.

궁주들조차 모르는 내용이었다. 반악이 알지도 못하고 헛소리를 한 거라고 부정을 하면 되겠지만, 의심의 찌꺼기는 계속해서 남아 있을 것이다.

'절대 알려져선 안 된다.'

잠시 복잡해졌던 백염비의 머릿속은 이렇다 할 고민도 없이 한순간에 깔끔히 정리되었다.

그는 막는데 주력하며 마부석 쪽으로 뒷걸음질 쳤다.

그리고 기회다 싶을 때 바닥을 차고 뛰어올라 앞쪽에서 마차를 끌고 있는 말 등에 내려섰다.

"......?"

반악은 갑자기 싸움을 포기하고 물러난 백염비를 의아한 시선으로 쳐다봤다.

그가 다른 누구보다 상관미조를 노리고 있다는 걸 알고 있다면 저렇게 물러나서는 안 되기 때문이었다. 그래서 쳐다만 보고 있는 것이다. 그의 입장에서는 굳이 쫓아갈 이유가 없었으니까.

헌데, 이어지는 백염비의 행동이 그를 황당하게 만들었다.

앞쪽 두 마리와 뒤쪽 두 마리를 연결하고 있는 고리를 향해 검을 휘두른 것이다.

서걱

연결 고리가 잘려나가며 백염비가 올라서 있던 말과 옆쪽의 말은 화살처럼 앞으로 튀어나갔고, 나머지 뒤쪽의 두 마리는 갑작스럽게 심해진 마차의 무게감에 몸이 억눌리자 고통스런 울음을 터트리며 멈춰서기 시작했다.

그리고 그사이에 백염비가 탄 말은 먼지를 일으키며 저 멀리 사라져갔다.

"……."

반악은 뚫린 구멍으로 마차 내부를 내려다봤다.

상관미조의 모습은 보이지 않았다. 아마도 구석 쪽으로 피해 있는 모양이었다.

그녀도 백염비가 혼자 도망친 걸 알고 있을까?

알 수 없었다. 하지만 그녀도 뭔가 잘못되었다는 걸 느끼고 있을 것이다.

마차가 완전히 멈춰 서자 반악은 아래로 뛰어내렸고, 뒤로 물러나 두 장의 거리를 두고 섰다.

견일과 견이가 그의 뒤쪽으로 당도했다. 그들이 말에서 내리려고 하는데, 반악이 십 장 이상 멀찍이 물러나 있으라고 말했다.

둘은 내심 고개를 갸웃하면서도 그의 명령을 따라 뒤쪽으로 말을 몰아갔다.

반악은 견일과 견이가 충분히 멀어졌다고 생각했을 때 마차를 향해 말했다.

"나와라."

　　　　　*　　　　*　　　　*

　　마차 구석에 주저앉아 있는 상관미조는 양손에 꽉 쥐고서
치켜들고 있는 검을 멍하니 쳐다보고 있었다.

　　'날 버리고 가다니⋯⋯.'

　　마차가 크게 흔들리고 속도가 급격하게 줄어드는 것에 놀
란 상관미조는 창밖을 통해 백염비가 혼자서 도망치는 걸
보고 망연자실할 수밖에 없었다.

　　상상도 못했던 상황이라 평소 너무나 민첩하게 돌아가던
머리가 지금은 완전히 멈춰버린 상태였다.

　　하지만 반악의 음성을 듣고 퍼뜩 정신을 차렸다.

　　'어떤 상황에서건 뚫고나갈 방도는 있다.'

　　상관미조는 일어나 서서 헝클어진 머리와 옷매무새를 매
만져 정리했다.

　　그리고 숨을 길게 내쉬며 긴장감을 얼굴에서 지운 뒤 마
차 문을 열고 밖으로 나섰다.

　　동쪽에서부터 아침이 밝아오려 하고 있었다. 하루의 시작
을 알리듯 서늘한 바람이 옅어져가는 새벽 기운을 머금고
그녀와 마차를 쓸고 지나갔다.

　　상관미조는 어깨를 펴고 마차와 두 장의 거리를 두고 서
있는 반악을 쳐다봤다.

　　'우선 저자의 정체부터 알아내야 한다.'

들고 있던 검을 옆으로 던졌다.

자신에겐 저항할 의사가 없으며, 빈손이 됨으로써 상대적 약자인 여인이라는 점을 크게 부각시키기 위한 의도였다.

그러면서도 멀리 던지지 않은 것은 여차하면 검을 집어 들고 공격하기 위해서였다.

헌데, 반악은 그녀의 의도를 꿰뚫고 있었다.

"던지긴 했는데, 멀리 던지지 않은 건 아직 포기 하지 않았다는 뜻이겠지?"

상관미조는 내심 당황했으면서도 입가에 미소를 지었다.

"그래서 겁이 나나요?"

"겁이 나지. 하지만 검을 들고 있느냐, 아니냐의 문제가 아니야."

"……?"

"너 자체가 위험하니까."

"당신과 같은 대단한 고수에게 그런 말을 듣는다면 칭찬으로 받아들여도 되겠지요?"

상관미조는 능란하게 받아치면서도 새삼 의구심을 느끼지 않을 수 없었다.

자신은 반악을 한 번도 본 적이 없는데, 그는 자신을 잘 알고 있다는 듯 말하고 있었으니까.

"그런데 당신은 마치 예전부터 날 알고 있다는 것처럼 말하네요. 일단 우리 통성명이나 해요. 난 상관미조예요. 당신의 이름은요?"

반악은 역시나 상관미조답다고 생각했다.

다른 사람이었다면 잔뜩 겁을 먹고 긴장해서 입을 뻥긋하기도 힘든 상황에서 저리 흔들림 없는 태도를 유지하며 대화를 이끌어가려 하다니.

'여우가 따로 없군.'

"반악."

"……!"

상관미조는 놀라고 어리둥절한 표정을 지었다.

"당신이 그 철심무정협객이란 말인가요?"

반악은 별로 마음에 들지 않는 별호였기에 눈살을 찌푸리면서도 인정을 했다.

"그렇게도 불리고 있지."

"이해가 안 되는군요."

상관미조가 알고 있는 반악은 천이서생에게 천하를 통틀어 인정받을 만하고, 장래가 촉망된다면서 오인의 잠룡으로 꼽힌 다섯 사람 중에 한 명일 뿐이었다.

소문을 통해서만 알았지, 이전에는 본 적도 없고 볼 일도 없는 사람인 것이다. 그런데 난데없이 나타나 자신을 죽이려고 하다니.

"왜 내 목숨을 노리는 거죠? 난 어제까지 당신을 만난 적도 없었어요."

"난 반룡복고당의 당원이다."

상관미조의 얼굴이 굳어졌다.

'역시 그랬구나.'

사실 안휘에서 거룡성이란 막강한 배경을 가진 자신을 죽이려고 할 정도의 간담을 가졌다는 것부터 답은 뻔한 것이었다.

"그러고 보니 지난번 려강에서 반 씨 성을 가진 사람이 크게 애를 먹였다는 이야기를 들은 기억이 나는군요. 그게 당신인가요?"

"맞아."

"허면, 그 얼굴은 변장한 것이겠군요."

그때 목격된 반룡복고당 주요 인물들의 얼굴이 나름 세밀하게 그림으로 그려져 천문당에 보관되어 있는데, 반악도 예외가 아니었다.

그런데 그 그림의 얼굴과 지금 반악의 얼굴이 달라서 하는 말이었다.

"혹시라도 알아보는 사람이 있으면 안 되니까, 약간 손을 썼지."

"영리하고 탁월한 결정이에요. 변장하지 않았다면 내가 바로 알아봤을 거고, 기습을 시도하기도 전에 포착되었을 테니까요."

"칭찬을 받으면 널 그냥 보내주기라도 할 거 같으냐?"

"반 소협은 별거 아닌 것에 너무 과민하게 반응하네요. 난 그냥 느끼는 그대로를 말한 것뿐이에요. 잘한 일에 대해서 칭찬을 하는 게 나쁜 건 아니잖아요. 안 그래요?"

상관미조는 미소를 지었다.

남자라면 누구나 감탄할 수밖에 없는 매혹적인 미소였다.

그러나 반악은 그 미소를 보고 예전의 기억을 떠올렸다. 그를 함정으로 끌어들여 저 미소로 현혹하고 흔들리게 만들고 결국 암습하여 끝도 없는 만장절벽 아래로 떨어지게 만든 그날의 기억을.

하지만 상관미조는 그의 침묵을 긍정적으로 받아들였다. 과거를 회상하는 눈빛도 자신의 미소와 아름다움에 빠진 눈빛이라고 해석했다.

지금껏 거의 모든 남자들이 그래왔으니까.

그래서 말했다.

"우리, 거래를 하는 게 어떨까요?"

"······."

"나 한 명 죽인다고 해서 달라질 게 무엇이 있겠어요. 아무리 성주의 딸이라고 해도 일개 여인에 불과하고, 거룡성 전체와 비교할 때 나의 존재는 개미만큼이나 작고 미미해요. 내가 죽었다고 아버지가 신경이나 쓸 것 같은가요? 전혀 아니에요. 약간은 슬퍼할지 모르지만, 그것뿐이죠. 언제 딸이 있었냐는 듯 금방 잊을 분이에요."

상관미조는 잠시 말을 끊고 반악의 반응을 살폈다.

달라진 점은 없었다. 그러나 자신의 말을 막거나 무료하다는 표정을 짓지 않는 것만으로도 괜찮았다.

최소한 말을 들어보겠다는 것이니까.

"그에 비해서 날 살려두면 여러 가지로 많은 걸 얻을 수 있을 거예요. 우선 당신이 알고 싶어 하는 것들을 말해주겠어요. 이를테면 거룡성의 최근 전략 같은 거 말이에요. 우리가 분타를 모두 잃고 강남 쪽을 내줘버린 상황에서 어떻게 대처하려고 하는지 궁금하겠죠? 물론, 우리의 무력단이 대거 남하했다는 건 이미 알고 있을 테지만, 난 그 이상의 정보를 알려줄 수가 있어요."

"……."

"그것뿐만이 아니에요. 날 인질로 잡아둔다면 막대한 보상금을 요구할 수가 있어요. 세력을 유지하는 건 대단히 많은 돈이 필요하죠. 특히 넓은 강남을 아우를 정도의 영향력 확장을 시도하려는 시점엔 자금이 더더욱 절실해지겠죠. 나와의 교환조건으로 반룡복고당은 최소 반 년 이상의 운영자금을 얻을 수 있을 거예요. 이만하면 날 살려둬야 할 이유로 충분하다고 생각하는데요?"

상관미조는 반악의 반응을 살폈다.

여전히 변함이 없었다. 입이 말랐다. 이렇게까지 이야기했으면 좋은 쪽이든 나쁜 쪽이든 반응이 있어야 하기 때문이었다.

'안 먹히는 건가?'

긴장감으로 인해 메말라가는 입술을 혀로 핥던 상관미조는 문득 반악의 시선이 자신의 얼굴에서 한 번도 떨어진 적이 없다는 걸 깨달았다.

눈도 깜빡하지 않고, 한순간도 흔들림 없이.

'날 원하는구나.'

이제까지의 경험상 사내가 저리 쳐다보는 건 그 한 가지 이유밖에 없었기 때문이었다.

물론 지금껏 겪어왔던 사내들의 시선과는 뭔가 다른, 약간의 차이가 있다는 생각이 들긴 했다. 그러나 적대하는 세력 간이란 점을 감안하며 감정이 억제되어있는 게 더 정상적이라 할 수 있었다.

게다가 같이 온 일행을 말소리가 들리지 않을 정도의 거리 뒤쪽으로 물러나게 한 것도 그렇고, 어제까지만 해도 다짜고짜 죽이려 했던 단호하고도 성급했던 행동과 비교할 때, 지금 반악의 태도는 뭔가 따로 은밀히 원하는 게 있어서라고 밖에 생각할 수 없었다.

'만약 그게 아니라고 해도……'

그렇게 만들면 되지 않겠는가.

살아남기 위해서는 가릴 것이 없는데, 사내를 유혹하는 것쯤이야 문제될 것이 하나도 없었다.

오히려 반악 정도의 고수를 유혹한다면, 그리고 자신의 사람으로 만들 수 있다면······.

"반 소협의 표정을 보니 그 정도로는 만족할 수 없는 것 같네요. 솔직히 안타깝고, 애가 타요. 난 당신이 원하면 들어줄 용의가 있는데, 반 소협은 아무 말도 해주지 않고 있으니까요. 말해 봐요. 내게 뭘 원하죠? 뭐든지 할게요. 당신이 원한다면 무엇이든지."

상관미조는 자신의 매끈한 목을 손으로 쓸어 올리며 한숨을 쉬었다.

그리고 유혹적이라고밖에 말할 수 없는 눈빛으로 반악을 쳐다봤다.

반악은 물었다.

"무엇이든?"

상관미조는 내심 회심의 미소를 지으며 고개를 끄덕였다.

"무엇이든요."

"너의 몸을 달라고 해도?"

"주겠어요."

"주는 척하며 내게 살수를 쓸지도 모르잖아."

"절대 그러지 않을 거예요. 하지만 그게 염려된다면 움직이지도 못하도록 점혈을 하면 되잖아요. 난 당신이 원한다면 무엇이든 할 테니까요."

반악은 미소를 지었다.

상관미조는 상의의 가장 윗단추를 풀어서 쇄골을 보여주었다.

반악은 이를 드러내며 웃었다. 그러자 상관미조는 다시 하나의 단추를 더 풀어 박꽃처럼 새하얀 가슴선이 드러나도록 했다.

반악은 크게 웃음을 터트렸다. 너무나 커서 저 뒤쪽에 있는 견일과 견이에게 들릴 정도로.

상관미조는 잠깐 놀라기는 했지만, 반악이 완전히 자신에게 넘어왔다고 생각했기 때문에 손을 뻗어 가까이 오라고 손짓했다.

하지만 반악은 가지 않았다. 게다가 갑자기 웃음을 그쳤다.

상관미조는 저도 모르게 움찔했다. 반악의 시선이 너무나 차갑게 변해버렸기 때문이었다. 마치 딴 사람이 되어버린 것처럼.

그리고 그녀로서는 선뜻 이해가 가지 않는 물음을 던져왔다.

"어떻게 너 같은 계집이 그녀의 핏줄일 수가 있는 거지?"

*　　　*　　　*

상관미조는 눈살을 찌푸리며 되물었다.

"무슨 말이죠?"

"그녀는 아름다웠고, 그 아름다움을 넘어설 만큼 착하고 순수했어. 지상의 여인 같지가 않았지. 천상에서나 살 법한 여인이었어. 그런데 넌 그녀의 외모를 그대로 물려받았음에도 마음은 사갈과 같으니, 난 도저히 이해가 안 된단 말이야."

상관미조의 얼굴이 굳어졌다.

반악이 말하는 그녀가 누구를 말하는 것인지 이해했기 때문이었다.

"내 어머니를 말하는 건가요?"

"맞아."

"당신은 마치 내 어머니를 만난 적이 있다는 듯 말하고 있군요."

"만난 적이 있다면?"

"……."

반악은 아련한 추억을 떠올리며 말했다.

"그녀는 내가 찾아가면 향이 좋은 차를 따라주었지. 내 이야기를 들어주고, 재미가 없는 이야기에도 환하게 웃어주었어. 그때 나를 인간적으로 대해주었던 사람은 오직 그녀뿐이었지."

"헛소리 하지 마요! 당신이 내 어머니를 만났다면 내가 기억하지 못할 리가 없어요! 나도 당신을 알고 있어야 한다고요! 하지만 난 당신을 어제 처음 봤어요!"

"아직도 이해를 못하고 있군."

"……?"

"넌 나를 알고 있어."

"……."

"단지 알아보지 못하고 있을 뿐이지."

상관미조는 화가 났다.

미인계가 통하지 않는 것도 짜증이 나는데, 괴상한 주장으로 자신을 농락하고 있다니.

"그게 무슨…… 당신은 날 놀리는 건가요?"

"그럴 리가. 잘 생각해봐. 모든 사람이 외면했지만, 그녀만이 잘 대해주었던 사람. 네가 아주 싫어했던 사람. 너무나 혐오스러워서 거들떠도 보지 않았던 사람. 결국엔 함정으로 끌어들이고, 절벽으로 떨어지게 만들었던 사람."

상관미조의 얼굴이 창백해졌다.

이곳에서 듣게 될 것이라 생각지도 못했던 이야기를 반악이 하고 있었다. 그리고 누군가의 이름이 떠올랐다. 절대 반악과 연관 지을 수 없을 것 같은 사람의 이름이.

'설마……'

상관미조는 자신의 입을 틀어막았다.

그렇지 않으면 그 이름을 말해버릴 것 같았기 때문이었다.

반악은 그 마음을 이해한다는 듯 고개를 끄덕이고 싸늘하게 웃으며 말했다.

"그래, 그 사람이 바로 나야. 내가 바로 잔혹마 금명이야."

"말도 안 돼!"

상관미조는 반사적으로 소리치며 뒤로 한 걸음 물러났다.

머리는 아니라고 하는데, 몸은 본능적으로 알아차린 걸까?

"말이 안 되지. 그런 생각이 드는 게 당연해. 나도 절벽에서 떨어질 때 죽을 것이라 생각했고, 정신을 차렸을 때는 살아있다는 게 믿기지가 않았으니까. 그리고 굽어진 등도, 네가 그렇게 혐오하던 얼굴도, 목소리도 달라져버렸으니 놀랄 만하지. 나도 처음엔 많이 놀랐기 때문에 충분히 이해해. 환골탈태에 대해서 들어는 봤겠지? 내가 그걸 한 거야."

"……."

"그런 표정 지을 거 없어. 아무리 부정해도 내가 살아있다는 사실은 변하지 않는다고."

반악은 앞으로 한 걸음 움직였다.

상관미조는 창백해진 얼굴로 고개를 흔들다가 바닥에 떨어진 검을 쳐다봤다. 그리고 얼른 주워들고, 뒤도 두 걸음 물러나 방어 자세를 취했다.

"그래, 그렇게 나와야지. 그래야 나도 죽일 맛이 날 거 아니겠어."

반악은 차가운 미소를 지으며 박도를 꽉 움켜쥐었다.

우웅.

박도가 진동하며 새하얀 기운에 휩싸였다.

'진짜 저자가 잔혹마란 말인가?'

상관미조는 아직도 믿기지가 않았다.

아니, 믿고 싶지 않았다. 그날 이후 시체를 찾지 못해 꺼림칙했고 문득문득 떠올라서 신경 쓰이기는 했지만, 살아 있다고 생각한 적은 한 번도 없었다.

살아 있을 거라 생각한다는 것 자체가 이상하지 않은가.

끝도 보이지 않을 절벽 아래로 떨어졌는데, 인간의 몸으로 멀쩡하다는 건 말도 되지 않았다. 잔혹마는 무공이 높은 고수이지, 불사의 몸을 가진 괴물이 아닌 것이다.

하지만 바로 눈앞에 이야기에서나 나오는 환골탈태를 했다고 주장하는 잔혹마가 있었다. 잔혹마가 아니면 알 수도 없는 이야기들을 하면서.

부정하고 싶어도 믿지 않을 도리가 없는 것이다.

상관미조는 뒤로 물러나면서 자신의 검을 내려다봤다.

'얼마나 버틸 수 있을까.'

그녀는 고수였다.

일류라고 불리어도 손색이 없을 수준이었다. 하지만 반악을 상대로는 삼초도 버티지 못할 것이었다.

'그래. 저자는 잔혹마다. 그가 살아 돌아온 거야.'

반악을 잔혹마라고 인정한 상관미조의 머리가 빠르게 돌아가기 시작했다.

그녀는 검을 옆으로, 이번에는 아주 멀리 던졌다. 그리고 반악을 향해 크게 소리가 날 정도로 무릎을 꿇고 두 손을 모아 애원했다.

"금 아저씨 잘못했어요, 용서해주세요!"

상관미조의 눈동자는 물기로 가득 찼고, 얼마 있지 않아 투명하고도 맑은 눈물을 뚝뚝 흘리기 시작했다.

"내가 원한 게 아니었어요! 금 아저씨를 해하고 싶은 마음은 티끌만큼도 없었어요! 하지만 아버지의 말을 거역할 수 없었어요! 금 아저씨도 아시잖아요! 아버지가 어떤 사람인지 아시잖아요! 어머니가 어떻게 사셨는지 아시잖아요! 저도 똑같아요! 어머니처럼 억눌려 살고 싶지 않았지만, 아버지는 절 그냥 놔두지 않았어요! 금 아저씨를 함정으로 끌어들이지 않으면 딸로 생각하지도 않고, 평생 방에서 나오지 못하게 만들겠다고 했어요! 어머니처럼요! 전 무서웠어요! 두려웠어요! 아버지의 말을 따르지 않을 수 없었어요!"

반악의 얼굴이 일그러졌다.

'빌어먹을!'

마음이 흔들렸다.

그녀와 너무나 많이 닮은 상관미조가 무릎을 꿇고 눈물을 흘리는 모습이 처연하게 느껴졌다.

자연스럽게 그녀의 모습이 떠올랐다. 여리고 착해서 별 것 아닌 일에도 눈물을 흘리던 모습이.

'됐다.'

상관미조는 내심 득의의 미소를 지었다.

반악의 얼굴에서 미미하지만 망설임이 보였다. 어머니를

거론하며 매달리면 흔들릴 수도 있다는 생각이 맞아떨어진 것이다.

하지만 마음 한편에서는 분노가 일기도 했다. 거룡성에 배반당하고 자신으로 인해 죽을 뻔 했으면서도 저런 반응을 보인다는 건 그만큼 모친을 사랑했다는 뜻이니까.

'저런 자가 어떻게 내 어머니를 사랑할 수가 있어!'

반악(금명)의 외모가 달라졌음에도 그를 향한 상관미조의 거부감과 혐오감은 사라지지 않았다.

그녀는 반악이 너무나 싫었다.

어린 시절에 잃은 모친에 대한 그리움이 강한 만큼, 반악이 그녀와 어울렸던 모습들은 기억 속에서 지워져야 할 검은 얼룩과 같았다.

아름다워야 할 추억 속에 섞여 있는 반악의 추악한 모습은 자신과 모친에게 굴욕이고 오점일 뿐이지, 그 이상도 이하도 될 수 없었다.

그래서 싫었다. 외모가 정상적으로 변했다고 해도 그녀에게는 여전히 추악한 잔혹마 금명으로밖에 보이지 않는 것이다.

하지만 싫어도 지금은 살아야 하기에, 상관미조는 후회와 반성의 표정을 지으며 눈물을 계속 흘렸다.

"저도 금 아저씨처럼 어머니가 그리워요. 어머니의 삶을 억누르기만 했던 아버지가 원망스러워요. 절 이해하시겠죠? 금 아저씨는 절 이해해주실 수 있겠죠?"

상관미조는 간절한 눈빛으로 반악을 바라봤다.

반악은 한숨을 내쉬었다. 그리고 박도를 도집에 넣고, 그녀를 향해 한 걸음씩 다가갔다.

그리고 혼잣말처럼 중얼거리기 시작했다.

"난 화가 났다. 나를 배반하고 나를 함정으로 끌어들여 죽이려고 했던 것보다, 그녀에 대한 내 마음을 함정의 미끼로 삼았다는 것에 더 분노했다. 그래서 너와 네 부친, 그리고 홍문한은 물론이고, 거룡성의 모든 것들을 없애버리리라 다짐했지. 하지만 그동안 난 많은 것들을 겪어 왔다. 많은 사람도 알게 되었다. 그들은 달랐지. 내 모습이 변해서이겠지만, 그들은 내게 인간적으로 다가왔다. 혼란스러웠고, 어리둥절하면서도 기분이 나쁘지 않았다."

상관미조는 무슨 말을 하는지 이해가 되지 않아 멍하니 쳐다만 보았다.

반악은 그녀의 반응이 어떠하든 상관없다는 듯 이야기를 계속했다.

"그래서 나도 변해갔다. 중간 중간 불만스러운 점도, 짜증이 나는 일들도 있었지만, 결국 그 모든 것들이 내가 새로운 눈으로 세상을 보려하는 걸 포기하지 않게, 계속 참고 나아갈 수 있게 하는 밑거름이 되어 주었다."

"……."

"난 진짜로 모든 게 바뀌었다. 분노도 살심도 처음의 그것과는 달라졌다. 네가 알고 있는 나는 여기에 없다. 난 이제 추귀 잔혹마 금명이 아니라, 반악으로 살아가고 있으니까."

상관미조의 마음은 기대감으로 가득 찼다.

설명은 이상하고 길었지만, 결국 자신을 죽이지 않겠다는 뜻이 아니겠는가.

상관미조는 눈물을 닦아내고 환하게 웃었다.

"그래요. 금 아저씨는 변했어요. 그러니까……."

반악은 고개를 흔들며 말을 막았다.

"아직은 아니다. 완전히 새로운 내가 되려면 끝내야 할 일 들이 있다."

"그게 뭐죠? 저도 돕게 해주세요. 제가 도울 수 있게 해주 세요."

반악은 밝은 표정으로 물어오는 상관미조를 가만히 쳐다 보다가 말했다.

"너와 상관모웅, 홍문한의 목숨을 내 손으로 끊고, 거룡성 도 무너트려야 한다."

"……!"

상관미조는 믿을 수 없다는 듯 눈을 크게 떴다.

그리고 반악의 손이 박도를 잡아가는 걸 보고 급히 일어 섰다.

스삭-

눈 깜짝할 사이에 뽑혀 새하얀 강기를 머금은 채 좌우로,

그리고 상하로 휘둘러진 박도는 다시 도집으로 넣어졌다.

털썩!

일어서려던 상관미조는 다시 무릎을 꿇고 주저앉았다.

정확히 미간과 목을 열십자로 베인 그녀는 입을 벌렸다. 뭔가 할 말이 있는 것 같았지만, 소리는 나오지 않았다. 그저 두 눈 가득 넘쳐흐른 눈물만이 뺨을 타고 흘러내릴 뿐이었다.

결국 상관미조는 아무 말도 못하고 마지막 숨을 내쉬고는 그대로 쓰러져버렸다.

반악은 상관미조의 시신 앞에 웅크리고 앉았다.

그리고 놀라서 크게 뜨인 그대로 굳어버린 눈꺼풀을 조심스레 감겨주었다.

반악은 시신을 안아 들고 마차 안으로 들어가 내려놓은 뒤 밖으로 나왔다. 그냥 놔두었다가 피 냄새를 맡고 몰려온 들짐승들에게 시신이 손상되는 걸 원치 않기 때문이었다.

반악은 마차에 매여 있던 말들을 자유롭게 풀어주고 한참 동안 조용히 마차를 응시했다. 그리고 그 시선을 하늘로 올리며 말했다.

"미안하오. 난 당신의 딸을 죽일 수밖에 없었소."

그는 곧바로 고개를 숙이고 마차와 하늘을 외면하듯 돌아섰다.

마차에서 멀어지는 그의 얼굴에선 드디어 복수의 대상 한 명을 죽였다는 기쁨도, 후련함도 없었다. 하늘에 있을 그녀에게 미안하고 죄스러운 마음 때문에, 우울함과 쓸쓸함만이 가득했다.

'미안하오. 미안하오……'

그는 말을 타고 견일 등과 합비로 돌아가는 내내 하늘을 보지 않았다.

고개도 들지 않고 땅만 쳐다보며 갈 뿐이었다.

*　　　*　　　*

아침이 되고 해가 중천을 향해 절반쯤 나아갔을 무렵, 넓은 대지에 메마른 바람이 불었다. 흉가처럼 남겨진 마차를 따라 휘돌다가 먼지 한 뭉텅이를 품고서 다시 다른 곳으로 흘러가버렸다.

또각또각.

느릿한 말발굽 소리와 함께 백염비가 나타났다.

그는 굳은 얼굴을 하고서 마차 앞에 내려섰다. 그리고 문을 열고 그 안에 똑바로 눕혀져 있는 상관미조를 확인했다.

굳이 맥을 짚어 확인해보지 않아도, 코끝에 손가락을 가져가 숨 쉬는 걸 확인하지 않아도 그녀가 죽었다는 걸 알 수 있었다.

하지만 백염비의 얼굴엔 놀람이나 당황스러움이 보이지

않았다.

안타까움과 슬픔, 후회의 감정은 더더욱 없었다.

왜?

그녀를 버리고 도망칠 때 이렇게 될 것을 예상했었으니까.

오히려 그녀가 죽었다는 것에, 시신을 직접 확인했다는 것에 안도하고 있었다.

'사부님들에게 내가 옥존과 연관되어 있다는 사실이 알려질 일은 없겠군.'

게다가 상관미조를 버리고 도망쳤다는 사실이 드러날 일도 없을 것이다.

당사자는 죽었고, 아직까지 한 명도 보이지 않는 걸 보면 백룡무사들 모두 전멸한 것 같으니까.

물론 그 두 가지 사실 모두를 알고 있는 사람이 있기는 했다.

이름은 모르지만, 아마도 반룡복고당의 당원일 것이라 생각되는 엄청난 실력의 고수.

하지만 그자가 작정하고 소문을 퍼트리지 않는 이상에는 크게 걱정할 일이 없었다. 또한 그는 적이고, 상관미조를 죽인 흉수였다. 그런 자가 아무리 진실이라고 주장을 해도, 자신이 아니라고 부정하면 진실이 아니게 되어버리는 것이다.

'그건 그렇고……'

상관미조가 죽었다는 소식을 전해들은 상관 성주의 분노와 원망이 자신을 향하지 않도록 할 방도를 찾아야 했다.

궁주들도 상관미조가 죽었으니 거룡성과의 관계에 금이 갈 것이라고 화를 낼 게 분명했다. 그 모든 비난을 벗어날 수 있는, 최소한 약화시킬 수 있는 핑곗거리가 필요한 것이다.

잠시 고민하던 백염비는 자신이 타고 온 말을 마차에 연결하고, 근처에 떨어져 있던 검을 가져온 뒤, 시신의 머리채를 잡고 밖으로 질질 끌고 나왔다.

'너무 말끔하게 죽어있으면 안 되지.'

잠시 상관미조의 시신을 내려다보던 백염비는 검 끝을 복부에 겨냥하고 깊숙이 찔렀다.

그리고 위아래로 흔들어 폭을 넓히면서 빼냈다.

찔린 넓이를 조작하여 박도에 당한 상처처럼 보이도록 한 것이다.

살짝 엉성하게 느껴지는 부분이 없지 않지만, 의심을 품고 시신을 꼼꼼하게 살필 가능성은 거의 없었다.

상관미조의 시신을 들어서 마부석에 올려놓은 백염비는 검을 역으로 들고 호흡을 가다듬었다. 그리고 지체 없이 자신의 오른쪽 어깨를 깊숙하게 그었고, 다리에도 비슷한 상처를 만들었다.

하지만 그게 끝이 아니었다. 마지막으로 치명적인 상처가 필요했다. 그는 곧바로 자신의 왼쪽 옆구리에 검을 겨냥하고 장기에 손상이 가지 않도록 깊숙이 찔러 넣었다가 크게 흔들면서 뽑아냈다.

"크윽."

백염비는 극심한 고통에 이를 악물면서도 점혈을 하지 않았다.

피가 어느 정도 흘러 옷을 충분히 적실 때까지 기다리고 나서야 점혈을 해서 출혈을 막았다.

"이 정도면 되겠지."

백염비는 상처로 인해 거칠어진 호흡을 가다듬으며 마부석에 올랐다. 그리고 상관미조의 상체를 무릎 위에 올려 마치 보호하듯이 감싸 안았다.

이미 많이 굳어져 있는 시신의 관절을 강제적으로 꺾어서 자신에게 안긴 것처럼 꾸미는 것도 잊지 않았다.

백염비는 한 가지 고민을 하면서 고삐를 흔들었다.

'성주 앞에서 눈물이 잘 나야 할 텐데…….'

마차가 천천히 움직였다.

반악에게 처참히 죽임을 당한 것처럼 조작된 상관미조의 시신과 그녀를 보호하다가 크게 다쳐 간신히 도망친 것처럼 위장한 백염비를 싣고서.

第四十三章

　합비로 돌아온 반악은 사람들의 눈을 피해서 백월루로 들어갔다.

　별채를 지키고 있던 일성파 조직원들이 그를 알아보고 정중하게 인사를 했다. 그중에는 어제 반악에게 걷어차인 이들도 있었으나, 그들의 표정에서 불만스러움은 조금도 찾아볼 수 없었다.

　그와 견일 등의 활약으로 엄벽달이 죽었다는 걸 알고 있기 때문이리라.

　"여기서 기다려라."

　반악이 견일과 견이를 밖에 남겨두고 지하로 내려가 밀실

로 들어서자, 마 두목과 그의 수하들이 밝은 표정을 하고서
그를 맞이했다.

마 두목은 부축을 받고 일어나 포권을 취하는 성의까지
보였다.

"반 소협에게 말로 표현할 수도 없을 만큼 고마움을 느끼
고 있소이다."

한참이나 감사의 말을 늘어놓은 마 두목은 엄벽달의 죽음
을 확인했고, 그의 죽음으로 지부 무사들이 매우 혼란스러
워 장원에 틀어박혀 나오지 않고 있는 상황을 설명하며 크
게 웃었다.

"하하하! 명령을 내려야 할 머리를 잃었으니, 어찌 행동해
야 하는지 갈피를 못 잡고 있는 게 분명하오."

마 두목과 그의 수하들은 매우 고무되어 있었다.

이제 곧 예전처럼 돌아가 일성파가 합비의 암흑가를 좌지
우지하게 될 거라고 믿고 있는 것이다.

하지만 반악은 그들의 생각이 대단히 큰 착각임을 말해주
었다.

"싸움은 이제부터요."

"허허, 농담도 심하시오. 엄벽달이 죽었는데, 또 무슨 싸
움이란 말이오."

반악은 작은 승리에 도취되어 작금의 상황을 냉정하게 살
피지 못하는 마 두목이 한심스러웠지만, 속내를 드러내지

않고 차분하게 설명을 해주었다.

"그가 일성파를 공격한 것은 당신들에게 억하심정이 있어서가 아니고, 개인적인 욕심이 나서도 아니었소. 주변 지역의 하오문들이 대대적으로 공격당했다는 소식을 들어 알겠지만, 거룡성의 전략적 선택에 따른 명령이 내려온 것이고, 그는 그것을 수행했을 뿐이오. 즉, 그가 죽었다고 해서 거룡성이 그냥 포기할 일은 전혀 없을 거라는 뜻이오. 조만간 다른 고수를과 더욱 많은 무사들을 파견해서 당신들을 쓸어버리려고 할 게 분명하오."

"하지만 엄벽달도 죽고 많은 무사들이 크게 당했으니, 한동안은 시간을 벌 수 있게 되지 않았소. 놈들이 다시 공격을 하려고 해도 지금 당장은 아닐 테고, 우린 그동안 맞서 싸울 정도의 힘을 키울 것이오. 그럼 이전처럼 맥없이 당하는 일은 없겠지. 그리고 요즘 새로 부임한 승선포정사사의 우참의는 포정사도 함부로 대하지 못할 만큼 조정과의 연줄이 대단한데, 희한할 정도로 매우 엄하게 민가를 살피고, 민간인과 무림인을 가리지 않고 공평하게 법을 적용하고 있다하니, 막대한 자금을 풀어 관리들을 포섭하고 그쪽으로 잘만 연결되면 아무리 거룡성이라도 섣불리 우릴 공격하지는 못할 것이오."

"관리를 믿는 것만큼 어리석은 일도 없소. 게다가 당신들에겐 그 정도로 준비할 시간이 있지도 않소. 대비할 시간은 길어봤자 삼 일 정도가 고작일 거요.”

“삼 일? 무엇을 근거로 그리 확신을 하는 것이오?”

“당신 같으면 딸이 죽었는데 그냥 있겠소?”

마 두목은 어리둥절한 표정을 지었다.

“딸이 죽다니? 그게 무슨 말이오?”

“내가 죽이려고 했던 여자가 거룡성 성주의 딸이란 걸 모르고 있었소?”

마 두목과 수하들의 표정이 굳어졌다.

“그 여자가 성주의 딸? 그럴 리가 없소. 왜 성주의 딸이 합비에 왔단 말이오?”

“그녀는 성주의 딸이자 천문당의 부당주였으니, 순찰하고 점검하는 차원에서 들른 것이겠지.”

“그럼…….”

“지금 그녀를 죽이고 왔소.”

“……!”

마 두목은 아연실색하고 말았다.

늙고 오만한 엄벽달이 그녀 앞에서 꽤나 조심스럽게 행동하더라는 보고를 듣고 범상한 신분은 아니라고 생각했지만, 설마 성주의 딸이었다니.

마 두목은 힘이 빠진 얼굴로 의자에 앉았다.

“성주의 딸을 죽이다니, 당신 미쳤소! 우릴 속이고 다 같이 죽어보자는 속셈이었던 거 아니오!”

수하들이 할 말을 잃은 마 두목을 대신해 버럭 소리쳤다.

하지만 반악은 담담하게 반응했다.

"난 당신들도 알고 있는 줄 알았지."

"뭐요! 당신이 성주의 딸을 죽이려고 한다는 걸 알았으면 끌어들일 생각도 하지 않았을 거요!"

수하들은 핏대를 세워 목소리를 높이고 욕을 토해내며 당혹감과 혼란스러움을 표출했지만, 곧 좌절어린 표정이 되어 입을 다물어버렸다.

지금 아무리 화를 내고 분노를 터트려도 암담해진 현실을 돌이킬 수가 없기 때문이었다.

반악은 아무 말도 않고 있는 마 두목을 가만히 쳐다보다가 말했다.

"날 밀고하거나 잡아서 바친다고 그들이 용서해줄 거란 기대는 버리시오."

마 두목은 흠칫했다.

혹시 가능하지 않을까 하고 떠올려보았던 그의 생각을 반악이 정확히 짚어낸 것이다.

하지만 곧 그의 지적을 부정했다.

"날 어떻게 보고 하는 소리요."

"내가 당신의 입장이라도 그런 생각을 했을 테니, 숨길 필요 없소. 그러나 기대를 버리란 것은 당신들을 위해서 하는 말이오. 이번 일은 거룡성에게 머리를 숙이고 들어간다고 해결될 문제가 아니니까."

"……."

"당신에게 남은 선택은 한 가지 뿐이오."

"……?"

"나와, 아니, 우리와 손을 잡는 거지."

"우리란 건……?"

"난 반룡복고당의 당원이오."

마 두목의 얼굴이 일그러졌다.

조금만 안휘 무림에 관심을 가지고 있다면 반룡복고당이 어떤 단체인지 모를 수가 없는 것이다.

"고의로 나와 일성파를 엮은 거요?"

"날 불러들인 것은 당신들이었소."

"……."

"누가 먼저 시작했든, 이제 당신들도 우리와 같은 처지가 되었소. 이런 상황에서 수동적으로 대응하다 전멸당해 쓰레기처럼 치워지느냐, 아니면 능동적으로 나서서 맞서 싸우고, 설사 싸우다 죽더라도 당당히 죽을 수 있느냐, 하는 건 당신의 선택에 달렸소."

마 두목은 고민에 빠졌다.

'거룡성과 싸워야 하다니…….'

한 번도 생각해본 적이 없는 일이었다.

무림과 암흑가는 칼밥을 먹고 산다는 점은 비슷하더라도

삶의 방식과 추구하는 목적, 싸움의 형태가 미묘하게 엇갈린 세상이었다.

게다가 전통의 하오문이라고 해도, 남궁세가까지 무너트린 안휘의 패자를 적으로 삼는다는 것 자체가 황당무계하고, 있을 수도 없는 일이 아닌가.

누가 들어도 코웃음 칠 일인 것이다.

최소한 엄벽달이 뒤통수를 치기 전까지 마 두목의 생각은 그러했다.

마 두목은 반악을 쳐다봤다.

'이만한 고수가 속해 있는 단체니, 아예 승산이 없다 할 수는 없겠지.'

최근에 반룡복고당이 거룡성의 분타를 모두 무너트리고, 몇 달 전까지 거룡성의 앞마당이었던 강남 지역에 당당히 모습을 드러내 세력과 영향력을 넓히고 있다는 점도 그러한 생각에 힘을 실어 주고 있었다.

하지만 마 두목은 우려가 되었다.

"당신들을 어찌 믿어야 한단 말이오? 우릴 방패막이로 이용하고 버리려는 속셈일지도 모르는데."

얼마 전까지만 해도 호형호제하던 엄벽달의 경우가 그 좋은 예라 할 수 있었다.

필요에 따른 명령이 떨어졌다고 한순간에 마음을 바꿔 그를 죽이려 했고, 일성파를 괴멸시키려 하지 않았던가.

반악은 마 두목의 불신감이 이해가 되었다. 그렇다면 어떤 말로 그를 설득할 수 있을까.

'예전이었다면……'

믿고 안 믿고는 당신들 사정이라는 말 외에는 대꾸조차 하지 않았을 것이다. 혹은 무력의 우위를 내세워 반 강제적으로 협조하게 만들었거나.

하지만 이제는 그것으로 충분하지 않다고 생각했다. 마 두목은 거룡성보다는 반룡복고당 쪽으로 가야 한다는 걸 본능적으로 알고 있지만, 상대적으로 힘이 없는 약자이기 때문에 두려움을 느끼고 확신하지 못하고 있는 게 아닌가.

그래서 반악은 말했다.

"의협."

"……?"

"반룡복고당의 의협심을 믿으시오. 우린 체면과 신의를 중하게 여기고 있소. 우리와 손을 잡는다면 어떤 어려움이 있더라도 굴하지 않고 도울 것이니, 후회할 일은 없을 것이오."

마 두목은 잠시 말이 없다가 말했다.

"당신이 약속해주시오."

"……?"

"당신의 이름과 신의를 걸고 약속한다면 믿고 같이 싸우겠소. 그렇지 않다면 어느 쪽에도 발을 들이지 않고 그냥 합비를 포기한 채 다른 지역으로 떠나는 걸 선택할 것이오."

반악은 대답을 고민하지 않고 고개를 끄덕였다.

그가 일성파를 끌어들이려 하는 것은 의리파가 합비에 침투하는데 용이할 것이라는 점도 있지만, 무엇보다 월은이 이곳에 있기 때문이었으니까.

그녀가 일성파를 도왔기 때문에, 일성파를 방치하는 건 그녀도 방치하는 결과가 되는 것이다.

"내 이름과 신의를 걸고 약속하겠소."

"좋소. 그렇다면 당신들에게 협조하겠소."

반악은 곧 거룡성의 움직임이 있을 테니 양지로 나서지 말고 지금처럼, 아니, 지금보다 더 꼼꼼하게 몸을 숨기고 암중에서 활동하는 방식을 유지하고, 천문당의 당원들에게 꼬리가 잡히지 않도록 최대한 흔적을 지워야 할 것이라 당부한 뒤, 최대한 빨리 반룡복고당의 사람을 이곳으로 보내 협조 방식을 세부적으로 논의케 하겠다고 말하고 밀실을 나왔다.

"금방 나올 테니까 떠날 준비해."

반악은 견일 등에게 지시를 하고 주방 뒷문을 이용해 기루에 들어섰다.

그를 발견한 총관 덕홍이 다가왔다.

"루주님은 오층에 계십니다."

반악은 빠르게 계단을 올라 화려함과 고급스러움으로 치장한 오층 방문을 열고 들어갔다.

"아, 반 소협."

안에는 월은뿐만이 아니라 마 두목의 아들 마평진도 있었다.

그는 조금 전에 들어와 새벽의 일이 잘 풀렸으며, 이제 거룡성 지부가 완전히 사라질 때가 얼마 남지 않았다는, 그래서 월은이 자신들에게 은신처를 제공해준 것에 매우 고마워하고 있고, 그 은혜를 절대 잊지 않겠다는 등의, 굳이 찾아와 할 필요도 없는 말들을 늘어놓고 있던 중이었다.

반악은 그에게 가볍게 고개를 끄덕여 인사를 건네고 월은을 마주했다.

"난 지금 합비를 떠날 것이다."

월은은 아쉬움어린 음성으로 물었다.

"또 오실 건가요?"

"일이 잘 풀린다면."

"꼭 다시 오셨으면 좋겠어요."

반악은 지금까지 그에게서 잘 볼 수 없었던 따듯함이 느껴지는 미소를 지었다.

"나도 그러길 바란다. 이제 가야겠다."

"은공, 먼 길 조심히 가세요."

"다시 볼 때까지 몸조심해라."

반악은 곧 방을 나갔고, 월은은 뒤편 창문으로 가서 반악이 견일 등과 함께 떠나는 걸 끝까지 지켜보았다.

조용히 그 모습을 지켜보았던 마평진은 물었다.

"그를 좋아하오?"

"좋아해요."

조금의 주저함도 없이 나온 대답에 마평진은 씁쓸한 미소를 지었다.

그리고 잠시 머뭇거리다가, 그래도 기대를 버릴 수 없다는 마음으로 다시 물었다.

"많이 좋아하오?"

"많이 좋아해요."

"……."

"하지만 그분은 나의 남자가 될 수 없어요. 그냥 나 혼자만 좋아하는 거죠."

마평진의 표정이 조금 밝아졌다.

그녀가 반악을 그처럼 좋아한다는 사실이 슬프기는 하지만, 그래도 자신이 끼어들 틈이란 게 있다는 걸 알았으니까.

월은은 창문에서 돌아서며 마평진을 바라봤다.

그녀는 눈동자에 눈물이 맺혀 있는 채로 웃고 있었다. 슬픔과 기쁨이 뒤섞인 표정이랄까.

마평진은 갑자기 반악이 밉다는 생각이 들었다. 월은처럼 아름답고 매력 있는 여인에게 지금과 같은 표정을 짓게 하다니.

하지만 그래서 부럽기도 했다. 또한 그에 대해서 알고 싶어졌다.

"그는 어떤 사내요?"

"진정한 사내이고, 협객이죠. 남들은 인정하지 않을지 몰라도, 내겐 그런 분이세요."

확신과 열정에 찬 대답에 마평진을 할 말을 잃었다.

'협객?'

오랜만에 들어보는 말이었다.

많은 무림인들이 협객을 자처했지만, 그는 지금껏 진정한 협객을 만나본 적이 없었다. 그리고 짧은 만남이기 때문인지 모르겠지만, 반악이 협객이란 느낌이 들지도 않았다.

그래서 월은의 말을 단어의 뜻 그대로가 아닌, 반악을 그만큼 대단한 사내로 생각한다는 정도의 의미로 받아들였다.

'반 소협이 그렇게 대단한 사내인가? 도대체 얼마나 대단한 사내기에 월 루주와 같은 여인을 감복시킬 수가 있었던 것일까?'

지금은 해답을 찾을 수 없는 물음이었다.

그러나 마평진은 월은의 마음을 얻기 위해, 앞으로 계속 이 물음의 답을 찾기 위해 노력하게 될 것이다.

*   *   *

합비를 떠난 반악과 일행은 쉬지 않고 이동하여 이틀도 되지 않아 려강에 당도할 수 있었다.

그들이 가장 먼저 한 일은 려강에서 암중으로 활동하고

있는 의리파의 당원들을 찾는 것이었다.

이전에 소유했던 것들은 모두 처분했다고 들었기 때문에 당원들을 찾는 데는 다른 방법이 필요했다.

임무 때문에 안휘를 벗어난 반악을 찾아 떠나기 전 강학청에게서 접선 방법을 습득한 견일이 밖으로 나가 신호를 남기고 돌아왔다. 그리고 얼마 있지 않아 당원 한 명이 객잔에서 기다리고 있던 그들을 찾아왔다.

당원은 예전에 반악에게 무공을 가르쳐달라고 매달린 적이 있었던 모정배였다.

그동안 그에게도 많은 변화가 있었는데, 우선 육중포의 제자로 들어가 흑우동의 식구가 되었다. 그리고 능력과 충성심을 인정받아서 백당원들 중에 가장 먼저 은당원으로 승진하는 성과를 이루어냈다.

그래서인지 그의 얼굴과 몸짓에선 자신감이 엿보였다.

주위를 확실히 살피고 객실 문을 열고 들어선 모정배는 깜짝 놀랐다. 변장을 지우지 않고 있던 반악 등의 얼굴이 낯설었기 때문이었다.

경계심을 품은 채 뒤로 물러난 것은 당연지사.

견일이 변장한 상태라는 걸 알려주고 나서야 모정배의 얼굴에서 긴장감과 경계심이 사라졌다.

"반 소협을 뵙습니다."

모정배는 매우 공손하게 포권을 취하고 과하다 싶을 만큼 깊이 허리를 숙였다.

그만큼 반악에 대한 존경심이 크다는 의미인 것이다.

물론 견일 등에게는 잘 보이기 위한 아부로밖에 보이지 않았지만.

반악은 물었다.

"견삼과 염서성이 오지 않았냐?"

"예, 안 왔습니다. 여기서 만나기로 하셨습니까?"

반악은 혹시 견삼이 그대로 도망친 것이 아닌가, 하는 생각이 들었지만 일단 기다려보자는 마음으로 우려를 접어두었다.

"그랬지. 우리가 일찍 온 모양이군. 그런데 너, 무슨 할 말이 있냐?"

그를 바라보는 모정배의 얼굴 표정에 뭔가 할 말이 있다는 기색이 보였기 때문이었다.

모정배는 억눌렀던 감정을 뽑아내듯 말했다.

"반 소협, 전 이제 은당원이 되었습니다."

반악은 지난 날 모정배와 있었던 일을 떠올리며 웃었다.

"많이 노력을 했군. 잘했다."

"감사합니다, 반 소협."

"약속대로 몇 수 가르쳐 주도록 하지."

모정배의 얼굴에 숨김없는 기쁜 표정이 드러났다.

"하지만 아무 수법이나 무턱대고 가르쳐 줄 수는 없다. 그

전에 네가 어떤 무공을 익혔고, 어떤 수준에 도달했는지를 봐야 한다. 상승의 수법이란 단순히 강하고 어려운 동작이 아니라, 시전자의 수준과 무공의 특성에 맞게 자연스레 녹아들어 시기적절하게 펼쳐지는 움직임이기 때문이다. 무슨 뜻인지 알겠지?"

"예, 반 소협. 그리고 허락만 하신다면 언제든 보여드리도록 하겠습니다."

모정배는 지금 당장이라도 자리를 옮겨 무공시범을 하고 싶다는 얼굴이었다.

"급하게 생각할 거 없다. 지금은 그렇고, 오시(午時; 오전 11~1시) 무렵, 예전에 우리가 비무하던 그 강가로 나와라."

"알겠습니다."

"그건 그렇고……."

반악은 려강의 사정을 물었다.

거룡성의 분타들을 괴멸시킨 이후 의리파의 동향, 거룡성의 무리가 려강에 들어와 있지는 않은지, 그리고 마지막으로 진가장의 상황에 대해서.

사실 반악이 가장 궁금한 것은 진가장, 아니, 진가장 장주 부용설의 안부였다.

"의리파는……."

모정배는 의리파가 여전히 려강을 중심지로 삼고 사방으로 활동범위를 넓혀가고 있으며, 급격하게는 아니지만 백당원들도 점점 늘려가는 중이라고 말했다.

또한 장강 북쪽에 있는 다른 지역과 달리 려강에는 거룡성의 무리들이 들어와 있지 않아서 상대적으로 활동에 어려움이 없다고 했다.

반악은 이해가 가지 않아 되물었다.

"려강에만?"

"예, 모두 진가장 장주님 덕분입니다."

"……?"

"어떻게 된 것이냐면……."

얼마 전 포정사사의 고위 관료로 부임한 부용설의 오라비가 거룡성을 직접 찾아가 경고를 주었고, 그래서 려강에는 무사들을 파견하지 못하는 것이라고 했다.

아무리 거룡성이라도 관을 상대로 위세를 부릴 수는 없었기 때문이었다. 특히 조정에 든든한 배경을 가진 인물을 상대로는 더더욱.

'다행이군.'

반악은 내심 안도했다.

견일 등이 빠지고 하 당주가 따로 당원들을 붙여서 호위하고 있다는 말을 들었어도 걱정을 아주 접지는 못하고 있었는데, 막강한 보호자가 나타났다고 하니 다행이다 싶었던 것이다.

하지만 그래도 완벽히 안심할 수는 없었다. 진가장의 자금력이 반룡복고당을 지원하고 있는 상황을 거룡성이 언제까지고 방관하고만 있지는 않을 테니까.

"여전히 진가장과 협력을 하고 있는 거냐?"

"예, 그렇습니다. 사실 이전보다 관계가 더욱 친밀하고 공고해졌습니다. 현재 부 장주님은 진가장의 강남 상권 진출을 위해서 직접 구화산으로 내려가 계십니다. 우린 그런 진가장을 모든 방면에서 지원하기로 했구요. 우리와 진가장은 완전한 동반자가 된 것입니다."

"……."

반악은 마음이 편치 않았다.

주변이 완전히 정리되지가 않아서 언제 어느 때 큰 싸움이 일어날지 예측할 수도 없는 구화산에 있다니.

'너무 깊이 개입하고 있어.'

이런 식이면 부용설은 거룡성에 반룡복고당의 주요 인물로 인식되고 말 것이다.

지금은 든든한 배경이 있으니 눈에 거슬려도 그냥 참고 무시하고 있지만, 그녀가 계속해서 반룡복고당의 성장과 운영에 지대한 영향을 끼친다면 수단방법을 가리지 않고 반드시 제거하려고 할 게 분명했다.

"알겠다. 이제 가봐라."

"예, 반 소협. 혹시 필요하신 게 있으면 언제든 연락 주십시오."

모정배는 새벽에 다시 뵙겠다는 인사를 하고 객실을 나섰다.

'왠지 반 소협의 분위기가 예전보다 부드러워진 것 같은 데? 그리고……'

전체적으로 여유로움이 느껴진다고나 할까.

모정배는 자신의 착각일 수도 있다는 생각을 하면서도 고개를 갸웃거리며 객잔을 떠났다.

*　　　*　　　*

"주인님, 식사하셔야죠?"

반악의 표정이 좋지 않은지라 견일이 눈치를 살피며 조심스레 물었다.

견일과 견이는 반악이 왜 저리 표정이 안 좋은지 대충 눈치채고 있었다. 그들은 반악과 부용설과의 관계를 알고 있는 몇 안 되는 사람들이었으니까.

사실 식사를 물은 것도 배가 고프기도 하지만 분위기를 바꿔보고자 하는 의도였다.

"난 됐다. 너희들끼리 가서 먹어."

견일 등은 혼자만의 시간이 필요하다는 의미로 받아들이고 얼른 방을 나갔다.

반악은 침상에 앉아 가부좌를 하고 불편한 속내를 가라앉히기 위해 명상과 운기에 집중하기 시작했다.

늦은 밤마다 모정배에게 무공 초식 몇 가지를 가르치며 보낸 삼 일째 날, 견삼과 염서성이 려강에 도착해 모정배의 안내를 받아 객잔으로 찾아왔다.

마음 한편에 우려를 가지고 있었던 반악은 견삼이 도망치지 않았다는 사실에 흡족해 했고, 곧 염서성 등을 데리고 조용하고 물이 많은 계곡을 찾아 갔다.

그리고 염서성의 몸에 심어 놓은 제약을 풀고, 내단을 복용케 하여 기운을 흡수하도록 했다.

"구화산에 소식을 보낼까요?"

모정배는 려강을 떠나는 반악을 배웅하며 이전보다 더욱 공손한 태도로 물었다.

무공 초식을 배운 이후, 말로 표현하지는 않아도 마음속으로는 반악을 스승처럼 여기기 때문이었다.

"그럴 필요 없어. 그리고 이걸 육 동주에게 전해라."

반악이 내민 서신은 일성파에 관한 내용과 함께 강북에서 강학청을 대리하여 의리파를 이끌고 있는 육중포에게 일성파와 접촉하길 바란다는 내용이 적혀 있었다.

"우린 이제 갈 테니, 그만 가서 네 할 일 해라."

반악은 내단 복용의 후유증에서 완전히 벗어나지 못해 멍해 있는 염서성과 함께 모정배가 마련한 마차에 올라탔고,

마부석에 앉은 견일 등은 곧바로 고삐를 흔들어 마차를 출발시켰다.

두두두!

'반 소협께서 가르침을 내린 것을 후회하시는 일 없도록 열심히 수련하겠습니다.'

모정배는 남쪽을 향해 멀어져가는 마차를 향해 깊이 허리를 숙이며 마음으로 다짐하고, 또 다짐했다.

*   *   *

팔공산 거룡성 안쪽에 땅을 깊이 파서 만들어진 빙창실(氷倉室: 겨울을 제외하고 구하기 힘든 귀한 얼음을 저장해두고 봄에서 가을까지 보관하기 위해 만든 지하실).

빙창실은 현재 거룡성 전체에, 그리고 비룡지까지 미치고 있는 무거운 분위기의 근원지였다. 이틀 전에 깊은 부상을 입은 백염비와 함께 돌아온 상관미조의 시신이 빙창실에 안치되어 있기 때문이었다.

쾅!

"성주님을 뵙습니다!"

빙창실 부근을 철통같이 지키고 있던 보룡무사들은 철문을 강하게 걷어차는 소리와 함께 빙창실로 이어진 계단을 한 걸음에 뛰어올라 모습을 드러낸 상관 성주를 발견하고 다급히 허리를 숙이며 인사했다.

성주를 늘 곁에서 호위하는 게 임무인 보룡무사들이 새삼스레 인사를 하는 건, 그가 빙창실에 들어갔다가 이틀 만에 나온 것이기 때문이었다.

상관 성주는 무사들에게 시선조차 주지 않고 잔뜩 일그러지고 분노한 얼굴을 한 채 서쪽 길로 걸어갔다.

살짝 뒤늦게 빙창실을 빠져 나온 보룡대 대장 맹강배가 서둘러 성주를 뒤쫓았고, 그의 손짓을 받은 열 명의 보룡무사들도 뒤를 따랐다.

거의 뛰는 것과 다름없는 속도로 걸어가 천문당 건물 앞에 다다른 상관 성주는 닫힌 문들을 모두 걷어차 박살내고 들어가 당주의 집무실 앞에 이르러 버럭 소리쳤다.

"문한!"

성주가 문을 모두 부수고 들어와 분노 섞인 고함을 내지르는데도 불구하고 일을 하고 있던 보좌관과 당원들 중 놀라는 이는 아무도 없었다. 그들은 마치 이런 상황이 일어날 줄 알았다는 듯 조용히 일어나 밖으로 나갔다.

드륵.

당주의 집무실 문이 열리며 홍문한이 모습을 나타냈다.

"들어와 차 한 잔 하시지요."

홍문한의 지극히 차분한 음성에 상관 성주의 미간이 좁혀졌다.

그는 바로 옆에 있는 당주 보좌관의 탁자를 주먹으로 내리쳤다.

콰지직!

탁자는 마치 속 빈 나무로 만들어진 것처럼 가볍게 박살 나 주저앉았고, 상관 성주는 분노의 음성을 터트렸다.

"무력대를 전부 집합시켜 합비를 공격할 준비를 하라 했는데, 대주들 모두 그런 명령을 받은 적이 없다는 소리는 어찌된 것이냐!"

홍문한의 시선이 성주의 뒤쪽에 서 있는 맹강배를 향했다.

분명 그가 보고한 것이리라.

하지만 그의 잘못은 아니었다. 단지 명령에 따라 상황을 알아보고 사실을 전한 것뿐일 테니까.

"모두 설명해 드릴 테니, 일단 홍분을 가라앉히시고 안으로 들어오십시오."

"내 딸이 죽었는데! 내 하나뿐인 자식이 죽었는데, 어떻게 홍분을 가라앉힐 수가 있단 말이냐! 잔말 말고 당장 나가서 무력대를 집합시켜!"

"죄송하지만, 그럴 수 없습니다."

"그럴 수 없어? 감히 내 명령을 무시하겠다는 것이냐!"

"무시하는 게 아니라, 성주님을 보좌하는 임무에 충실한 것입니다. 분노하시는 마음을 이해하고, 또 응당 부당주의 복수를 해야 하겠지만, 일단 흉수의 정체부터 알아내고 종적을 찾아낸 다음에 움직여도 늦지 않습니다."

"그놈들이 반룡복고당 놈들인 게 분명한데, 무슨 정체를 알아내! 그리고 놈들이 있을 곳이라면 합비 아니면 구화산밖에 더 있냐! 그냥 합비를 치고, 곧장 구화산으로 내려가서 그 개자식들을 모두 쓸어버리면 되는 거야!"

"그렇게 간단하게 생각할 문제가 아닙니다. 놈들이 반룡복고당의 당원들이라고 한다면 더더욱 그렇습니다. 만약 이 모든 게 놈들의 계략이면 어찌하시겠습니까? 성주님이 분노하여 모든 전력을 이끌고 남하하기를 기다렸다가 우회하여 이곳을 칠 수도 있습니다. 아니면 길목에 함정을 파고, 매복해 있다가 기습을 해올 수도 있는 겁니다."

또한 관의 시선도 신경 써야 했다.

지난번 찾아 온 승선포정사사 우참의의 경우를 보더라도 관의 존재를 무시할 수가 없는 것이다. 일시에 많은 무사를 움직였다가 관이 괜한 트집을 잡고 개입하게 되는 일이 발생할 수도 있었다.

홍문한의 지적은 옳았다. 상관 성주도 알고 있었다. 하지만 그는 이성적으로 받아들일 수가 없었다.

"네가 안 하겠다고 하면 내가 직접 무력대를 불러 모아 합비로 가겠다."

상관 성주가 인상을 쓰며 돌아서자 홍문한이 얼른 움직여 그의 앞을 막아섰다.

"형님, 제 말을 더 들어보십시오."

"이럴 때만 형님이냐?"

"……"

"진정 날 그리 생각한다면 네 의조카의 죽음에 분노부터 하고, 날 지지해줘야 하는 것이 아니냐?"

홍문한은 상관 성주의 비난어린 시선을 마주하지 못하고 고개를 숙였다.

그가 시선을 피한 것은 두 가지 감정 때문이었다. 자신 역시도 상관미조의 죽음에 분노하고 있음을 몰라준다는 것에 대한 실망감, 그리고 의형 모르게 그의 딸과 깊은 관계를 맺고 있었다는 것에 대한 죄책감.

하지만 그는 곧 고개를 들어 시선을 똑바로 마주하고 말했다.

"제가 분노하지 않는 것 같습니까? 저라고 형님의 결정을 지지하고 싶지 않겠습니까? 저 역시 다르지 않습니다. 당장 합비로 가서 눈에 거슬리는 놈들을 모두 베어버리고, 구화산으로 가서 반룡복고당에 속해 있기만 하다면 남녀노소를 가리지 않고 모두 죽이고 불태워버리고 싶습니다. 이 끓어오르는 울분을 터트리고 싶단 말입니다. 하지만 지금은 그럴 수 없습니다. 하지 않겠다는 게 아니라, 지금 당장은 할 수 없다는 것입니다. 충분한 준비를 갖춰야 합니다. 꼼꼼하게 조사도 해야 합니다. 왜냐고요? 미조의 죽음에 조금이라도 연관되었다면 단 한 놈도 빠져나가지 못하게 길목을 틀어막고 죗값을 치르도록 만들어야 하기 때문입니다."

"⋯⋯."

"길지는 않을 겁니다. 이틀 전에 이미 제 수하들을 합비로 보내 놈들의 흔적을 찾게 하고, 함정과 매복에 걸리는 일이 없도록 주변을 세밀하게 수색케 했으니 곧 보고가 올라올 것입니다. 그러니 오 일의 시간만 주십시오. 딱 오 일만 기다려주시면 됩니다."

상관 성주는 눈을 감았다.

잔뜩 끓어올라 있던 분노를 가라앉히기 위해서였다. 최대한 감정을 억누르고, 이성적으로 판단하려고 노력하는 것이다.

그는 잠시 뒤 눈을 뜨고 말했다.

"오 일이다. 딱 오 일만 기다리겠다. 그때는 어떤 이유로든 날 막을 수 없을 것이다. 만약 그때도 날 막는다면⋯⋯ 널 베어버리고 갈 것이다."

"알겠습니다. 그때는 설사 형님이 제 머리를 원하신다고 해도 기꺼이 바치겠습니다."

잠시 홍문한을 빤히 쳐다보던 상관 성주는 그를 지나쳐 건물을 나섰다.

'술이 필요해.'

그리고 지금 끓어오르는 살기와 분노를 다독여줄 누군가의 따듯하고 부드러운 품이 그리웠다.

또한 뜨겁게 달아올라 복잡해진 머릿속을 단순하게 비우게 해줄 무언가도.

지금의 심정으로 그냥 기다리고만 있기에는 오 일이란 시간이 너무나 기니까.

"혼자 갈 테니 따라오지 마라. 그리고 오 일 동안 날 찾지도 말고, 방해하는 일이 없도록 해라."

그를 따르려는 맹강배와 보룡무사들에게 단호히 명령을 내린 상관 성주는 삼궁주 요월홍의 거처를 향해 빠르게 걸어갔다.

*　　　*　　　*

안휘성 북동쪽 경석산에 위치한 오행궁.

경석산은 그 높이와 크기가 유명한 명산들에 비할 수는 없었지만, 칼날처럼 삐죽이 튀어나온 바위와 잘려나간 듯 급격하게 떨어지는 절벽들이 많아서 아무나 쉽게 오르내릴 수 있는 산이 아니었다.

그런 곳에 오행궁이 세워져 있는데, 하나의 장원이 아니라 산 전체에 걸쳐서 수십 채의 크고 작은 장원들이 곳곳에 자리 잡고 있는 구조였다.

아침저녁으로 옅은 안개에 휩싸여 있어 멀리서 보면 그 모양새가 마치 사찰들이 가득한 불교의 종산이라도 되는 것처럼 경건해 보이지만, 가까이 가면 안개에 뒤섞인 기묘한 색깔의 연기와 음악 소리, 건물들에 칠해진 갖가지 화려한 색깔들의 기괴하고 요사스런 그림들 때문에 경박하고 음습하다 못해 사이하기까지 한 느낌을 불러일으키는 곳이 오행궁이었다.

*　　　*　　　*

사궁주 육관명은 본궁으로 모이라는 일궁주의 부름을 받고 그만의 거처인 검정 일색의 사별궁에서 밖으로 나섰다.

그는 가벼운 걸음으로 경사가 급하게 만들어져 있는 작고 좁은 계단들을 빠르게 올랐고, 때론 계단을 무시하고 바위를 박차며 수 장을 한 번에 뛰어올랐다.

그렇게 오르기를 반복하던 사궁주는 온통 청색으로 치장된, 주춧돌을 제외한 모든 것들이 나무로 만들어진 장원 앞에 당도했다.

이곳이 일궁주가 머무르고 있는 본궁이었다.

장원의 일부인 듯 청색 옷을 입은 궁도들의 인사를 받으며 안으로 들어선 그는 중앙의 큰문 앞에 섰고, 곧 궁도들이 문을 열어주자 족히 수십 명이 들어앉을 수 있는, 그러나 의자나 탁자 하나 없이 휜하게 넓기만 한 대전이 눈앞에 나타났다.

대전 안은 해가 창창한 대낮인데도 불구하고 어둑한 내부를 밝힐 만한 것 하나 없이, 그냥 양쪽 벽에 뚫린 여덟 개의 손바닥만 한 둥근 구멍을 통해 들어오는 빛에 모든 시야를 의지해야만 했다.

처음 들어오는 이들에겐 고개를 갸웃하게 만드는 곳이랄까.

삐그덕.

신발을 벗고 안으로 한 걸음 내딛자 나무로 만들어진 바닥에서 귀에 거슬리는 소리가 났다.

아무리 나무로 만들어졌다고 해도 본궁의 바닥에서 이런 소리가 난다는 건 이를 관리하는 자들에게 책임을 물어야 할 일.

허나, 허락을 받지 않은 자들이 은밀히 들어와 접근하지 못하게 고의로 소리가 나도록 만들었다면 이야기가 다르지 않겠는가.

일궁주 백호웅은 그만큼 철두철미하고, 교활하며, 남을 잘 믿지 않는 성정의 인물이었다.

대전 안에는 먼저 와 있던 세 명이 적당한 간격을 벌리고 바닥에 둥글게 앉아 있었다.

그리고 그중 문을 마주한 정중앙 자리에 앉아 있는 이가 손짓하며 부르는데, 그가 바로 일궁주였다.

"어서 와 앉게, 사궁주."

"자주 찾아뵙지 못해 죄송합니다, 대사형. 제가 늦은 모양이군요."

"아니야. 두 궁주들도 방금 왔어."

사궁주는 일궁주의 왼쪽에 앉아 있는 이궁주 사마심모에게 먼저 인사를 건넸다.

"오랜만입니다, 이사형."

"사적인 자리가 아니니, 정식 호칭을 써라."

"아, 예. 그렇군요. 제가 실수했습니다. 오랜만입니다, 이궁주님."

"그래, 오랜만이다."

퉁명스런 말투로 지적하고, 사형제간 임에도 불구하고 정 감 없이 대꾸하는 이궁주는 왠지 짜증나고 화나 보였다.

하지만 안 좋은 일이 있어서가 아니라, 오행(五行)의 기운 중에 금(金)의 특성을 지닌 무공에 영향을 받아 평상시 그의 표정과 기분 자체가 늘 그런 상태였다.

그 뿐만이 아니었다. 같은 사부를 둔 궁주들 모두 오행의 기운 하나씩을 극대화하는 무공을 익히고 있어, 성격들이 이상하고 제각각이었다.

일궁주의 아우이자 백염비의 숙부인 오궁주 백오신도 마찬가지였다. 그가 보기 거북할 만큼 살이 찌고, 잘 씻지 않아 역한 냄새를 풍기는 것은 토(土)의 특성을 가진 무공의 영향으로 인해 성격이 느긋하고 게을러졌기 때문인 것이다.

그가 무공을 배우기 시작할 무렵일 때만해도 이렇지 않았다. 몸매는 비리비리했고, 너무 깔끔을 떠는 성정이라서 사형제들 모두가 짜증이 날 정도였다.

심지어 가르치는 사부까지 성질을 낼 정도였으니, 그 결벽이 오죽 심했겠는가.

그런데 무공 때문에 이렇게 완전히 반대로 변한 것이다.

"오궁주는 안 보는 사이에 살이 더 붙은 것 같다?"

육관명의 인사에 오궁주 백오신은 졸린 눈을 비비며 히죽이 웃었다.

"먹고 자는 것이 내 삶의 낙이잖습니까. 그러는 사형은, 아니, 사궁주님은 몸이 점점 말라가는 것 같습니다. 언제 한번 오별궁으로 찾아오십시오. 내 궁에서 키우는 돼지들이 살이 잘 올라 있으니, 그중 한 놈을 잡아서 같이 술 한 잔 하며 배 터지게 먹어보자고요."

"시간을 봐서 찾아가겠다."

물론 거짓말이었다.

지금도 옆에 앉기 짜증나는데, 저리 냄새나는 인간하고 가까이 앉아서 먹고 마실 생각은 추호도 없는 것이다.

오궁주가 지금 당장 시간 약속을 잡자고 할까봐 염려된 사궁주는 얼른 화제를 돌렸다.

"그런데 일궁주님, 갑자기 무슨 일로 부르셨습니까?"

"두 가지 이유 때문이지. 우선 하나는……."

일궁주는 갑자기 말을 멈추고 입을 다물었다.

세 궁주들은 왜 그러나 싶어 그를 빤히 쳐다보며 말하기를 기다렸지만, 일궁주는 좀처럼 입을 열지 않았다.

'또 왜 저래?'

목(木)의 특성을 가진 일궁주는 감정이 오락가락 하는 단점이 있었다.

갑자기 불처럼 화를 내다가도, 얼음처럼 차가워지는 것이다.

철두철미하고, 교활하며, 남을 잘 믿지 않는 성정뿐만 아니라, 언제 갑자기 감정이 바뀔지 알 수도 없으니 참으로 상대하기 어려운 종류의 인간이었다.

이때, 밖에서 백염비의 음성이 들려왔다.

"아버님, 소자입니다."

"들어와."

세 궁주들은 그제야 일궁주의 갑작스런 침묵이 소궁주 백염비의 도착을 기다렸기 때문임을 알게 되었다.

'하여튼 괴상한 인간이라니까.'

사궁주는 내심 코웃음 치며 일궁주를 비웃었다.

하지만 그도 비슷한 면이 있어 남을 비웃을 처지가 아니었다. 그리고 다른 두 궁주들도, 이곳에 없는 삼궁주도 마찬가지였다.

물론, 일궁주가 그들보다 아주 조금 더 괴상하다는 건 분명한 사실이지만.

문이 열리고 소궁주 백염비가 여궁도에게 부축을 받으며

안으로 들어왔다.

"혼자 걸어–!"

갑자기 일궁주가 내지른 고함이 대전 안을 쩌렁하게 울렸다.

그가 얼마나 흥분했는지 낯빛이 불에 달군 쇠처럼 붉어 보일 정도였다.

"예, 아버님."

일궁주의 급변하는 감정 상태를 한두 번 겪은 게 아닌지, 백염비는 조금도 놀라지 않고 여궁도에게서 떨어져 나와 천천히 걸어왔다.

그는 일궁주를 마주보는 자리에 앉으며 살짝 인상을 찌푸렸다. 상처의 고통 때문이었다.

"이런, 이런. 조심히 앉지 않고. 그러다 아물지도 않은 상처가 다시 터지면 어쩌려고 그러냐."

"염려해 주셔서 감사합니다, 아버님."

돌연 부드러워진 일궁주의 말투는 많이 겪어본 궁주들로서도 내심으로 실소를 짓게 하고, 다른 한편으로는 등골을 오싹하게 했다.

'대사형 앞에서는 언제든 마음을 놓지 말고 조심해야 해. 언제 감정이 바뀌어 갑자기 칼을 들고 달려들지 알 수 없는 일이니까.'

궁주들은 새삼 조심하기를 다짐하고, 또 다짐했다.

백염비를 부축하고 온 여궁도가 문을 닫고 나가자 일궁주는 아까 하다가 멈췄던 말을 이어서 했다.

"정혼을 통해 거룡성과의 관계를 단단하게 한다는 계획을 어그러지게 만든 소궁주에게 어떤 벌을 내리느냐 하는 문제를 논하고자 한다."

궁주들의 시선이 백염비의 얼굴에 모아졌다.

백염비는 살짝 고개를 숙이고 눈을 내리깔았으나, 이렇다 하게 당황하거나 긴장한 기색은 보이지 않았다. 마치 이런 상황을 이미 예견했고, 어떤 처분이 내려지더라도 두말 않고 받아들이겠다는 듯이.

"의견이 있으면 말해라."

일궁주의 채근에 이궁주가 자세한 이유를 들지 않고 간단하게, 특유의 퉁명스럽고 신경질적인 말투로 의견을 냈다.

"성찰동에서 한 달간 근신시키십시오."

성찰동은 이름만 그럴듯할 뿐, 죄를 지은 궁도들을 가둬두고 근신케 하는 동굴감옥이었다.

음식도 잠자리도 최악이라 꽤 고통스런 한 달을 보내야 할 것이다. 특히 부족함 없이 살아온 백염비에게는 더더욱 그렇게 않겠는가.

그러나 사궁주는 이궁주의 의견을 반대했다.

"큰 부상을 당해서 요양을 해야 할 시기에 성찰동에 가두다니요. 너무 과합니다. 그리고 결과적으로 계획이 어그러지기는 했으나 고의가 아니고 누구도 예상치 못했던 상황에서 벌어진 일이 아닙니까. 물론 일궁조들이 따라오지 못하도록 해서 위험을 자초한 면도 있으니, 그 점에 대해서는 질책을 해야겠지요. 그러니 거처에서 보름간 외출금지를 시키는 정도가 적당한 듯싶습니다."

무엇보다 사궁주는 소궁주이자 그들의 공동제자이기도 한 백염비를 감옥에 가둬두고 꼼짝도 않게 하는 건 시간을 낭비하는 짓이라 생각하고 있었다.

차라리 그 시간에 무공 수련을 시키는 게 더 낫다고 말이다.

일궁주의 시선이 오궁주를 향했다.

"너는 할 말 없냐?"

금방이라도 뒤로 쓰러져 잘 것 같은 표정을 하고 있던 오궁주는 잠시 머리를 벅벅 긁다가 말했다.

"그냥 넘어가시죠. 이미 다 끝난 마당에 염비에게 벌을 준다고 죽은 아이가 살아 돌아오는 것도 아니지 않습니까. 그리고 아직까지 거룡성에서도 별말이 없고요. 상관 성주가 처음엔 잠깐 화를 내긴 했지만, 염비의 잘못이 아니란 걸 알기 때문에 그이상은 화를 내지도 않고 부상을 치료하고 오라고 조용히 내보낸 거 아닙니까. 그리고 애도 약혼녀를 잃어 힘들 텐데, 그냥 혼자서 슬픔을 삭일 시간이나 주자고요."

일궁주는 괜히 물어봤다는 듯 인상을 찡그렸다.

그는 시종 아무 말도, 아무 감정도 드러내지 않고 묵묵히 듣고만 있는 백염비를 쳐다보며 물었다.

"네 자신을 변호할 말이라도 있냐?"

"없습니다. 아버님과 사부님들께서 결정하시고 하명하시면 성심을 다해 처분을 따르겠습니다."

"그러냐? 허면, 성찰동에서 보름의 근신령을 내리겠다. 그 시간 동안 반성하고 또 반성해서 다시는 이런 잘못을 저지르지 않도록 해야 할 것이다."

"아버님의 명을 따르겠습니다."

"밖에 있는 궁도들은 소궁주를 지금 당장 성찰동으로 데려가라!"

궁도들은 곧장 안으로 들어와 소궁주를 양쪽에서 부축해서 일으키고 밖으로 데리고 나갔다.

*　　　*　　　*

사궁주는 문이 닫히자 우려 섞인 표정으로 일궁주를 쳐다봤다.

"보름은 좀 심하지 않습니까? 최소한 부상은 낫게 한 뒤에 집행하는 것이 어떨까요?"

"고작 보름인데 뭐가 걱정이야. 게다가 부상은 성찰동으로 의원을 보내 치료하면 되는 거고, 음식과 잠자리는 신경 안 써도 저놈한테 흠뻑 빠진 여궁도들이 알아서 챙길 게 분명하단 말이지."

실상 성찰동에 가둔다고 백염비가 고생할 거란 생각은 애초부터 가지고 있지 않았던 것이다.

　그저 그에게 벌을 내렸다는 사실이 거룡성에 전해져, 오행궁이 상관미조의 죽음을 심각하게 생각하고 애통해 하고 있음을 알리고자 하는 의도에 가까웠다.

　"하긴 그렇기도 하네요."

　"그리고 녀석은 이번 기회에 정신을 차릴 필요성이 있어. 천재적인 재능 때문에 큰 노력 없이 무공을 쉽게 습득해 버리고, 공력은 채음보양을 통해 거저먹듯이 쌓는 데다, 늘 칭찬만 받아와서 정신력이 약해. 악과 깡이 없단 말이야. 그래서 저리 부상을 입은 거야. 우리 다섯 사람의 무공을 한 몸에 지니고도 패하다니, 그게 무슨 이유 때문이겠어? 싸움에는 악바리 같은 근성이 있어야 하는데, 자만심 속에서 공력과 기교만 신경 쓰느라 당한 게 분명하다고. 성찰동에 들어가 있다 보면 녀석도 뭐가 문제인지를 고민하게 되겠지. 그리고 결국 우리의 가르침에 따라 오행기를 열심히 수련해야 한다는 결론을 얻을 수밖에 없게 될 것이야."

　일궁주의 생각은 어느 정도 일리가 있기는 하지만, 문제는 백염비가 반악과 싸울 때 오행기를 사용하지 않았다는 걸 그가 모르고 있다는 사실이었다.

　고민이야 하겠지만, 싸움 중에 써먹지도 않은 오행기에 관련한 고민을 할 가능성은 거의 없는 것이다.

"상대가 진짜 강한 놈일지도 모르지 않습니까?"

사궁주의 반박에 일궁주도, 이궁주도, 그리고 오궁주도 그게 무슨 말도 안 되는 소리냐는 듯 쳐다봤다.

일궁주는 흥분한 얼굴로 소리쳤다.

"이야기를 들어보니 상대는 염비와 비슷한 나이였다고 하는데 염비보다 강하다니! 염비도 방심해서 당한 것이라고 했잖아! 게다가 그 전에 수십 명으로부터 집중 공격을 받았기 때문에 힘이 빠졌었다고. 넌 염비의 실력을 몰라? 그 녀석이 얼마나 대단한 무공의 천재인지 몰라서 하는 소리냐고? 아니면 생각 없이 입을 나불거리는 거냐? 엉? 그런 거야!"

사궁주는 움찔하며 기가 죽은 얼굴로 고개를 살짝 돌렸다.

"저도 그럴 리가 없다고 생각했어요. 그냥 혹시나 해서 한 말입니다. 아무리 생각해도 염비가 당했다는 게 이상해서 말입니다."

이런 모습이 수(水)의 특성을 가진 사궁주의 성격이었다.

계획은 잘 세우지만 매우 소심해서 다른 이의 눈치를 보느라 뒤로 빠지기를 잘하고, 그래서 그가 다 성사시켜 놓고도 일궁주와 이궁주에 비해서 인정과 칭송을 받지 못하는 경우가 많았던 것이다.

일궁주는 다시 흥분을 가라앉힌 상태로 돌아왔다.

"염비는 개파조사님 이후 삼백 년 만에 오행기를 한 몸에 익힌 무공의 천재다. 훗날 우리 오행궁을 안휘 제일로, 더나아가 무림 제일의 세력으로 만들어줄 아이야."

그래서 일궁주가 제자였던 백염비를 아들로 삼은 것이었다.

엄청난 재능의 백염비를 사제들과 함께 공동제자로 두는 것에 만족할 수 없었으니까. 부자간이 되어서 사제들보다 우위에 서고 싶었던 것이다.

"그래서 지금이 더욱 중요해. 비슷한 연령에서는 상대할 자가 없다 해서 만족해서는 안 된다는 거지. 천이서생이 뽑은 오인잠룡에 염비가 들어가지 못했다는 것만 봐도 아직 많이 부족하다는 걸 알 수 있잖아."

오궁주가 어리둥절한 표정을 지었다.

"그거야 형님이, 아니 일궁주님이 소문이 나지 않도록 고의로 염비의 실력을 감췄기 때문이잖습니까. 확실한 강함을 갖추고 등장해야 무림에 충격적인 첫인상을 심어줄 수 있고, 그래야 단번에 이목이 집중되어 보다 빠르게 명성이 쌓일 거라고. 천이서생이 젊은 염비를 천하의 고수로 꼽는데 주저하지 않게 하려면 비슷한 연령의 고만고만한 후기지수들과 비교되면 절대 안 된다고. 그렇게 되면 천하제일의 고수를 바랄 수도 없게 될지 모르니 조금 더 참고 적당한 때를 기다려야 한다고 해서 그런 거 아닙니까."

"한창 말하고 있는데 왜 끊어!"

일궁주는 다시 잔뜩 흥분한 얼굴로 버럭 소리쳤다.

다른 누구도 아닌 친동생이 말꼬리를 잡아 모순점을 지적하자 짜증이 난 것이다.

하지만 오궁주가 입을 삐죽이며 시선을 아래로 깔자 곧 호흡을 가다듬고 자신의 이야기를 계속 이어갔다.

"그러니까 내 말은 조금 더 다그치고, 오행기 수련에 더욱 매진하게 해야 한다는 거다. 보름 뒤에 성찰동에서 나오면 우리 다섯이 찰싹 달라붙어서 염비를 단련시키도록 하자. 훗날 그 아이가 천하제일의 고수가 되는 데 있어, 우리가 기틀을 확실하게 잡아줘야 한다는 거다. 이제까지도 노력이 부족했다고 할 순 없지만, 충분하진 않아. 우리의 공로를 잊지 않도록 확실하게 가슴 깊이 새겨줘야 한단 말이지. 우리가 아니었다면 천하제일의 고수가 될 수 없었다는 생각을 하게 말이야. 명색이 사부들인데, 그 정도는 되어야 체면이 서질 않겠냐."

"알겠습니다."

다른 궁주들 역시도 백염비에 대한 기대가 남다르기 때문에, 심지어 게으른 오궁주까지 군말 없이 고개를 끄덕였다.

네 사람은 백염비가 훗날 천하제일의 고수가 될 거라는 것에 조금의 의심도 없었던 것이다. 맹신이라고 해도 이상하지 않을 만큼의 확신을 갖고 있다고 할까.

"염비의 문제는 그렇게 일단락 짓고, 다른 문제를 이야기해 보자."

일궁주는 사궁주를 쳐다보며 말했다.

"계획을 조금 바꿔야 할 듯 싶다."

"무중생유의 계책을요?"

무중생유(無中生有)의 계책이란 손자병법에 나오는 것으로, 없어도 있는 것처럼 보이게 한다는 뜻인데, 어떤 허상으로 적을 속이지만 결코 철저하게 속이는 것이 아니라 교묘하게 허에서 실로 변화시키는 것이다.

즉, 상대방으로 하여금 착각을 일으키게 하면서 암암리에 실제행동으로 옮기는 것을 말한다.

이 계책은 지난번 사궁주가 강소 혈우림에 침투했다가 별다른 소득 없이 돌아오고 난 뒤, 반악과 일행을 추적 감시하던 수하들이 돌아와 올린 보고를 받은 후 고심 끝에 내놓은 것이었다.

사궁주는 살짝 불만스런 표정으로 물었다.

"지금껏 아무 말 없으시다가 왜 갑자기 바꾸신다고 하십니까?"

"조금만 바꾸는 거고, 네 계책이라는 사실은 변하지 않으니까 그렇게 기분 나빠 할 거 없다. 그리고 이번 일로 거룡성이 우리의 예상보다 빠르게 움직일 기미를 보여서 어쩔 수 없게 되었다. 좋은 계책을 구상했는데 막상 실행하려니 이미 쓸모없는 상황이 되어버리면 그게 더 멍청한 짓이잖아."

"그렇기는 한데…… 어떻게 바꾸시겠다는 겁니까?"

"내일 하남 쪽으로 상단 하나, 모레 강소 쪽으로 표국이 두 개 움직인다는 정보가 있다. 그들이 경계 지역을 넘기 전에 쳐서 흔적을 남기는 거다."

"경계를 넘기 전에 말입니까?"

사궁주는 깜짝 놀라 되물었다.

이궁주와 오궁주도 우려 섞인 표정을 지었다.

사궁주가 구상한 계책은 쉽게 말해 거룡성 몰래 반룡복고당이 성장할 시간을 벌어주자는 것이었다.

그는 반악 등이 안휘 북부를 둘러싼 강소, 산동, 하남으로 가서 각 지역의 강대한 문파를 하나씩 방문해 맹약을 맺은 것은, 북방 지역을 불안하게 만들어서 분타를 공격하고 남쪽을 공략하더라도 거룡성이 무력대를 대거 동원하여 함부로 남하할 수 없도록 하려는 거라고 짐작했다.

그가 정체를 숨기고 혈우림에 침투한 것도 그 비슷한 방법을 써서 거룡성을 흔들려는 속셈이었기에 금방 의도를 짐작할 수 있었던 것이다.

하지만 정세를 살펴보니, 반룡복고당의 의도는 생각만큼 실효를 거두기 어려워 보였다.

일단 세 문파가 노골적으로 거룡성과 적대관계를 형성해 견제할 가능성은 원래부터 높지 않았다.

거기에다가 현재 혈우림은 전 림주의 부재와 내분으로 흐트러졌던 안팎의 기강을 바로잡느라 아직 여유가 없는 상태고, 황보세가는 천부교와의 싸움에 우위를 점하기는 했으나 마무리되려면 시간이 더 필요한 상태이며, 중립적인 성향이 강한 녹류산장은 넷째 공자의 죽음으로 분위기가 좋지 않고 흉수로 지목된 백인지적 장통을 찾는 쪽에 힘을 쏟고 있어 거룡성을 도발할 여력이 없는 상태에 있었다.

그래서 사궁주는 그들이 해야 할 일을 대신 해주자는 의견을 냈다.

거룡성과 직접적으로 연관된 상단과 표국, 혹은 파견된 무사들이 안휘를 넘어 각 지역에서 이동 중일 때 정체를 감추고 공격해서 혈우림 등이 저지른 일처럼 꾸미자고 말이다.

그러면 순식간에 긴장 상황이 형성되면서 거룡성은 후방에 신경 쓸 수밖에 없고, 반룡복고당은 상대적으로 세력을 키울 여력을 얻게 될 것이다.

그런데 가뜩이나 위험 부담이 있고 조심히 진행해야 할 일을 이렇게 급박하게, 그것도 안휘 내에서 벌이자고 하니 궁주들이 놀라고 걱정을 하는 게 당연했다.

사궁주는 자신이 구상한 계획이었던 만큼 바로 부정적인 입장을 드러냈다.

"안휘 안에서라면 우리의 움직임이 너무 표면화되고 보는 눈이 많아 들킬 염려가 큽니다. 지금도 예민해져 있는데, 만약 우리의 짓이란 게 밝혀지기라도 하면 거룡성의 칼날은 곧장 우리를 향하게 될 거고, 반룡복고당과 거룡성을 차근차근 양패구상시킨다는 계획은 완전히 날아가 버리게 되지 않겠습니까? 오히려 거룡성이 안휘의 패자로서의 위치를 더욱 공고히 하게 해주거나, 극단적으로 우리와 거룡성의 싸움이 사생결단으로 치달아 반룡복고당에게 안휘를 들어 바치는 격이 될 수도 있는 겁니다."

이궁주와 오궁주도 동감한다는 듯 고개를 끄덕였다.

하지만 일궁주의 대답은 간단했다.

"안 들키면 되지. 그것도 자신 없어?"

궁주들은 할 말을 잃었다.

일궁주의 표정을 보아하니 이미 생각을 굳힌 상태고, 다른 의견을 낸다고 해도 전혀 설득이 될 것 같지 않았기 때문이었다.

오히려 끝까지 반대를 하면 자신들에게 능력이 없음을 비난하고, 질책을 퍼부을 태도가 아닌가.

결국 궁주들의 대답은 정해져 있었다.

"쉽진 않겠지만, 해보겠습니다."

"당연히 그래야지. 각자 하나씩 맡아서 책임지고 마무리해. 단 하나의 목격자도 남기지 말고 말끔하게 처리해야 한다. 그리고 거룡성이 믿을 수밖에 없도록, 하지만 너무 노골적이지 않은 증거를 아주 조금씩 남겨두는 거야. 알겠지?"

"예, 일궁주님."

"지금 당장 출발하도록 해."

"지금요?"

"그럼? 코앞에 닥친 다음에 갈려고 했어? 얼른 가서 매복하고 기습하기 좋은 길목에 미리 자릴 잡고 기다려야 할 거 아니야."

궁주들은 내심 한숨을 내쉬며 일어섰다.

"다녀오겠습니다."

"끝나면 괜히 싸돌아다니지 말고 곧장 돌아들 와라. 앞으로 염비를 수련시키는 방법을 매우 심도 있게 논의해 봐야 하니까."

궁주들은 알겠다고 대답하며 대전을 나왔다.

본궁을 완전히 나오자 오궁주가 하품을 하며 말했다.

"각자 어느 쪽을 맡을지 정해야죠?"

세 궁주들은 잠시 서로의 눈치를 보았다.

하남 쪽으로 가는 상단은 내일 움직인다 하니 서둘러야 하고, 강소 쪽의 두 표국은 모레라고 하니 상대적으로 여유가 있기 때문이었다.

"난……."

이궁주가 먼저 강소 쪽의 표국을 맡겠다고 말했다.

그러자 오궁주가 얼른 강소 쪽의 또 다른 표국을 처리하겠다고 손을 들었다.

'이럴 때만 쥐새끼처럼 재빨라가지고.'

눈치를 너무 보느라 반응이 늦은 사궁주는 오궁주를 노려 보았지만, 이런 일에 서열을 따져 뭐라고 하면 속 좁은 인간 이 되기 때문에 자신이 하남 쪽을 맡겠다고 했다.

"난 간다."

이궁주가 특유의 퉁명스런 인사를 하며 자신의 별궁 쪽으 로 가고, 오궁주도 느릿한 걸음으로 사라지자, 가장 급하게 움직여야 할 사궁주만이 혼자 남았다.

그는 뭔가 생각에 빠진 듯 꼼짝도 않고 있다가 동쪽 꼭대 기 쪽을 올려다봤다.

'이상해.'

동쪽 꼭대기에는 성찰동이 있었다.

지금쯤 궁도들의 부축을 받은 백염비가 그곳에 들어가 있 을 것이다. 어쩌면 근신령 받았다는 걸 알아내고 미리 가서 지내기 편하도록 동굴 안을 안락하게 꾸며버렸을 여궁도들 에게서 끈적끈적한 시중을 받고 있을 수도 있었다.

'아무리 생각해도 이상하단 말이야.'

수십 명의 백룡무사들이 한 명도 살아남지 못했고, 상관 미조도 죽고, 거기다가 백염비까지 부상 입혀 도주하게 만 들 정도라면, 합비에 나타난 자들은 반룡복고당의 정예 무 사들이라고밖에 생각할 수 없었다.

하지만 지금 강남에서 여러 문파들의 견제를 받으며 자리 잡기도 바쁜 반룡복고당이 거룡성과 그리 멀리 떨어져 있지도 않은 합비로 정예 무사들을 대거 파견한다는 게 가능한 일일까?

게다가 상관미조와 같은 중요 인물이 나타난다는 걸 어찌 미리 알고 나타난 것일까?

그리고 그 많은 무사들이 침투해 있는 동안 안휘 최고의 정보력을 가졌다는 천문당이 전혀 파악도 못하고 있었다는 뜻이 아닌가.

'어쩌면 그자들이 팔공산의 총단을 기습하기 위해 이동 중에 있다가 상관미조가 합비에 나타난다는 걸 우연히 알아내고 움직인 것일 수도 있지만……'

그래도 앞뒤가 맞지 않는 거 같다는 느낌을 지울 수가 없었다.

'혹시 염비가 말하지 않은 사실이 있는 게 아닐까? 아니면 우리에게 거짓말을 했다거나.'

물론 과한 의심일지도 몰랐다.

그를 최고로 만들기 위해 부족함 없이 모든 걸 다 뒷받침해주고 노력하는 자신들에게 왜 진실을 숨기겠는가.

하지만 계속 꺼림칙함이 드는 건 어쩔 수가 없었다.

'그리고……'

신경 쓰이는 게 하나 더 있었다.

집중 공격을 받아 힘이 빠졌다고는 하지만, 결과적으로 백염비가 한 사람에게 당해 부상을 입었다는 말을 들었을 때 가장 먼저 떠오른 사람의 이름 때문이었다.

반악.

혈우림을 손에 쥐고 이용하려 했던 자신의 계획을 망쳐버리고, 문파들을 찾아다니며 맹약을 성사시킨 남궁세가의 후인.

왜 그 이름이 떠오른 것인지는 모르지만, 그자에 대한 생각이 계속 아른거렸다.

'사형들과 사제는 그의 존재를 대수롭지 않게 생각하고 있지만……'

그의 설명을 통해 남궁세가의 후인이 남아 있고 반룡복고당의 당원으로 있다는 걸 알게 된 일궁주 등의 반응은 기대에 못 미치는 것이었다.

반악의 존재감으로 반룡복고당이 더 빠르게 성장할 것이고, 그러면 거룡성과 제대로 싸우게 될 테니, 자신들의 입장에서는 매우 잘 되었다는 반응 정도가 고작이었다.

자신이 수준을 제대로 측정하기 어려울 만큼 무공 실력이 대단했다고 아무리 말을 해도 반악의 존재감을 그리 심각하게 여기질 않는 것이다.

'그가 반룡복고당을 키워 거룡성의 전력을 약화시키는 것이야 나쁠 것이 없지만……'

추측하기 힘들었던 무공 실력을 생각하면 좋은 쪽으로만 생각할 수 없었다.

그렇게 젊은 나이에 그 정도로 뛰어난 실력을 가진 자는 백염비 한 명뿐이었다. 아니, 솔직히 말해 백염비보다 더 강한 게 아닌가 하는 생각까지 하고 있었다.

물론 일궁주 등이 말도 되지 않는다고 난리를 칠까봐 그 생각을 말하지는 않았지만.

'우선 발등의 불부터 꺼야겠지만……'

앞으로 수하들을 대거 파견해서 반룡복고당의 움직임을, 특히 반악의 존재감을 예의주시하자는 의견을 일궁주 등에게 강하게 주장하고, 기회를 봐서 백염비에게 합비에서 있었던 일을 자세히 따져 물어보기로 마음먹었다.

생각이 정리된 사궁주는 떠날 준비를 하라고 수하들에게 명령내리기 위해 서둘러 계단을 뛰어 내려갔다.

*　　　*　　　*

경석산 동쪽 꼭대기, 아래로 움푹 파여 있는 지형이라 입구에서부터 사시사철 그늘져 있는 성찰동.

가을에 접어든 계절이니 동굴 내부는 서늘하다 못해 추위가 느껴져야 하는 게 정상이었다. 그러나 지금은 아니었다. 십여 명의 여궁도들이 벽에 횃불을 달고, 연기가 잘 빠져나가도록 모닥불을 피우고, 여러 가재도구를 가져와 동굴을 꾸며 놓아서 웬만한 객잔의 객실보다 더욱 아늑함을 느낄 수가 있었다.

백염비가 앉아 있는 건 원래 평평하기만 할 뿐, 누워 자기에는 너무나 딱딱하고 불편한 바위였다. 그러나 지금은 푹신한 이불을 몇 겹이나 깔아두어 훌륭한 침상의 역할을 하고 있었다.

"너와 너만 남고 물러가라."

그의 손짓을 받은 여궁도 두 명의 얼굴만이 꽃처럼 환하게 피어나고, 나머지 여궁도들은 실망감 가득한 표정을 한채 동굴 밖으로 나갔다.

"가까이 와라."

백염비의 눈짓을 받은 두 여궁도는 조심스런 걸음으로 다가와 그 앞에 무릎을 꿇었다.

그리고 이런 상황이 매우 익숙한 듯 자연스럽게 손을 뻗어 백염비의 하의를 벗기기 시작했다.

여궁도들은 삼별궁 소속의 궁도들이었다. 삼궁주의 성향에 따라, 그리고 지시에 따라 어릴 때부터 방중술과 교합 중에 써먹을 수 있는 여러 기교를 배우고 열심히 수련한 상태였다.

즉, 그녀들은 남자의 기분을 좋게 하는 방법을 잘 알고 있고, 또 행하는 데 조금의 망설임도 없었다.

특히나 그녀들이 흠모해 마지않는 백염비를 기쁘게 하는 일이라면 더더욱.

"음."

백염비는 아래에서부터 타고 올라오는 쾌락을 음미하며 뒤로 누웠다.

아름다운 그의 얼굴에 붉은 욕망의 그림자가 드리우자 애무하는 여궁도들은 황홀감에 휩싸이며 더욱 열정적으로, 그리고 집요하게 손과 입을 움직였다.

하지만 그들은 모르고 있었다. 백염비의 머릿속은 표정과는 달리 차갑게 얼어붙어 있다는 것을.

'놈을 이기려면 어떻게 해야 하지?'

백염비는 그날 이후 반악을 이기기 위한 방법만 고민하고 있었다. 자신에게 무엇이 부족해서 졌는가에 대한 생각만 하고 있었던 것이다.

지금껏 무공, 내공, 재능, 배경, 무엇 하나 부족함을 느끼지 못했고 오직 시간이 지나면 자연스럽게 최고가 될 수 있다는 생각만을 하고 있었기에, 또한 사부들을 비롯한 주변의 모든 사람들이 그렇게 말을 해주고 칭찬과 칭송만 했었기에 답을 찾기란 쉽지가 않은 일이었다.

'아무리 생각해도 모르겠다. 내가 익힌 무공은 무림에서 대적할 만한 게 없을 정도로 최고고, 단전에 쌓은 내공 또한 부족함이 없다.'

물론 최고의 무공이란 사부들에게 배운 오행기를 말하는 게 아니라, 옥존에게 배운 초심기와 초검결을 말하는 것이었다.

백염비는 옥존을 알게 되고, 그에게 무공을 전수받은 이후부터 오행기에 별다른 노력을 기울이지 않았다. 그저 사부들에게 의구심을 받지 않을 정도, 그리고 질책을 받지 않을 정도로만 경지를 높였을 뿐이었다.

누구라도 그렇지 않겠는가.

삼백 년 전, 오행궁 역사에서 유일하게 오행기를 한 몸에 익혔던 개파조사는 당시 적수가 없을 만큼 대단한 고수였다고 하는 사부들의 검증되지 않은 이야기를 믿는 것보다는, 현재 최고 고수로 꼽혀도 부족하지 않은 옥존의 무공에 심혈을 기울이는 게 더 똑똑한 행동인 것이다.

'오행기가 그렇게 강하다고 하는데, 아무리 하나씩 밖에 익히지 못했다고 해도 사부들 중 누구도 천하의 고수로 꼽히지 못했다는 건……'

아무리 무공의 천재인 자신이라도 오행기를 완성해보았자 천하제일의 고수가 될 수 없다는 결론이 나오는 것이다.

'역시 답은 초심기와 초검결 뿐이야.'

그리고 내공도 더욱 많이 쌓아야만 했다.

'그리기 위해서는……'

붉게 달아올라 화사한 꽃처럼 보였던 백염비의 얼굴이 살짝 어둡고, 음침하고, 음산하게 물들어갔다.

그는 애무에 몰두하고 있는 여궁도들을 내려다봤다. 그러나 결국 그녀들을 향해 손을 뻗지는 않았다.

'이것들까지 건드릴 수는 없지.'

궁도들 사이에 소문이 퍼져 동요가 생길 것을 우려한 사부들로부터 질책을 받게 될 테니까.

그리고 숫처녀도 아닌 여인들의 기를 빼앗아봤자 얻을 수 있는 기의 양은 많지 않을 것이다.

'일궁조들에게 처녀를 하나 납치해오도록 시켜야겠군.'

마음 같아선 직접 산을 내려가서 일을 모두 끝내고 올라오고 싶었지만, 근신령을 깨고 나갔다가 혹시라도 일궁주의 귀에 들어가면 골치 아파지지 않겠는가.

'명령을 받고 눈치 보는 것도 이제 지겹군. 짜증이 나. 아무래도……'

백염비는 생각하기를 멈췄다.

그리고 여궁도들이 만들어내는 쾌락을 음미하는 데 집중했다.

第四十四章

반악 등은 려강을 떠나 장강을 건넌 뒤, 곧바로 나귀 두 마리가 끄는 지붕 없는 짐마차를 구해 타고 구화산으로 향하고 있었다.

"막내."

"……"

"막내!"

"……?"

마주 앉아 있던 견일의 부름에 퍼뜩 정신을 차린 염서성은 왜 불렀냐는 눈으로 쳐다봤다.

"그만 정신 좀 차려라."

염서성은 려강에서 반악에게 받은 내단을 복용하고 한순
간에 막대한 공력을 얻게 된 이후, 이전에는 잘 하지도 않던
운기에 빠져 있거나 지금처럼 멍한 상태가 되기를 반복하고
있었다.

"그냥 내버려두시오."

"나도 그러고 싶은데, 이번엔 네 차례라고."

마부석에 앉아 고삐를 쥐고 있는 견이가 날카로운 시선으
로 노려보고 있었다.

"아, 미안하오."

염서성은 얼른 일어나 마부석으로 자릴 옮기고 고삐를 건
네받았다.

『너 왜 그러냐?』

옆에 앉아 있던 견삼이 어깨를 툭 치며 소리 없이 입만 움
직여 물었다.

『뭘 말이오?』

『합비에서부터 내내 넋 빠진 놈처럼 굴고 있잖아.』

『모르겠소.』

『뭐?』

『나도 내가 왜 이러는지 모르겠단 말이오. 공력이 증가하
고부터는 운기하는 게 지루하지 않고, 가만히 있다 보면 초
식들이 머릿속에 마구 떠오르는 거요. 그리고 그게 또 재미
있어서 멈출 수가 없단 말이오.』

멍한 상태로 있던 게, 알고 보니 상상력을 발휘해 무공을 수련하고 있었던 것이다.

아마도 공력의 증가가 그에게 특별한 경험을 주었고, 무공의 경지를 높이는 효과까지 얻게 한 모양이었다.

이때, 마부 자릴 비켜주고 옆쪽으로 비켜나 앉은 견이가 두 사람의 대화에 끼어들었다.

『진짜 이상한 건 이 녀석이 아니야.』

『뭔 소리야?』

『주인님 말이다.』

『주인님이 왜?』

『모르겠냐?』

염서성과 견삼은 마차 끝에 가부좌하고 앉아 명상에 잠겨 있는 반악을 힐끔 돌아보고는 의아해 했다.

『뭐가?』

『사람이 달라졌잖아.』

『글쎄, 모르겠는걸. 뭐가 달라졌다는 말이야?』

『분위기.』

견삼은 피식 웃었다.

『주인님이 명상을 하시는 거 한 두 번 보나. 틈만 나면 늘 저러셨잖아.』

『누가 명상 가지고 그러냐.』

견이가 말하고자 하는 건 반악의 태도와 표정이었다.

『주인님은 우리들이 조금만 시끄럽게 이야기를 해도 신경
질적인 시선으로 쳐다보시던 분이다. 그런데…….』

합비에서부터 그런 시선을 한 번도 받은 적이 없다는 것
이다.

자신들이 습관적으로 소리 없는 대화를 하고 있기는 하지
만, 때론 별일 아닌 것에도 짜증어린 시선을 보내던 이전의
모습을 생각하면 확실히 달라졌다고 봐야 했다.

게다가 모정배에게 초식을 전수해 줄 때도, 염서성이 내
단의 기운을 받아들이기 전에도 목소리 한 번 높이지 않고,
인상 한 번 찌푸리는 일 없이 차분하게 설명 해주는 모습들
이 이전과는 완전히 다르다는 게 견이의 주장이었다.

『네 말을 들어보니 그런 것 같기도 하네. 그리고 우리들의
몸에 심어둔 제약을 풀어준 후 다시 심을 생각도 않으시는
게 주인님답지가 않고. 하지만 네 말대로라면 주인님이 변
하신 게 합비에서부터라며? 그럼 그 이유에 대해선 우리보
다 너희들이 알고 있어야 하는 거 아니냐?』

견삼은 염서성을 데리러 갔다 오느라 합비에서 같이 있지
않았기 때문에, 반악을 변화시킨 계기가 있었더라도 알 수
가 없는 것이다.

견이는 고개를 끄덕이면서 그들의 뒤쪽에 앉아 반악에게
배운 초식을 떠올리고 있던 견일의 등을 건드려 자신들 쪽
으로 시선을 돌리게 했다.

『네 생각은 어때?』

견일은 한창 집중하고 있었던 터라 짜증스런 표정을 지으며 되물었다.

『뭐가?』

견이는 방금 전의 대화 내용을 말해주었다.

견일은 한심스럽다는 얼굴로 물었다.

『그게 중요하냐?』

『응?』

『달라지지 않으신 거라면 그냥 이제까지처럼 지내면 되는 거고, 달라지신 거라면 그냥 잘됐다고 생각하면 되는 거잖아. 어차피 네 말대로라면 우리에게 안 좋은 쪽으로 변하신 것도 아니니까.』

나름 심각하고 열띤 대화를 나누고 있었던 견이 등은 말문이 막혔다.

『모르는 게 약이라 했다. 어차피 궁금하다고 주인님께 여쭐 것도 아니면 그냥 모른 척해. 그게 우리에겐 속 편한 거야.』

견이는 웃으며 견일에게 말했다.

『이제는 제법 대형 같은 말을 한다.』

『칭찬이냐?』

『어느 정도는.』

견일은 피식 웃어보이고는 고개를 바로하고 눈을 감은 채 다시 초식을 떠올리기 시작했고, 다른 이들도 각자의 상념에 빠져 들어갔다.

왠지 비가 올 것만 같은 흐린 하늘 아래, 반악 등이 탄 마차는 남동쪽의 구화산을 향해서 빠르지 않게 일정한 속도로 달려갔다.

*   *   *

쉬지 않고 달린 끝에 정오 무렵 반룡복고당의 새로운 총단인 구화산에 당도한 반악과 일행은 당원들의 열렬한 환영을 받았다.

물론 대부분은 반악에게 집중된 환영이었다.

반악은 남녀노소를 불문하고 인사를 하고, 손을 흔들고, 말을 걸어오는 사람들에게 포권을 취해 화답하면서도 내심 어색함을 떨쳐내기가 힘들었다.

'역시 아무리 시간이 지나고 반복되어도 이런 건 익숙해지기가 힘들겠어.'

마차에서 내려 상대적으로 인적이 드문 심처로 들어서고 나서야 사람들의 관심에서 벗어날 수 있었던 반악은 먼저 강학청을 찾아가기로 했다.

상관미조의 죽음을 비롯해서 할 말이 있기 때문이었다.

허나, 염서성의 안내를 받아 강학청의 집무실을 찾아갔지만 그를 만날 수가 없었다.

집무실에 들어서자 업무를 보고 있던 당원이 밝은 표정으로 정중하게 인사를 했다.

반악은 고개를 끄덕여 인사를 받고, 집무실을 둘러보며 물었다.

"강 문주는 어디 있소?"

"강 문공께서는 지금 이곳에 계시지 않습니다."

"……?"

강학청이 이곳에 없다는 사실보다 더 궁금증을 일으키게 한 것은 호칭이었다.

이를 눈치챈 당원이 그에 대해 설명했다.

"아, 반 소협께선 아직 모르고 계시겠군요."

당원의 말에 의하면 며칠 전 당주가 강학청의 능력과 공로를 높이 살 수밖에 없다면서 문공(文公)이란 지위를 새로이 만들어 주었다는 것이다.

당원들 누구도 그 결정에 반대하지 않았다.

문공은 단지 명칭만 다를 뿐이지, 책사나 모사, 혹은 군사를 뜻하는 말이었다.

당주의 의도가 정확히 무엇인지는 알 수 없었지만, 그는 반룡복고당을 운영하고 전략을 구상하며 결정하는 데 있어서 강학청에게 많은 권력과 더불어 책임을 부여한 것이다.

"그래서, 강 문공은 어딜 갔소?"

"사령곡과 협상을 하기 위해 정덕으로 가셨습니다."

사령곡(蛇靈谷).

안휘 동남쪽에 위치한 녕국(寧國)을 근거지로 삼고 있으며, 남궁세가가 무너진 이후 강남에서 가장 크게 이득을 본 사파문이었다.

당시 남궁세가가 무너지자마자 재빨리 거룡성과 손을 잡고 경쟁문파였던 마가검문을 멸문시키는 데 일조한 뒤, 빠르게 근방의 패권을 잡아 강남에서 가장 위세가 높은 사파문이 되었으니까.

그리고 지금은 강남에서 반룡복고당의 정착을 반대하고 적대적인 분위기를 주도하고 있었다.

구화산의 분타가 공격받아 무너질 때 살아서 빠져나간 무사들이 사령곡으로 피신한 게 아니냐는 추측을 하는 사람들이 많았던 게 그러한 이유 때문이었다.

반악은 내심 고개를 갸웃했다.

'사령곡의 곡주는 협상 같은 걸 받아들일 자가 아닌데. 그것도 이런 식의 방법으로는……'

사령곡의 곡주가 거룡성에 매우 깊은 충성심을 가지고 있기 때문이 아니었다. 오히려 이해타산을 잘 따지고, 살아남는 법을 아는 자라서 의구심이 드는 것이다.

누가 봐도 아직까진 거룡성이 안휘 최강인데, 혹시라도 반룡복고당이 거룡성의 공세를 잘 막아내고 크게 성장할 가능성을 염두하고 은밀히 만나고자 한다면 모를까, 분타들을 무너트린 성과를 내긴 했지만 아직까지는 모든 게 불확실한 반룡복고당의 공개적인 협상 제안을 받아들이다니.

반악은 의구심이 들면서도 일단은 기다려보기로 했다.

'강학청도 뭔가 나름의 생각이 있었겠지.'

반악은 집무실을 나와 염서성에게 물었다.

"묵 소협의 거처는 어디냐?"

"이쪽입니다."

"혼자 가겠다. 위치나 말해봐."

염서성의 설명을 들은 반악은 견일 등에게 각자 알아서 쉬라는 말을 하고 오른쪽 길로 걸음을 옮겼다.

'기분이 묘하군.'

반악은 장원의 내부를 둘러보며 씁쓸한 미소를 지었다.

아까는 당원들의 열렬한 환영 때문에 감흥을 느낄 사이도 없었는데, 혼자 걷다 보니 과거 이곳을 오갔던 기억들이 떠오르는 것이다.

사실 잔혹마 시절이라고 해서 남다른 추억이 있는 것도 아니지만.

그에게 이곳에서의 추억이라고는…….

'그녀뿐이었지.'

반악은 저도 모르게 과거 그녀의 거처가 있던 곳으로 시선을 돌렸다. 그리고 우뚝 멈춰 섰다.

그가 바라본 방향, 저 끝의 담장 문에서 부용설이 몇 명의 사람들과 이야기를 나누며 함께 나오고 있기 때문이었다.

가슴이 쿵쾅거렸다. 이곳에서 만나게 될 거라 예상했고, 만나게 되면 당혹감이 먼저 들 거라 생각했는데, 아니었다. 그냥 반갑기만 했다.

부용설은 마지막으로 보았을 때와 다름없이 아름다웠다. 표정은 변함없이 차가웠지만, 반악은 그 차가움 속에 봄 햇살처럼 따뜻한 마음이 담겨 있다는 걸 잘 알고 있었다.

아니, 그녀의 따뜻함은 그 정도의 표현으로도 부족했다.

그녀는…….

"……!"

문을 나와 오른쪽 길로 방향을 꺾으려던 부용설이 반악을 발견하고 멈춰 섰다.

그녀의 시선을 받은 반악의 표정이 어색하게 굳어졌다. 반갑다는 감정에 이어 그녀를 외면한 과거의 기억이 떠올랐기 때문이었다.

그녀가 힘들고 지쳐있을 때, 진정 자신을 필요로 할 때 외면해버린 그날 밤의 기억이.

"먼저들 가세요."

함께 있던 이들은 어리둥절해 하며 같이 섰다가, 부용설의 말을 듣고는 가던 길로 사라졌다. 반악을 알아보지 못하는 걸 보면 당원들이 아닌 게 분명했다. 아마도 그녀를 보좌하기 위해 따라온 진가장의 사람들인 모양이었다.

반악은 잠시 망설이다가 그녀에게 다가갔다. 부용설도 그를 향해 다가왔다.

세 걸음 정도의 간격을 두고 멈춰 선 두 사람은 서로를 바라보기만 할 뿐 대화는 없었다.

'무슨 말을 해야 할지 모르겠군.'

반악은 입이 바짝 말랐다.

말은 고사하고, 부용설을 똑바로 마주하는 것조차 힘에 겨웠다.

침묵이 싫었는지, 부용설이 먼저 입을 열었다.

"외부로 나갔었다는 말은 들었어요. 오늘 돌아온 건가요?"

"방금 왔소."

"이젠 모든 걸 알아요."

반악이 말해주지 않았던, 그녀는 열혈파라고 알고 있었던 무리가 사실은 반룡복고당의 하부 단체이고, 거룡성과 싸우는 중이라는 것들에 대해 이제는 알고 있다는 뜻이었다.

"그런데……."

반악은 그런 상황을 알면서도 왜 반룡복고당과 손을 잡았냐고, 왜 거리를 두고 있지 않느냐고 물으려다가 입을 다물었다. 그리 물으면 방해가 된다는 이유로 자신이 일방적으로 그어버린 선을 넘어버리게 될 것 같았기 때문이었다.

그러나 그가 하고 싶지만, 할 수 없었던 말을 부용설이 대신했다.

"내가 왜 여기 있는지, 왜 반룡복고당과 일을 하게 되었는지 알고 싶은 건가요?"

"솔직히 그렇소."

부용설은 잠시 침묵했고, 반악의 심장은 약간 빠르게 뛰기 시작했다.

어떤 대답이 나올지 기대가 된 걸까?

"돈이에요."

"……."

반악은 어깨에서 힘이 빠지는 기분을 느꼈다. 하마터면 한숨을 내쉴 뻔 했다. 빠르게 뛰던 심장도 이전의 느릿한 속도로 돌아갔다.

"려강 근방에서는 진가장이 더 얻을 수 있는 이득이 많지 않아요. 이미 굳어진 주변 상권과의 관계 때문에 공격적인 진출도 쉽지 않죠. 손을 잘못 대면 오히려 역효과가 나서 반발을 사고, 심각한 타격을 입게 될 가능성이 높아요. 게다가 거룡성의 눈 밖에 났으니, 상대적으로 그들의 영향권에서 먼 지역에 새로운 기반이 필요했어요. 그래서 강남으로 눈을 돌린 거예요."

"……."

"그리고 내가 살기 위해서는 반룡복고당을 도울 수밖에 없더군요."

반악은 저도 모르게 시선을 피했다.

자신의 잘못이었으니까.

물론 부용설이 먼저 접근하긴 했지만, 결과적으로 그가 깊이 개입하도록 끌어들이고 생명을 위협받게 한 것이었다.

"미안하오."

"뭐가요?"

반악이 아무 대답도 하지 못하자, 다시 침묵이 돌았다.

부용설은 대답을 기다리고 있는 듯 특유의 차가운 시선으로 빤히 쳐다보기만 했고, 반악은 잘못을 저지른 어린아이처럼 입을 다문 채 눈도 마주치지 못하고 있었다.

'뭔가······.'

말을 해야 했다.

이런 태도는, 바보 같은 망설임은 자신답지 않기 때문이었다.

반악은 먼저 부용설과 시선을 마주치려 노력했다.

하지만 무슨 말을 해야 할까.

그때는 미안했다고, 하지만 지금은 너무 반갑다고, 만나서 기쁘다고?

이때 두 사람의 침묵 속으로 하나의 음성이 끼어들었다.

"반 소협."

묵담향이 오른쪽 꺾어진 담장 쪽에서 묵담철과 함께 걸어오고 있었다.

"가볼게요."

부용설은 묵담향에게 가볍게 고개를 끄덕여 보이고는 일행들이 사라졌던 방향으로 빠르게 걸어가 버렸다.

*　　　*　　　*

반악은 그녀가 사라진 방향을 바라보기만 할 뿐, 끝내 아무 말도 하지 못했다.

"……."

묵담향은 뭔가 이상함을 눈치채고 가만히 있었지만, 남녀 간의 문제에 대해서 잘 알지 못하는 묵담철은 달랐다.

"부 장주님의 기분이 좋지 않아 보이네요. 두 분이 싸우기라도 하셨습니까?"

"……."

"그렇다면 반 소협이 먼저 사과하십쇼. 누가 잘못했느냐를 떠나서 먼저 고개를 숙일 만큼의 대범함이 있어야 진정한 사내대장부가 아니겠습니까?"

돌처럼 굳어 있던 반악은 묵담철을 돌아보며 웃었다.

"넌 변함이 없구나."

"사람이 변하면 죽을 때가 되었다고 하지 않습니까. 아직은 때가 아닌 듯합니다."

웃자고 한 말이겠지만, 묵담철과 묵담향의 사정을 알고 있는 반악에게는 전혀 우습게 들리지 않았다.

묵담향의 입가에 씁쓸한 미소가 지어지는 것도 그 때문이리라.

"그렇지 않아도 묵 소저를 찾아가는 길이었소."

"그래요? 사실 저도 긴히 할 말이 있어요. 그래서 철이에게서 반 소협이 돌아왔다는 말을 듣고 바로 온 거예요. 철아, 네가 들을만한 이야기가 아니니 자리를 비켜다오."

묵담철은 어리다고 무시당하는 것 같아서 불만스러웠지만, 두말 않고 자리를 떠났다.

그리고 두 사람은 사람들의 시선을 의식해 묵담향의 거처 앞마당으로 자리를 옮겼다.

"먼저 말하세요."

고개를 끄덕인 반악은 등에 메고 있던 짐을 내려놓고, 그 안에서 묵직함이 느껴지는 커다란 가죽 주머니를 꺼냈다.

단단히 묶어 놓은 끈을 풀고 주둥이를 열자 안에 흙이 가득 들어 있었다. 묵담향은 의아해하며 물었다.

"특별한 흙인가요?"

"비옥한 땅에서 퍼 담은 흙이오."

"그냥 흙이라는 뜻이죠?"

반악은 웃으며 고개를 끄덕였다.

묵담향은 왠지 반악의 표정이 부드러워졌다는 느낌을 받았다. 그녀 앞에서 웃는 얼굴을 보인 것도 드문 일이었지만, 단지 웃었기 때문이라기보다 전체적으로 분위기가 부드러워진 느낌이랄까.

"보여줄 건 이 흙 속에 있소."

반악은 박도를 꺼내서 가죽 주머니를 위쪽에서부터 조심스럽게 잘라나갔다.

잘린 선을 따라 흙이 쏟아져 나왔다.

"약초인가요?"

뿌리 부분을 덮고 있는 흙을 제외하고 모두 쏟아진 후 드러난 것은 붉은 빛이 감도는 식물이었다.

약초라고 생각한 것은 향 때문이었다. 새벽 공기처럼 시원하면서도, 코를 알알하게 하는 매운 향이 은은하게 풍겨왔던 것이다.

"정확히 어떤 종류인지는 나도 모르오. 하지만 치료에 쓰이는 것이니 약초라고 할 수 있겠지."

"치료요?"

"이 식물을 굳이 표현하자면, 음기가 강해져 약해진 몸을 치료할 수 있는 약초요."

"……!"

묵담향은 깜짝 놀랐다.

하지만 곧 놀란 마음을 추스르고 살짝 화난 표정으로 말했다.

"날 놀릴 셈인가요?"

그녀라고 왜 조사해보지 않았겠는가.

극음지체란 것도 그녀의 선대에서 방법을 찾다 알게 된 것이었다.

하지만 극음지체를 치료할 수 있는 방법은 끝내 찾아 낼 수가 없었다. 의원들도 손을 내저었고, 어떤 의서에서도 그에 관한 내용이 적혀 있지 않았던 것이다.

"극음지체는 치료가 불가능해요."

"맞소. 극음지체라면 그렇겠지."

"무슨 말이죠?"

"묵 소저의 몸은 사실 진짜 극음지체가 아니오."

반악은 그녀의 고향에 다녀왔다는 이야기를 해주었다. 그리고 마을 뒤에 있는 다공산에서 극음의 기운을 발산하는 영물들을 발견했고, 그 영물들의 습성과 기운이 장기적으로 어떤 영향을 끼치는지도 설명했다.

즉, 선천적으로 극음지체로 태어났다면 치료가 불가능하지만, 환경적인 영향 때문에 음기가 강해진 것이라면 가능성이 있다는 것이다.

"이 식물은 영물의 서식지 주변에서 발견했소. 보통은 영물이 내뿜는 음기 때문에 근방에서 자라던 양기를 품은 식물은 금방 죽어버리지. 하지만 살아남는다면 그 음기에 상극이 되는 식물로 자라게 되는 거요. 음기에 내성이 강하면서 미약한 양기를 북돋아줄 수 있는 효능의 영초로 말이오."

묵담향은 믿기지 않는다는, 하지만 기대와 흥분 어린 시선으로 약초 앞에 무릎 꿇고 앉으며 물었다.

"진짜 이걸 먹으면 치료가 된다는 건가요?"

"솔직히 말하면 나도 확신은 못하겠소. 단지 이론상 그렇지 않을까, 하고 예상할 뿐이오."

"그래도……."

"크건 작건 간에 분명 효과가 있을 테니, 시도할 만은 하지. 그래서 가져온 거요."

묵담향은 감격한 표정으로 한동안 아무 말도 못하고 약초만 쳐다봤다.

솔직히 영물이니 영초니 하는 말이 선뜻 믿기지는 않았다. 하지만 반악이 거짓말을 마구 지어내는 사람이 아니고, 또 자신에게 그런 거짓말을 할 이유도 없지 않은가.

그녀는 고개를 들어 눈물을 가득 머금은 눈동자를 반짝이며 말했다.

"고마워요."

"인사 받기는 아직 이르오. 복용하고 효과를 보게 되면 그때 인사를 받겠소. 그런데……."

"……?"

"이건 한 사람 밖에 복용할 수 없을 거요."

"왜죠?"

"아무래도 양이 충분하지 않으니까. 물론 둘이 나눠 먹을 수도 있겠지만······.

보다 효과를 보려면 한 사람이 복용하는 게 더 나을 거라는 말이었다.

표정이 살짝 어두워졌던 묵담향은 가죽 주머니를 조심스럽게 안아 들고 일어났다.

반악은 그녀의 표정에서 어떤 결심을 읽어내고 물었다.

"담철이에게 모두 먹일 생각이오?"

"······."

"그럴 생각인 모양이군."

"나보다는 어린 철이에게 효과가 더 클 것 같다는 생각이 들어서요. 다시 구하기 어려운 약초인데, 보다 완치 가능성이 높은 쪽에 사용하는 게 더 나은 것 같아요."

"동생을 생각하는 마음은 이해하지만, 자신의 목숨을 너무 쉽게 포기하는 거 아니오?"

"오래 살 생각은 진작 접었어요. 그러니 새삼스레 포기했다고 말할 수도 없지요. 그리고 철이가 건강하게 오래 살 수 있게 되는 것으로도 충분해요."

묵담향은 밝게 웃었다.

동생의 건강이 좋아질 수 있을 거라는 희망이 가득 담긴 웃음이었다.

하지만 반악은 같이 웃을 수 없었다. 그녀는 자신의 선택에 확신하고 후회도 없기 때문에 기뻐할 수 있겠지만, 지켜보는 입장에서는 마음이 편치 않기 때문이었다.

그리고 그렇게 해서 건강해진 묵담철은 어떠할까.

'그 녀석이 진정 기뻐할까? 묵 소저의 희생을 당연하게 받아들일까?'

이전이었다면 기뻐하지 않을 이유가 뭐냐, 라고 생각했을 것이다.

살아남으면 되지 않는가, 강요도 없었고 스스로 선택하여 희생했으니 된 것이 아닌가, 그 기대에 부합해 열심히 살면 되는 것이 아닌가, 라고 생각했을 게 분명했다.

그러나 지금은 아니었다. 죽은 자보다 살아남은 자가 더 행복하지만은 않다는 걸, 오히려 남은 자가 더 괴로울 수도 있다는 걸 알 정도로 생각이 바뀌게 된 것이다.

"당신은 동생이 오래 살기만 하면 그것으로 충분하다는 거요?"

"……."

"혼자 남겨진 채 평생 당신을 그리워하며, 때론 죄책감에 시달리며 우울하게 살아도 괜찮다는 거요?"

묵담향은 생각지도 못한 말을 들었다는 듯 흠칫했다.

하지만 곧 고개를 내저으며 말했다.

"양부이신 당주님이 있잖아요. 그분이 잘 돌봐주실 거예요."

"그럴 수도 있겠지. 하지만 아닐 수도 있소."

"도대체 무슨 말을 하고 싶은 건가요!"

묵담향은 화를 냈다.

"나도 병을 치료하고 싶고, 그래서 오래 살고 싶었어요! 죽고 싶지 않았다고요! 하지만 방법이 없었어요! 반 소협이 이 약초를 가져와 주기 전에는 티끌만한 희망조차 없었다고 요! 그래서 포기한 거예요! 내 짧은 삶을 받아들이기로 한 거라고요! 그런데 왜 자꾸, 자꾸 내 생각이 잘못되었다고 말 하는 건가요!"

"……"

"한 사람 밖에 되지 않는다고 하면 그건 동생이에요. 다른 이유는 없어요. 단지 동생이 더 건강히 오래 살아 있길 바라 니까요. 그러니까, 그러니까……."

묵담향은 말을 끝맺지 못하고 갑자기 엉엉 울기 시작했다.

그녀도 어찌할 수 없을 만큼 급하게 복받쳐 오르는 슬픔 과 억울함, 희망과 좌절의 감정이 뒤섞이며 강하게 다잡고 있던 가슴을 꽉 쥐어짜고 흔드는 바람에 눈물을 참을 수가 없었던 것이다.

반악은 당황했다. 이렇게 서럽고 슬프게 울 줄은 몰랐기 때문이었다.

처음이었다. 지금껏 밝고 강한 모습만을 보아온지라 그녀 의 울음은 더욱 안타깝고 슬프게 전해져왔다.

반악은 저도 모르게 손을 뻗어 묵담향의 어깨에 올렸다. 하지만 그뿐이었다. 그녀를 안아 주거나 다독여주지는 못했다. 그저 어깨에 가만히 올려놓은 채 그녀의 떨림을 느끼며 스스로 울음을 그칠 때까지 조용히 바라봐주는 게 그가 할 수 있는 모든 것이었다.

* * *

급하고 강렬하게 터져 나왔던 만큼 눈물은 빠르게 말랐다.

아니, 묵담향은 슬픔과 좌절에 충분히 익숙해졌기에 아직도 쏟아낼 눈물이 많았음에도 마음을 금방 다잡을 수 있었던 것이다.

"미안해요."

묵담향은 소매로 얼굴을 닦아내고 웃어보였다.

처음으로 남 앞에서 속내를 드러내고 울기까지 하면서 느낀 쑥스러움을 웃음으로 가리려는 것이다.

"그런 걸로 사과할 필요 없소."

"민망해서 그래요. 이런 적이 처음이니까."

반악은 묵담향의 이런 솔직함이 좋았다.

물론 이전과 같은 감정은 아니었다. 하지만 지금의 모습을 통해서 한때 그가 묵담향에게 감정이 쏠렸던 것도, 살짝 집착했었던 이유에 대해서도 명확하게 깨닫게 되었다.

'잔혹마 시절, 묵 소저는 그때도 지금처럼 내게 솔직했으니까.'

그때의 고마움이 좋아하는 마음으로, 집착으로 이어졌던 것이다.

　　그렇다고 진심이 아니었다는 뜻이 아니었다. 감정이란 게 정의 내리고 표현하려고 하면 참으로 미묘한 것이라 뭐라 단정 짓기는 어려우니까.

　　단지, 지금 돌이켜보면 묵담향과는 어울리지도 않았고 공통점도 거의 없었지만, 그때의 첫인상이 너무도 강렬하고 좋아서 자신의 인생에서 이만한 여자가 또 있을까 싶은 마음에 더 가까웠다는 생각이 드는 것이다.

　　'하지만…….'

　　그게 무엇이었건 간에, 이젠 떨쳐낼 때가 되었다.

　　이성과 함께하기에 그것만으로는 충분하지 않다는 걸 알았으니까.

　　그리고 좋아할 수 있었던 걸 고마워하면 되는 것이었다.

　　결국 지금에 이르렀던 것에는 묵담향을 향한 마음과 그 마음이 이끌어주는 행동들로부터 적지 않은 영향을 받았기 때문이었다.

　　'고마웠소.'

　　반악은 마음속으로 감사를 표하며 묵담향에게 가졌던 이성적 감정을 빈 공간이 너무 많은 추억의 창고 속으로 밀어 넣었다.

　　"참, 강학청 님이 문공의 지위를 받으셨어요."

"아까 집무실에 갔다가 들었소."

"그럼 지금 어디로 가셨는지도 알겠네요?"

"대략은 알고 있소."

"사실 그 문제 때문에 반 소협을 찾은 거였어요."

"……?"

"이번 협상에 대해서 강 문공님은 별로 내켜하지 않아 했어요."

이번 협상은 반악의 짐작과 달리 사령곡에서 먼저 제안한 것이라고 했다.

'그러고 보니 내게 이야기 해준 당원은 우리 쪽에서 제안했다는 말을 한 적이 없군.'

사령곡의 중진 한 명이 서로 간에 싸워보았자 소모적일 뿐, 이로울 것이 하나 없으니 합의점을 찾아보자는 내용의 서신을 들고 찾아왔던 것이다.

"강 문공님은 지금 상황에서 협상 제안은 너무 갑작스럽고 의도가 분명치 않다면서 조금 더 지켜보자고 했죠. 그러나 당주님의 생각은 달랐어요."

어차피 강남을 노릴 계획을 세웠을 때부터 사령곡과 전면적인 싸움을 고려하지 않았고, 동조를 이끌어 내서 거룡성으로부터 돌아서게 한 뒤 가능하다면 맹약까지 맺어 함께 싸울 생각이었으니, 일단 대화의 물꼬를 틀 기회가 생겼다면 이를 외면해서는 안 된다는 게 당주의 생각이었던 것이다.

"강 문공님은 계속 반대할 수가 없었어요."

적대 분위기가 조성되자 곧바로 무력 대응을 고려했던 당주를 소모적인 무력 충돌 없이 문파들을 설득하자고 했던 게 강학청이었으니, 이를 반대할 명분이 부족했다고나 할까.

게다가 반악은 언제 돌아올지 모르고, 시기를 놓치면 다시 이런 기회가 없을지도 모른다는 우려가 있어 시간을 끌 수가 없었다.

그래서 곧바로 사령곡의 중진과 짧은 논의를 통해 협상 장소와 시각 등의 세부사항을 정했고, 그로부터 이틀 뒤에 강학청이 협상자가 되어 떠나게 되었다.

"려강에 있던 당원들을 위주로 대거 무리를 꾸려서 갔고, 금응쌍도 님들도 함께 가셨으니 안위를 걱정할 일은 없을 것 같긴 하지만……."

반악이 이곳에 도착해 려강에서 인연을 맺었던 당원들을 한 명도 보지 못했던 데에는 그러한 이유가 있었던 것이다.

"그런데 강 문공님이 떠나고 가만히 생각해보니, 만약 그들이 처음부터 사특한 의도를 가지고 추진한 협상이면 어떻게 하지, 하는 생각이 들더군요."

협상을 하면서의 문제가 아니라, 그 협상 자체가 함정일지도 모른다는 우려가 든 것이다.

"그래서 걱정이 돼요. 내 걱정이 기우에 불과하면 좋겠지만……."

"내가 강 문공을 뒤쫓아 가보겠소."

"그래 주실래요?"

묵담향이 그의 귀환소식을 듣고 바로 달려온 것도 이 때문이었다.

그녀의 우려를 듣는다고 해도 당주가 많은 당원들을 뒤따라 보낼 리가 없고, 우려가 틀렸을 때를 가정하면 협상이 결렬되고 사령곡에서 이를 무력시위로 받아들여 급박한 냉전 분위기로 치달을 수가 있으니까.

그러나 반악과 같은 절정고수가 가서 상황에 따라 적절한 행동을 취한다면 모든 고민이 해결될 수 있는 것이다.

"만봉철벽은 어디 있소?"

서문유강도 같이 데려가려고 하는 것이다.

"반 소협의 거처로 지정해 놓은 건물에 그의 방도 같이 있어요."

"내 종들과 그를 같이 데리고 지금 출발하겠소. 당주에게는 묵 소저가 이야기해 주시오."

"그럴게요."

반악은 돌아서려다가 멈칫하고는 묵담향에게 말했다.

"벌써부터 포기하기에는 너무 이르오. 내게 다른 생각이 하나 있으니, 그 약초를 복용하는 일은 내가 돌아오면 다시 이야기해 봅시다. 그리고 이 모든 것들에 대해서는 우리 둘만 아는 걸로 해야 하오."

영물, 영초란 말들이 퍼져나가면 여러 곤란한 일들이 생길 것이기 때문이었다.

"알았어요."

반악은 돌아섰다.

그가 몇 걸음 옮겼을 때 묵담향이 물었다.

"내게 왜 잘해 주는 거죠? 내 고향에 다녀온 것도, 이 약초를 구해온 것도. 그리고 그 영물이란 걸 잡은 것도 반 소협이 할 필요는 없었잖아요."

"……"

"난 반 소협에게 잘해주지 못했는데, 왜 이렇게 나에게 잘해주나요?"

반악은 고개를 돌리지도 않고 말했다.

"할 수 있으니까."

"……"

"할 수 있는데도 하지 않는다면, 그건 아무것도 아닌 것이니까. 예전에는 뭐라 해도 상관이 없었는데, 지금은 아무것도 아닌 게 싫어졌소."

반악은 고개를 돌려 웃었다.

"단지 그뿐이오."

그리고 빠르게 사라졌다.

'변했어.'

묵담향은 멍하니 반악이 사라진 방향을 쳐다보기만 했다.

무엇이 그를 달라지게 한 걸까?

아니면 자신이 보지 못했던 부분이 지금은 보이게 된 것일까?

'모르겠다.'

묵담향은 하늘을 쳐다봤다.

흐릿했다.

먹구름은 보이지 않았지만, 왠지 비가 쏟아질 것만 같은 하늘이었다.

第四十五章

정덕현(旌德縣)

거리상으로 따져보면 구화산과 녕국의 중간에 위치해 있었다.

그리고 주민도 많지 않은 그 현으로부터 한참을 떨어져 나와 동쪽에 위치한 곳은 관도와 멀고 크고 작은 산이 곳곳에 솟아올라 있어, 뚫린 길이라고는 사람 두세 명이 나란히 걸을 정도의 소로밖에 없었다.

당연히 오고가는 사람은 많지 않고, 관의 시선을 받지 않길 바라는 이들이 자유롭게 회합을 갖기 좋은 장소였다.

그래서 반룡복고당과 사령곡이 이곳을 협상 장소로 삼은

것이다.

*　　*　　*

소로를 따라 이어져서 좌우로 작은 산을 끼고 있는 골짜기 안에 큼직한 천막이 하나 세워져 있고, 그 아래로 탁자 하나와 의자 두 개가 놓여 있는데, 그중 하나에 사령곡 곡주 고지청이 앉아 있었다.

차를 마시는 그의 표정은 별로 좋지 않았다.

왜? 맛이 없었으니까.

'염병, 좋은 걸로 챙겨왔어야 했는데.'

그가 평소에 마시는 차는 극품의 차라서 가져오지 않았다.

혼자 마시기도 아까운데, 감정도 좋지 않은 상대를 만나는 자리에 가져와 소비하기에는 너무 아까웠으니까.

하지만 목이나 축일 생각으로 가져온 그냥 그런 수준의 차를 마시고 있자니 가져오지 않은 게 후회가 되는 것이다.

이때, 그를 호위하는 무력대의 호위대주가 천막 안으로 들어와 보고 했다.

"곡주님, 놈들이 십 리 안으로 들어왔다고 합니다."

"그래? 숫자는?"

"대략 삼십여 명입니다."

고 곡주는 코웃음을 쳤다.

"생각보다 많이 데려왔군. 그래도 불안하긴 했던가 보지."

천막을 둘러싼 그의 수하들은 호위대 소속의 이십여 명뿐이었다. 그러나 상대적으로 숫자가 부족함에도 그의 얼굴에는 당혹감이나 불안감이 보이지 않았다. 오히려 여유와 자신감이 느껴질 정도였다.

"놈들이 오고 있다는 걸 알려줘."

"알겠습니다. 그런데……."

"……?"

"남은 기름도 다 뿌려버려야 하지 않을까요?"

호위대주는 흐릿한 하늘을 가리켰다.

하지만 고 곡주는 대수롭지 않다는 반응을 보였다.

"먹구름도 없는데 무슨 걱정이야? 남은 건 그냥 놔둬. 너무 많이 뿌렸다가 불길이 커지면 우리 쪽도 곤란해진다고."

"그래도 혹시 모르니까……."

"오늘따라 잔말이 왜 그리 많아? 쓸데없는 걱정 말고 준비나 잘 시켜두고 있어. 내가 신호를 주기도 전에 들키기라도 하면 그게 더 문제니까."

"존명."

곡주의 표정이 좋지 않자 호위대주는 얼른 천막을 빠져나갔고, 고 곡주는 신경질적으로 찻물을 삼키고는 인상을 찡그렸다.

'염병, 정말 좋은 걸로 챙겨왔어야 했는데.'

　　　　　　*　　　*　　　*

　천막의 오른쪽 산.

　그곳에는 사령곡의 무사들 중에서도 특별히 가려서 뽑은 정예무사들 오십여 명이 우르르 모여 앉아 있었다.

　하지만 그들만 있는 건 아니었다.

　그들과 약간 떨어진 위치에 구화산 분타에서 살아남아 령국으로 도망친 무사들 십여 명과 대형의 시신을 수습하겠다고 사라진 뒤 거룡성으로 복귀하지 않은 하북삼귀의 이귀, 삼귀도 함께하고 있었다.

　호위대주의 지시를 받고 급히 뛰어 들어온 호위무사가 사령곡의 정예무사들을 지휘하고 있는 무력대 대주 앞으로 가서 말했다.

　"놈들이 십 리 안에 들어섰으니, 준비하고 있으라는 명령입니다."

　대주는 고개를 끄덕이고는 이귀와 삼귀가 있는 곳으로 걸어갔다.

　"놈들이 곧 도착할 것 같소."

　이귀와 삼귀는 그런데 뭘 어쩌라는 거냐는 듯 눈만 움직여 쳐다봤다.

　'이것들이.'

대주는 두 사람의 태도에 내심 화가 났지만, 꾹 참고 말을 이었다.

"두 분은 어쩌시겠소?"

"뭘 말이오?"

"앞장을 설 건지, 아니면 뒤를 따를 건지 묻는 거요."

사실 그가 이 무리의 책임자인 만큼, 그리고 두 사람과 거룡성 무사들은 손님이나 마찬가지이기 때문에 굳이 물어볼 필요까지는 없었다.

하지만 미리 맞춰두지 않으면 신호를 받고 움직일 때 실수가 생길 수도 있으니, 사전에 조율을 해두려는 것이다. 괜히 문제가 생기면 모두 자신의 책임이 될 테고, 곡주에게 질책을 받는 것도 자신의 몫일 테니까.

'이 들개 같은 것들이 실력만 믿고 미쳐 날뛰면 내가 곤란해지지.'

곡주도 두 사람을 예의주시하고, 소란이 생기지 않도록 잘 관리하라고 하지 않았던가.

물론 그들의 명성과 능력을 무시할 수 없고, 지켜보고 쓸 만하면 사령곡의 사람으로 끌어들일지도 모르니, 기분 상하게 만들지 말고 친하게 지내면서 잘 구슬려 두라는 당부 또한 있었다.

하지만 대주는 그렇게까지 하고 싶지는 않았다. 실력만 있지 예의도 뭐도 없는 개차반들과 어울리고 싶은 마음이 조금도 없기 때문이었다.

이귀는 시큰둥한 표정으로 대답했다.

"뒤에 따라가리다."

손님으로서 주인에 대한 예의를 차리는 건 아니었다.

피라미들 정도를 처리하는데 굳이 앞장까지 서서 싸우고 싶지는 않았기 때문이었다.

하북삼귀라는 이름을 얻는 데 지대한 영향을 끼친 대형이 죽기는 했지만, 그래도 자신들의 명성은 여전하고 이들과는 모든 면에서 격이 다르다고 생각하는 것이다.

대주는 다시 한 번 속으로 욕을 내뱉었다. 표정과 태도에 너무 드러나서 그들이 어떤 마음으로 뒤에 서겠다고 했는지 충분히 짐작할 수 있었으니까.

하지만 속내를 드러내서 좋을 것이 없기에 담담한 척 고개를 끄덕였다.

"그리 알고 있을 테니, 괜히 먼저 움직여서 우릴 곤란하게 만들지 말고 잘 따라오길 바라겠소."

대주는 약간의 경고 섞인 말을 남기고 수하들이 있는 곳으로 돌아갔다.

이귀와 삼귀는 그런 대주의 뒷모습을 힐끔 노려보고는 피식 웃었다.

"똥개도 제 집 앞에서 싸울 때는 삼 할을 먹고 들어간다더니, 저놈이 딱 그 모양이네."

"그러게요. 아~ 큰형님이 있었다면 저런 꼴을 보고만 있지는 않았을 텐데."

괜한 말이 아니었다.

두 사람은 진정으로 일귀 하봉의 존재감을 아쉬워하고 있었다.

자신들이 공유하는 감정이 세상에 보편적으로 깔려 있는 형제애나 우정 같은 것은 아니었으나, 그래도 서로를 의지하고, 또 같이 어울려 다니는 것에 만족하고 즐거워했었다.

그런데 한 명이 죽어버린 것이다. 그것도 대형이. 그리고 하북삼귀는 더 이상 하북삼귀가 아니게 되었다. 그게 두 사람을 우울하게 만들고, 짜증나게 만들고, 복수심을 품도록 만든 것이다.

사실 실력만 따져볼 때 하봉의 존재감은 절대적이라고까지 말할 수는 없었다.

하지만 그는 자신감과 추진력이 있었다. 두 사람에게는 살짝 두렵고 망설여지는 일에 대해서도 그는 거침이 없었다.

자리가 사람을 만든다고, 어쩌면 대형이 되었기 때문에 책임감과 우월감 비슷한 걸 가질 수 있었는지도 모르지만, 어쨌든 그가 이끌어주었기에 하북삼귀가 그만한 명성을 가질 수 있었던 것이다.

이귀는 말했다.

"짜증나도 참자. 그 계집과 기둥서방을 잡아 죽이기 전까지만 참으면 되는 거니까."

"압니다. 큰형님의 복수를 할 때까지만 참는 거죠."

두 사람이 사령곡의 무리와 함께 있는 이유가 그것이었다.

일귀 하봉의 복수를 하기 위해서.

두 사람은 관인들이 쓰레기 처리하듯 대충 야산에 묻어버린 일귀의 시신을 수습해 화장을 한 뒤, 려강 근방에서 숨어지내며 시간을 보내다가 논의를 한 끝에 거룡성으로 돌아가지 않기로 결심했다.

분노한 거룡성이 무력대를 대거 파견하리라 기대하며 기다렸던 것인데, 아무리 기다려도 이렇다 할 움직임을 보이지 않는 걸 보고 그들이 당장 반룡복고당과 싸울 생각이 없다고 판단한 것이다.

그들에게 훗날을 기약하는 것 따위는 무의미했다. 그래서 자신들끼리 반악과 부용설의 목숨을 노리기로 했다. 하지만 반악의 모습은 볼 수도 없었고, 부용설은 반룡복고당의 무리가 철통같이 보호를 하는 통에 접근하기가 어려웠다.

그래도 두 사람은 절대 복수를 포기할 수 없었기에 부용설을 계속 감시했고, 따라다니며 기회를 노리다 보니 강남으로까지 오게 된 것이다.

허나, 강남에 오고 나서도 상황은 좋아지지 않았다. 오히려 더욱 어려워졌다. 반악은 어디로 사라졌는지 여전히 나타나질 않았고, 부용설은 반룡복고당의 울타리 안으로 들어가 버리는 바람에 감시하는 것조차 쉽지 않게 되었기 때문이었다.

그렇다고 무턱대고 숨어들어가는 건 너무 위험 부담이 크고, 성공에 대한 확신도 들지 않아서 시도할 수가 없었다.

결국 두 사람은 잘 돌아가지도 않는 머리를 굴린 끝에 사령곡으로 갔다.

금방이라도 싸울 것처럼 냉랭하고 적대적인 분위기를 조성하고 있는 사령곡을 선동하여 반룡복고당을 치게 하고, 그들에 섞여 들어가 부용설을 노린다는 계획을 세운 것이다.

"우선 그 계집이다. 그리고 계집이 죽으면 기둥서방이라는 그놈도 나타나겠지."

"그런데 계집을 죽여도 안 나타나면 어쩌죠?"

"응?"

삼귀의 물음에 이귀는 말문이 막혔다.

아직 그것까지는 생각해본 적이 없었기 때문이었다.

'큰형님이라면 바로 대답이 나왔을 텐데……'

삼귀는 입만 우물거리는 이귀를 보며 일귀의 죽음을 더욱 아쉬워했다. 차라리 이귀가 죽었다면 이런 답답함은 없었을 거란 생각까지 하고 있었다.

하지만 그건 이귀도 마찬가지였다. 계획은 고사하고, 계획을 세우는 데 전혀 보탬도 되지 못하면서 쓸데없이 질문만 늘어놓고 있는 삼귀를 보며 일귀가 그 대신 살아있었으면 좋았을 텐데, 하고 생각하는 중이었다.

그러나 아쉬워한다고 일귀가 살아 돌아올 수는 없는 일.

두 사람은 속내를 감추기 위해 똑같이 흐린 하늘을 보며 말했다.

"비가 오지 말아야 할 텐데 말이야."

"그러게요. 비가 오면 골치 아파지는데 말이죠."

*　　*　　*

강학청과 무리는 두 시진 전에 길을 안내하기 위해 합류한 사령곡 곡도의 뒤를 따라 이동하고 있었다.

"풍경이 좋군."

금응쌍도의 일도 별고정은 가을에 접어들어 울긋불긋해져 있는 산과 숲을 이리저리 둘러보며 미소를 지었다.

옆에서 걸어가는 이도 배추심 역시 동감이라는 듯 웃었다.

그들은 한때 일선에서 물러나 무림을 멀리하고 세상 유람을 즐겼던지라, 이 행로의 목적과는 별개로 오랜만에 여유와 느긋함을 느낄 수 있어 기분이 좋은 모양이었다.

물론, 강학청을 따라 온 다른 삼십여 명의 당원들도 두 사람처럼 풍경에 감탄하고 있기는 마찬가지였다.

하지만 그들의 표정과 눈동자에는 분명한 긴장감이 엿보였다. 길이 좁아 마차를 두고 걷기 시작한 후부터 가장 앞에

서서 길을 안내하고 있던 사령곡 곡도가 이제 얼마 남지 않았다는 말을 하고 부터 그 긴장감은 더욱 심해졌다.

특히 강학청의 표정이 가장 딱딱하게 변했다.

'뭐지, 이 기분 나쁜 느낌은······.'

꼼꼼하게 정보를 수집하고, 철저하게 계획을 세워 이성적 판단에 따라 행동해야 한다고 생각하는 강학청에게 있어서 육감이란 건 신용할 수 없는 종류였다. 감각에 의존하다 보면 가장 냉철해져야 할 판단력이 흐트러진다고나 할까.

그러나 지금은 이상하게도 그 육감의 경고를 외면하기가 힘들었다.

'아!'

내심 고개를 갸웃거리며 좌우를 둘러보던 강학청은 저 멀리 천막이 보일 때쯤 그 이유를 알게 되었다.

그리고 육감의 경고는 단순히 기분의 꺼림칙함이 아니라, 눈에 보이기는 했지만 중요하지 않다고 무시해버린 것들에 대한 무의식의 경고란 걸 깨달았다.

'이자 때문이구나.'

표정과 몸이 굳어서 걸음이 자연스럽지 못한 건 자신들만이 아니었다. 그들의 길 안내를 하고 있는 사령곡의 곡도도 마찬가지였던 것이다.

정확한 이유는 알 수가 없지만, 그도 긴장했고 목적지에 가까워올 수록 그 긴장도가 더욱 심해지고 있다는 뜻이었다.

강학청은 슬쩍 뒤를 돌아보고 금응쌍도에게 주변을 살펴봐달라는 눈짓을 보내고, 가까이 있던 금장거에게는 어떤 상황에서도 당황하지 말라는 뜻을 당원들에게 전달하도록 은밀히 신호를 보냈다.

그리고 슬며시 걸음을 늦추면서 곡도에게 물었다.

"저기에 곡주가 계신 것이오?"

"그렇습니다."

"그런데 곡주를 호위한 이들이 저들밖에 없단 말이오?"

"몇 명을 데리고 오든 곡주님의 결정이라 제가 뭐라 할 입장은 아니지만, 협상을 하는 데에 많은 무사들이 와 있을 필요는 없지 않겠습니까."

적절한 대답이었다. 하지만 강학청은 그가 대답을 하기 전에 잠깐 망설였고, 눈동자도 살짝 흔들렸다는 걸 놓치지 않았다.

'감추는 게 있구나.'

"하긴 그렇구려. 오히려 삼십여 명이나 온 우리 쪽이 결례를 저지른 것 같아서 걱정이오."

"곡주님도 이해하실 겁니다."

곡도는 전체적으로 느려진 이동속도를 재촉하듯 걸음을 빨리했다.

강학청은 슬쩍 뒤를 돌아봤다. 별고정은 그 시선을 받고 대화하는 것처럼 배추심에게 말했다.

278

"여기 좌우의 숲과 달리 저기 천막 뒤쪽은 새도 보이지 않고, 너무 조용한데. 혹시 맹수라도 숨어 있는 게 아닐까?"

"에이, 설마. 맹수가 있었다면 저 천막에서는 진작 난리가 났겠지. 하지만 자네 말을 들어보니 왠지 다가가기가 꺼려지는 는데."

두 사람의 말인즉, 천막 뒤쪽 숲속에 많은 적들이 숨어 있을 수도 있다는 의심이 든다는 뜻이었다.

'이대로는 안 되겠어.'

강학청은 자신의 육감이, 금응쌍도의 의심이 진짜인지 아닌지에 대한 확신이 생길 때까지 느긋하게 기다릴 수가 없었다. 그는 곧바로 걸음을 멈추고 뒤로 물러나면서 낮고 분명하게 지시를 내렸다.

"모두 마차가 있는 곳으로 달리시오."

앞장서 가고 있던 곡도가 그 말을 듣고 깜짝 놀라며 뒤를 돌아보았다.

"갑자기 왜 그러십니까? 바로 저기서 곡주님이 기다리고 계시다니까요."

하지만 강학청을 비롯한 당원들은 그의 말을 신경도 쓰지 않고 뒤돌아 달리고 있었다.

조금 뒤, 일이 틀어졌다는 걸 알게 된 고 곡주가 천막 안에서 뛰어나오며 버럭 외쳤다.

"젠장, 놈들이 도망간다! 쫓아라!"

육십여 명의 무리가 숲 밖으로 나와, 이미 달리고 있는 고곡주와 호위무사들의 뒤를 쫓았다.

*　　　*　　　*

함정이란 걸 깨닫게 되자마자 마차를 두고 온 곳으로 달리던 강학청과 무리는 얼마 있지 않아 상황이 더욱 심각하다는 걸 깨닫게 되었다.

올 때는 보이지 않았던 궁수들이 좌우 숲과 언덕에서 나타나 화살을 쏘기 시작했기 때문이었다.

숫자라고 해봐야 열 명도 되지 않았지만 일반 활보다 위력이 더 강한 노궁을 사용했고, 지나쳤다 싶으면 모습을 드러내 화살을 날려대는 걸 보니 그들이 도망칠 것에 대비해서 미리부터 길목에 자리를 잡고 있었던 것이다.

그렇다고 궁수들을 쫓아가 처리하고 움직일 수도 없는 게, 고 곡주와 수십 명의 곡도들이 맹렬한 속도로 뒤를 쫓고 있어서였다.

사령곡은 오늘을 위해 철저한 준비를 해두었음이 분명했다.

핑―

"악!"

또 한 명이 화살에 맞아 쓰러졌다.

벌써 세 명이 당했고, 두 명이 부상을 입은 상태였다. 그러나 상황이 급박하여 슬퍼하고 안타까워할 틈조차 없었다.

"오른쪽으로!"

계속 전진한다고 화살을 피할 상황이 아닌지라, 이제까지 몇 번이나 그래왔듯 강학청과 무리는 방향을 바꾸어 달릴 수밖에 없었다.

그리고 다시 또 한 번 화살 공격을 당해 방향을 바꾸게 되었을 때 강학청은 깨달았다.

'몰이를 당하고 있다!'

무엇보다 그들이 방향을 바꿔 달리고 있음에도 딱 적당한 위치에서 궁수들이 튀어나와 화살을 쏘고 있다는 게 그 증거였다.

'어딘가로 우릴 몰아가고 있어.'

그 어딘가에는 매복한 무사들이 있을 수도 있고, 혹은 빠져나갈 수 없는 함정이 설치되어 있거나 막다른 절벽이 나타날지도 몰랐다.

분명한 것은 그곳으로 몰리면 살아남기가 더 힘들 거라는 사실이었다.

"오른쪽으로 갑시다!"

강학청의 지시에 별고정이 놀라 물었다.

"그쪽엔 궁수들이 막고 있지 않은가!"

"그래서 가야합니다! 사령곡은 지금 우리를 그들이 의도한 방향으로 도망치게 만들고 있습니다! 이대로 몰이 당하듯이 쫓기기만 하다가는 살아남을 수 없게 될 것입니다!"

그제야 금웅쌍도도 지금껏 사령곡의 의도대로 도망치고 있었음을 깨달았다.

두 사람은 서로 시선을 교환하고 말했다.

"우리가 앞을 열겠네!"

그리고 망설임 없이 오른쪽 숲으로 몸을 날렸다.

놀란 궁수들은 다급히 뒤로 물러나며 두 사람을 집중적으로 노리고 화살을 쏘기 시작했다.

하지만 금웅쌍도는 딱 붙어 서서 바퀴처럼 도를 휘돌리며 화살을 쳐냈고, 때론 좌우로 흩어지며 정확하게 겨냥할 수 없도록 만들었다.

그리고 두 사람은 궁수들이 당황하는 사이에 지척까지 접근하여, 성난 맹수처럼 그들 사이로 뛰어들었다.

"제, 젠장!"

궁수들은 노궁을 버리고 칼을 빼들었다.

하지만 사령곡에서도 실력이 모자라 이런 임무를 맡은 자들이었다. 애초부터 안휘에서 손꼽힐 정도로 대단한 합격술의 고수들과 맞설 싸울 만한 능력을 가진 자들이 아니었던 것이다.

게다가 나머지 당원들도 금웅쌍도에 뒤이어 그들을 파도처럼 덮쳐오고 있었다. 그들은 곧 비명을 지르며 추풍낙엽처럼 허망하게 쓰러져갔다.

"악!"

*　　　*　　　*

앞장서 쫓고 있던 고 곡주는 기습을 하기도 전에 들켜버리긴 했지만, 의도했던 곳으로 잘 몰아가고 있어 약간 느긋한 마음이었다. 그런데 갑자기 강학청과 무리가 오른쪽 숲으로 방향을 바꿔버리자 깜짝 놀라지 않을 수 없었다.

상황을 짐작한 그의 얼굴이 와락 일그러졌다.

"저 새끼들이 눈치챘구나!"

일곱 명의 궁수들이 다급히 화살을 쏘다가 거리가 좁혀지자 칼을 빼들고 저항했지만, 금응쌍도를 앞장세운 수십 명의 기세를 막기에는 역부족이었다. 그들은 순식간에 뚫려버렸고, 강학청과 무리는 빠르게 숲속으로 사라져갔다.

"염병! 서둘러!"

고 곡수는 신경질적으로 소리치며 힘껏 경공을 펼쳐 달렸고, 뒤를 따르는 곡도들도 이를 악물고 뒤를 쫓았다.

*　　　*　　　*

궁수들을 쓰러트리고 숲속에 들어선 강학청과 무리는 방향을 가늠하느라 잠깐씩 멈칫거리기도 했지만, 그 외에는 온힘을 다해서 달렸다. 지금 그들이 살아남을 가능성이 가장 높은 방법은 달리고 또 달리는 것뿐이었으니까.

하지만 그들은 일 각도 되지 않아 우뚝 멈춰서고 말았다.

갑자기 눈앞에 밭과 논, 그리고 비슷비슷한 모양의 허름한 집들이 나타났기 때문이었다. 당연히 사람들도 보였다.

강학청은 거칠어진 숨을 가다듬으며 집과 사람들을 빠르게 살펴보았다.

"여긴……."

가진 게 없고 살길이 막막하여 산이나 들에 불을 질러 태우고 그 자리를 일구어 농사를 짓는 화전민의 마을이었다.

화전민들은 난데없는 그들의 등장에 놀라고 당황한 기색이 가득했다. 깔깔거리며 뛰어놀던 몇몇 어린아이들이 호기심어린 시선으로 쳐다보기도 했지만, 어른들이 그런 아이들을 재빨리 집 안으로 끌고 들어갔다.

화전민들의 반응은 당연했다. 칼을 찬 수십 명의 사람들이 갑자기 나타났다면 누구든 겁이 날 수밖에 없을 테니까.

또한 그들은 세상의 냉혹함을 철저하게 경험하고, 결국 경쟁하기를 포기하여 쫓기듯이 이곳으로 들어와 그들만의 소박한 삶을 꾸렸을 게 분명했다.

즉, 괜한 문제에 잘못 얽히게 되면 풍족하진 않아도 만족스럽고 행복한 이곳의 삶과 가족들을 모두 잃게 되리라는 걸 알고 피해버린 것이다.

배추심이 강학청의 옆으로 다가와 말했다.

"강 문공, 이렇게 계속 도망치기만 할 수는 없네."

그도 알고 있었다.

이대로 달리기만 한다고 해서 사령곡의 추적을 따돌리기는 어렵다는 것을.

화살에 맞은 부상자도 있고, 그 자신처럼 경공 실력이 떨어지는 사람과 무리 전체가 보조를 맞춰 달리는 것으로는 충분한 속도를 낼 수가 없었으니까.

강학청은 마음을 굳히고 말했다.

"여기서 막아야겠습니다."

*   *   *

고 곡주는 저 앞으로 화전마을이 보인 순간 손을 높이 들어서 모두에게 멈추라고 신호를 보냈다.

그는 반룡복고당의 무리가 마을에 숨어 있다고 생각했다.

그래서 멈춘 것이었다. 이대로 생각 않고 마을에 들어서면 기습을 당할 수도 있었으니까.

하지만 호위대주는 그처럼 생각하지 않는 모양이었다.

"곡주님, 추적을 포기하시는 겁니까?"

"멍청한 놈! 내가 왜 포기를 해! 놈들이 저 마을에 있단 말이다!"

호위대주는 마을 쪽을 유심히 쳐다보고는 미심쩍은 표정을 지었다.

사람들이 아무도 보이지 않는 건 이상하지만, 그렇다고 적들이 마을에 숨어 있다고 볼 근거는 아무것도 없었다. 적들은 그냥 마을을 가로질러 갔고, 화전민들은 그들 때문에 놀라서 집 안에 숨은 것이라고 생각해도 무방한 일 아닌가.

고 곡주는 그런 호위대주의 속내를 눈치채고 물었다.

"내 말이 안 믿어지냐?"

"그럴 리가 있겠습니까. 다만, 놈들이 그대로 도망쳐버렸을지도 모르니……."

무리를 절반으로 나눠서라도 계속 추적을 해야 하지 않겠느냐고 말했다.

"그렇게 내 말이 의심스러우면 마을로 들어가 봐."

"예?"

"들어가서 확인해 보라고."

그도 마을을 그냥 지나쳐 도주했을 가능성을 아예 무시할 수가 없어서였다.

물론 조용히 그의 신변을 지키는 데 더 집중해야 할 놈이 곡도들뿐만 아니라 하북삼귀와 거룡성 무사들까지 보는 앞에서 그의 결정에 반론을 내는 등, 쓸데없이 말이 많다는 것에 짜증나고 화가 나서이기도 했지만.

'빌어먹을.'

호위대주는 생각 없이 입을 놀렸다고 후회했지만, 이미 돌이키기에는 너무 늦은 상황이었다.

　'이왕 이렇게 된 거, 명령을 즉각 따르는 충심어린 모습을 보여주자.'

　"다녀오겠습니다."

　호위대주는 칼을 빼들고 마을로 걸어갔다.

　하지만 그는 곧 심란해졌다. 가만 생각해보니 마을에 적들이 있건 없건 간에 자신의 처지는 별반 달라질 게 없었기 때문이었다.

　만약 적들이 숨어 있으면 알지도 못하면서 곡주의 판단력을 의심한 것이고, 없다면 잘난 척을 해서 곡주의 체면을 깎아버린 게 되니까.

　완전히 진퇴양난이었다.

　'어떻게 만회해야 하나.'

　적에 대한 걱정보다 곡주의 비난을 벗어날 방도를 고민하며 걸어가던 호위대주는 어느새 밭과 논을 지나 첫 번째로 보이는 집 앞에서 이르렀다.

*　　　*　　　*

　"기선을 제압하기 위해서라도 저놈을 죽여야 하지 않겠나?"

　문틈으로 호위대주가 마을에 들어서는 걸 지켜보고 있던

별고정이 옆에 있는 강학청에게 조용히 물었다.

강학청은 잠시 침묵하다가 뒤를 돌아봤다. 그의 시선이 향한 곳에는 이 집의 주인인 가족들이 구석에 모여 앉아 잔뜩 겁을 먹은 얼굴을 한 채 서로를 부둥켜안고 있었다.

강학청은 죄책감을 느꼈다. 자신들 때문에 아무런 잘못도 없는 저 순박한 사람들이, 이 마을에 사는 모든 사람들이 죽게 될 수도 있기 때문이었다.

하지만 지금 상황에서는 자신들에게도 다른 방도가 없었다.

'미안합니다.'

그는 약해지려는 마음을 다잡고서 별고정에게 말했다.

"저자가 가까이 다가와 집 안을 확인할 때를 노리십시오. 드러내놓고 반격을 하기보다, 보이지 않게 반격을 해서 피해를 주는 게 적들을 더 불안하게 하고, 섣불리 공격하지 못하게 만들 것입니다."

사실 그는 이곳에서 살아 돌아가겠다는 생각을 거의 포기한 상태였다.

하지만 그냥 죽을 수는 없었다. 최대한 시간을 끌어야 했다. 이곳에서 저들과 대치하고 있는 사이 저들이 함정을 팠다는 사실을, 그리고 반룡복고당을 공격하기 위해 또 어떤 계획을 세우고 있을지 모른다는 우려를 구화산에 있는 당원들에게 알리기 위해서 보낸 금장거의 존재가 걸리지 않도록, 저들에게 포착되어 쫓기지 않도록 이목을 집중시키고 길게 시간을 끌어야 하기 때문이었다.

별고정은 강학청의 의도를 이해하고 고개를 끄덕였다.

"알겠네. 놈이 여기로 고개를 들이밀 때를 노리도록 하지."

*   *   *

'저 새끼, 빨리 안 움직이고 뭐하는 거야.'

고 곡주는 느릿한 걸음으로 뭉그적거리며 집으로 다가가고 있는 호위대주 때문에 짜증이 났다.

마을을 그냥 지나쳤을 거라고 말해놓고 저리 굼뜨게 행동하는 건, 혹시 적들이 있을지도 모른다고 생각하기 때문일 것이다.

물론 이해는 되었다. 오히려 저리 신중해야 정상이었다. 무턱대고 다가갔다가 당해버린다면 조심성 없고 멍청한 자를 호위대주로 삼은 자신도 똑같이 욕을 먹게 될 테니까.

하지만 그는 마음이 급했다. 얼른 확인을 하고서 놈들이 있으면 깡그리 처리하고, 없으면 계속 추적을 해서 끝장을 내야만 했다.

그리고 오늘의 함정을 시작으로 고리처럼 연결된 계획들을 계속 진행해야만 하는 것이다.

'이제야 들어가는군.'

고 곡주는 호위대주가 느릿하게 다가간 것과 달리, 갑자기 문을 발로 걷어차고 집 안으로 뛰어 들어가는 걸 보고 찡그린 표정을 풀었다.

쓸데없이 말도 많고 멍청한 구석도 있긴 하지만, 그래도 싸움을 할 줄 아는 놈이라는 생각에 짜증났던 게 약간 풀린 것이다.

그는 눈을 크게 뜨고 집중했다.

"......"

침묵이 흘렀다.

시원스럽게 뛰어 들어갔으면 뭔가 결과물을 들고 나와야 하는데, 감감 무소식이었다.

"곡주님, 어떻게 할까요?"

무력대 대주가 다가와 조심스럽게 물었다.

들어간 놈이 한참이 흘러도 나오지 않는다면 답은 뻔한 게 아니던가.

다만 신경 쓰이는 건 너무 조용하다는 것이었다.

실력이 있으니 호위대주까지 한 것인데, 그것도 재빨리 뛰어 들어갔는데 칼 부딪히는 소리조차 없었다면, 놈들 중에 실력이 뛰어난 고수, 혹은 고수들이 있다는 뜻이고, 그 혹은 그들에게 반항 한 번 못해보고 당했다는 뜻이었으니까.

'대항할 생각도 않고 주구장창 도망만 치기에 만만히 생각했는데…….'

생각보다 쉽지 않은 싸움이 될 것 같았다.

"공격할까요?"

대주의 물음에 고 곡주는 잠시 고민했다.

'놈들 중에 고수가 있다고 해도 우리가 수적으로 압도적이니 걱정할 건 없겠지.'

하지만 피해를 입을 거라는 점이 문제였다.

오늘만으로 끝날 싸움도 아니고, 강남에서 손꼽힐 정도의 강대한 힘을 유지한 채로 반룡복고당의 총단을 공격해야 하는데, 조금이라도 전력을 약화시킬 수는 없었다.

사실 반룡복고당에 협상을 제안하고 오늘 독단적으로 함정을 판 것은 이도 저도 아닌 태도를 취하는 강남의 다른 문파들을 선동하기 위해서였다.

저들을 전멸시키고 바로 구화산으로 이동해 마음 놓고 있을게 분명한 반룡복고당을 포위해버리면, 어느 쪽으로도 마음을 정하지 못하고 눈치만 살피는 문파들로서는 결단을 내릴 수밖에 없을 것이다.

힘의 기울기가 확연하게 보이는데, 어떤 문파가 바보 같이 반룡복고당의 편을 들겠는가.

'그리고 궁극적으로는……'

이번 기회에 강남에서의 위상과 영향력을 보다 확고히 해서 거룡성과 대등한 문파로 성장시킨다는 게 고 곡주의 최종 목표였다.

'물론 그게 끝은 아니지. 강남을 완벽하게 내 손에 쥐게

된다면 그 다음으로······.'

더 큰 목표에 도전할 수도 있을 것이다.

어쨌든, 지금은 자잘한 손실이라도 최소한으로 줄일 필요가 있는 것이다. 그래서 고 곡주는 피해를 감수하고 서둘러 끝내는 것보다, 시간이 더 걸리더라도 전력을 보전하는데 더 비중을 두기로 결정했다.

"조련자들을 준비시켜."

대주는 의외의 명령을 받았다는 표정이었지만, 호위대주와는 달리 입도 뻥긋 하지 않고 수하들에게 조련자들을 데려오라는 지시를 내렸다.

조금 뒤, 허리에 칼이 아닌 짧고 두꺼운 피리를 찬 사내 다섯이 등에 커다란 항아리를 짊어지고서 나타났다.

그들이 조련자들이었다.

헌데, 그들에게선 묘하게 비릿하고 역한 냄새가 풍겨왔다. 그래서인지 곡도들은 그들과 거리를 두고 섰다. 게다가 노골적으로 가까이 서고 싶어 하지 않는 표정들이랄까.

고 곡주는 마을을 가리키며 말했다.

"저기다."

조련자들은 마을을 힐끔 쳐다보며 물었다.

"아무도 살아남을 수 없을 텐데, 괜찮으시겠습니까?"

"괜찮지 않으면 너희들을 불렀겠냐? 기다리기 짜증나니까 얼른 시작이나 해. 빨리 끝내버리라고."

'이게 그렇게 쉬운 줄 아나.'

조련자들은 내심 투덜거리면서도 알겠다고 대답하며 앞으로 나섰다.

그들은 품에서 가죽 주머니를 꺼내들었다. 그리고 마을 입구로 걸어가 그곳을 중심으로 안에 들어 있는 가루를 뿌렸다. 마을과 숲을 경계 짓듯 일자로 길게 선을 그리면서.

그리고 다 뿌리고 난 뒤에, 짊어지고 온 항아리를 그 선 안쪽에 나란히 내려놓았다.

"준비해."

자신의 발에도 가루를 뿌린 한 명은 항아리 뒤에 서고, 나머지 네 명은 선 뒤쪽으로 물러나 허리에 차고 있던 피리를 입에 물었다.

"시작한다."

쿵.

항아리의 뚜껑을 열고 앞으로 밀어 쓰러트리자, 그 안에서 길쭉한 것들이 스멀거리며 빠져나왔다.

뱀이었다.

크기부터 색깔까지 각양각색이었는데, 숫자만도 이백 마리가 훌쩍 넘었다. 그리고 모양새만 봐도 지독한 독을 지닌 종류라는 걸 알 수가 있었다.

뱀들은 선을 그리듯 뿌려둔 가루 쪽으로 오지 않았다. 조련자에게도 가까이 가려 하지 않았다. 가루를 싫어하기 때문이었다.

조련자들이 피리를 불었다. 이상하게도 소리는 나지 않았다. 자세히 귀 기울이면 약간의 울림 정도만이 느껴질 정도였다. 하지만 이리저리 뒤엉켜 서로를 향해 혓바닥을 내밀고 쉭쉭거리면서 어지럽게 꾸물거리기만 하던 뱀들이 피리 소리를 들은 것처럼 반응을 보였다.

마을 쪽으로 움직이기 시작한 것이다.

나머지 네 개의 항아리도 차례로 뚜껑이 열리고 앞으로 밀쳐졌다.

그리고 또다시 각양각색의 뱀들이 빠져나와 사람에겐 들리지 않는 피리 소리에 반응하여 마을로 기어갔다.

천 마리에 이르는 뱀들이 땅을 뒤덮으며 한꺼번에 움직이는 광경은 기묘하면서도 소름이 끼치게 했다.

'끝났다.'

고 곡주는 흡족한 시선으로 뱀들을 바라봤다.

사령곡의 근거지 근방에 워낙 뱀이 많아 오래 전부터 골머리를 앓다가, 이를 좋은 방향으로 해결해보자는 생각으로 구상한 것이 이제야 꽃을 피우게 되었기 때문이었다.

*　　　*　　　*

"어떻게 저리 많은 뱀이!"

강학청은 깜짝 놀랐다.

금응쌍도를 비롯해서 뱀 떼를 목격한 모두의 심정이 같았다. 다른 집에 숨어 있는 당원들도 꽤 당황하고 있을 것이 분명했다.

"뱀이 너무 많아서 이름도 사령곡이라고 하더니, 저런 식으로 이용을 할 줄이야."

별고정과 배추심은 놀라면서도 감탄했다.

적아를 떠나, 뱀을 저렇게 사용할 생각을 한다는 건 대단히 기발하고 독특하면서 영리한 발상이 아닌가.

하지만 지금은 감탄하고 있을 상황이 아니라는 게 곧바로 드러났다. 꾸역꾸역 몰려온 뱀들이 집 안으로 파고들어오기 시작했던 것이다.

"틈이 너무 많습니다!"

구조 자체가 부실한 집이라 뱀들이 들어올 구멍이 곳곳에 있었던 것이다.

당원들은 뱀들을 재빨리 칼로 내리쳐 죽였지만, 너무 많은 뱀들이 쉼 없이 들어오니 놓치는 숫자가 기하급수적으로 증가했다. 결국 피할 공간을 찾아 모두 벽과 문에서 물러날 수밖에 없었다.

게다가 뱀들은 그들이 알고 있는 보통의 뱀과는 달랐다. 일단 칼에 맞고 몸뚱이가 잘린 동료를 집어삼키는 지독한 식욕을 가지고 있었다.

"엇!"

당원 하나가 크게 놀라 뒤로 물러났다.

뱀이 갑자기 머리를 치켜들고 뛰어올라 그의 팔목을 노렸기 때문이었다.

"모두 조심하십시오! 이놈들은……."

당원은 말을 하다 말고 사방에서 뛰어오르는 뱀들을 막아야만 했다.

하지만 그가 굳이 경고할 필요까지는 없었다. 이미 다른 이들도 도약을 하며 공격해오는 뱀들을 막느라 정신이 없었으니까.

불을 피우지 않은 화로에 올라선 금응쌍도와 탁자에 올라간 강학청도 사정은 마찬가지였다. 보통은 높은 곳에 올라서면 안심이 되어야 할 텐데, 이 뱀들에겐 거의 소용이 없었던 것이다.

'이러다 뱀에 물려 죽고 말겠다.'

사령곡에서 특별히 훈련을 시킨데다가 굶기기까지 해서 잔뜩 독이 오른 뱀들은 칼을 든 적들보다 더욱 위협적이고 무서운 상대였다.

"끄악!"

세 척이나 되는 높이를 뛰어오른 뱀을 내리쳐 동강낸 강학청은 비명이 들려온 곳을 돌아봤다.

손주들이 다치지 않게 지키려다 팔과 다리를 물린 노인이

비틀거리다가 앞으로 쓰러지고 순식간에 뱀들이 그 몸을 뒤덮어버렸다.

그 광경을 본 남매는 두려움을 참지 못하고 울며불며 비명을 질렀다. 아이들의 부모는 노인의 죽음에 슬퍼하지도 못하고 빗자루를 휘두르며 뱀의 접근을 막기 위해 안간힘을 쓰고 있었다.

하지만 피할 곳도 도망칠 곳도 없는 상황에서 더는 막기가 힘들어 보였다.

강학청은 그들과 자신 사이의 간격을 가늠해보았다. 그의 실력으로 한 번에 뛰어넘기 어려운 거리였다.

'어떻게 하지?'

고민스러워하는 그의 눈에 뱀들이 다리를 휘어 감고 있는 의자가 들어왔다.

"꺅!"

숨넘어갈 듯한 아이들의 비명이 들려왔다.

강학청은 더 생각할 것도 없이 의자 끝을 걷어차 가족들 사이로 굴러가게 했다. 그리고 곧장 몸을 날려 의자를 밟고 남매의 앞으로 내려서며 칼을 휘둘렀다.

사삭!

막 여아를 노리고 뛰어오른 뱀의 세모꼴 머리가 잘려나가며 땅으로 떨어지고, 울긋불긋한 몸뚱이는 불구덩이 위에 던져진 것처럼 이리저리 요동을 쳤다. 그리고 순식간에 다른 뱀들의 먹이가 되어 삼켜졌다.

강학청은 돌아보지도 않고 소리쳤다.

"들보 위로 올라가시오!"

집의 구조가 튼실하지 못하여 들보가 부러지지 않을까 불안스럽기는 했지만, 네 명의 가족들이 한동안 안심할 수 있을 정도의 시간은 얻을 수 있을 것이다.

하지만 정신없이 빗자루를 휘두르고 있던 가장은 울상을 지으며 말했다.

"올라갈 방도가 없습니다요!"

디딜 것 하나 없는데 한 장이 넘는 높이의 들보로 올라간다는 건 농사나 지어온 화전민에게는, 그리고 아녀자와 어린아이들에게는 불가능한 일이었다.

"내 등과 어깨를 밟고 올라가시오!"

"어찌……."

"서두르시오!"

강학청의 고함에 놀란 가장은 먼저 아내를 부축해 강학청의 등을 밟고 들보에 올라서게 했다. 그리고 이어서 아이들을 들어서 아내가 붙잡게 하고 위로 밀어 올렸다.

그사이 버팀목 역할을 하면서 힘겹게 뱀들의 접근을 막아가고 있던 강학청은 한계에 다다라 있었다. 뱀에 물릴 뻔한 위기도 한 두 번이 아니었다.

'이러다 내가 죽겠다.'

하지만 가장이 아직 올라가지 않았고, 그를 모른 척할 수
도 없었다. 냉정하게 마음을 다잡았다고 생각했지만, 이들
이 자신들 때문에 횡액을 당하게 되었다는 점을 외면할 수
가 없었던 것이다.

쉭!

동시에 두 마리가 양쪽에서 그를 향해 뛰어올랐다. 가장
이 막 어깨를 밟고 올라 들보를 부여잡고 있는 중이라 강학
청은 칼을 휘두르기 불편한 상태였다.

"하압!"

강학청은 허리에 힘을 주고 가장이 단번에 들보 위로 올
라갈 수 있도록 힘껏 들어 올리면서 동시에 칼을 휘둘러 두
마리를 동시에 양단했다.

하지만 바로 그때, 또 한 마리가 그의 팔목을 노리고 뛰어
올랐다. 이번엔 피할 수도, 막을 수도 없었다.

슈사삭―

날카로운 바람이 강학청의 눈앞을 쓸고 지나가고, 머리가
잘린 뱀이 땅으로 떨어졌다. 그리고 도풍을 날려 그를 구한
배추심이 그의 옆으로 내려섰다.

"감사합니다!"

"지금은 인사 받을 때가……."

"끄악!"

반대 쪽 구석에서 뱀을 막고 있던 당원의 비명이 터져 나

왔다. 그의 몸은 순식간에 뱀에 뒤덮여버렸다.

"이러다 다 죽게 될 걸세! 이놈들을 막을 다른 방법을 찾아야해!"

배추심의 말이 아니라도 강학청 역시 방법을 찾기 위해서 진작부터 머리를 굴리는 중이었다. 하지만 이런 상황에서 냉정하게 고민하며 방법을 찾는 것은 쉽지 않은 일이었다.

'뭔가 있을 텐데, 뭔가 방법이……'

뱀의 공격을 막으면서 고민을 거듭하던 강학청의 시선에 새삼 화로가 눈에 들어왔다.

'그래! 불이다!'

강학청은 화로 위에서 달려드는 뱀을 죽이고 있는 별고정을 향해 소리쳤다.

"화로 안에 숯이 있습니까?"

별고정은 화로를 덮고 있는 뚜껑을 걷어차고 안을 확인했다.

"있네!"

"거기에 불을 붙이십시오!"

별고정이 품에서 화섭자를 꺼내 뚜껑을 이로 물어 벗겨낸 뒤 입으로 바람을 강하게 불자 죽어 있던 불씨가 살아났다.

하지만 화섭자를 화로 안으로 떨어트리고 나자 문제가 있음을 깨닫게 되었다. 화섭자와 같은 작은 불씨에 닿는 정도로는 숯에 불이 붙지 않는 것이다.

별고정은 발밑까지 타고 올라온 뱀들을 칼로 내리치며 주위를 둘러보았다. 하지만 화섭자의 불씨를 강하게 살릴 만한 게 보이지 않았다. 뱀들이 집안을 온통 뒤덮고 있어서 바닥에 뭐가 있는지도 볼 수 없는 상황이었다.

이때 배추심이 소리쳤다.

"지붕을 보게!"

별고정은 처음엔 무슨 소리인가 싶었지만, 곧 이 집의 지붕이 짚으로 덮여 있다는 걸 깨달았다.

그는 즉각 화로를 박차고 공중으로 치솟아 오르며 지붕을 향해 연달아 도를 휘둘렀다.

우스스스.

잘려나간 지푸라기가 눈처럼 떨어져 내렸다. 그리고 그중 일부가 화로 안으로 떨어지고, 화섭자의 불씨에 닿아 불길을 만들어냈다.

별고정은 불길이 숯에까지 붙어서 더욱 크게 살아나자 강학청을 향해 소리쳤다.

"불이 붙었네!"

"화로를 이쪽으로 쓰러트리십시오!"

화로를 쓰러트리게 되면 순간적으로 뱀을 피해 올라설 곳이 없게 되는데도 별고정은 망설임 없이 화로를 걷어찼다.

불붙은 숯이 바닥으로 와르르 쏟아지고, 근방에 있던 뱀들이 불길에 타들어가며 요동쳤다. 불길에 직접적으로 미치지 않는 뱀들은 본능적으로 불길을 피해 물러났다.

강학청의 예상대로 된 것이다.

하지만 그가 생각 못한 게 있었다. 뱀들이 뒤덮고 있어서 몰랐지만, 바닥 일부에는 냉기가 올라오는 걸 막기 위해 짚이 두껍게 깔려 있다는 점이었다.

화르르!

불길은 강학청이 생각했던 것보다 크게 일어났고, 너무나 빠르게 번져나가며 나무에 진흙을 바른 벽을 타고 올라 지붕까지 타들어가기 시작했다.

일부 뱀들이 불에 타 죽고 나머지는 집 밖으로 물러나기 시작한 것은 다행이지만, 불길의 크기는 강학청 등이 통제할 수 있는 수준을 넘어버렸고, 이대로 가만히 있다가는 불에 타 죽거나 연기에 질식할 위기에 놓인 것이다.

"집 밖으로 나가야하네!"

별고정의 외침에 강학청도 고개를 끄덕일 수밖에 없었다. 그는 우선 당원들과 함께 들보에 올라가 있는 화전민 가족들을 아래로 내려오게 했다.

그사이 금응쌍도는 오른쪽 벽을 향해 칼을 맹렬하게 휘두르고 있었다.

쿠쿠쿠!

거미줄처럼 갈라진 벽이 무너지고, 뱀 떼로 가득한 바깥 광경이 드러났다.

그냥 밖으로 나갔다가는 또다시 뱀들에게 포위당하는 처

302

지가 될 것이었다.

"우리에게 맡기게."

금응쌍도는 바닥을 차고 들보 위로 올라섰다. 그리고 짚을 지탱하고 있는 나무들을 베어버리는 동시에, 불이 붙은 짚들을 향해 손바닥을 힘껏 내질렀다.

손바람에 밀려서 날아간 짚들이 불꽃처럼 흩날리며 뱀들 위로 떨어지고, 뱀들은 불을 피해 사방으로 흩어졌다.

"저쪽이네!"

금응쌍도는 각자 불붙은 나무를 들고 뱀들이 흩어지며 안전해진 땅으로 뛰어나갔다. 강학청과 다른 당원들, 그리고 화전민 가족들도 손에 불붙은 나무를 들고 그 뒤를 따랐다.

그들이 나오자마자 집은 불길에 완전히 휩싸였고, 그 불길이 좌우로 퍼져나가면서 다른 집들로 옮겨 붙어가고, 더욱 넓게 영향을 끼치면서 뱀들을 집어삼켜갔다.

"안 돼!"

"내 새끼들!"

뱀을 풀어 놓았을 거라 짐작되는 자들의 안타까운 외침이 숲속에서 들려왔다.

'이대로 지켜만 보고 있을 자들이 아니다.'

강학청은 금응쌍도에게 신호를 보내 불붙은 나무를 곳곳으로 집어던졌다. 보다 빠르게 불길의 범위를 넓혀 뱀들을 쫓아내기 위함이었다.

"강 문공님!"

다른 집의 지붕이 뚫리고 그 구멍으로 당원들이 얼굴을 내밀었다. 그들은 들보로 올라 뱀들의 공격을 피하고 있었던 것이다.

금응쌍도는 불길이 미치는 곳을 이용해 모두 모이라고 외쳤다.

* * *

"시끄럽게 굴지 말고 뒤로 빠져 있어!"

고 곡주는 울상을 지으며 안타까운 탄성을 질러대는 조련자들에게 버럭 소리쳤다.

조련자들은 움찔하며 얼른 뒤로 물러갔다.

'빌어먹을!'

뱀들이 죽어가는 것에 화가 난 것은 고 곡주도 마찬가지였다. 조련자들과 같이 감정적인 마음은 아니었지만, 지금껏 들인 시간과 돈을 생각하면 속이 쓰려 욕지거리가 나올 지경인 것이다.

하지만 곧 분노를 가라앉히고 냉정하게 생각하기 시작했다.

'뱀이야 넘쳐나니 언제든 다시 모아 조련시키면 된다. 지금은 저것들을 다 쓸어버리는 것에 집중하자.'

"궁수들."

고 곡주의 부름에 뒤쪽에 있던 이십여 명의 궁수들이 앞으로 나왔다.

"가지고 있는 화살들을 아끼지 말고 다 쏘아 부어."

"존명!"

궁수들은 조금 더 정확하고 수월하게 겨냥하기 위해 숲 밖으로 나가 두 줄로 섰다.

*   *   *

같이 있던 화전민들과 함께 뱀이 흩어진 길을 따라 강학청과 금응쌍도 등이 있는 곳으로 모여들던 당원들은 숲 밖으로 나온 궁수들을 발견하고 놀라 소리쳤다.

"궁수들이다!"

뱀이 다시 접근하지 못하도록 열심히 불붙은 나무를 곳곳에 던지고 있던 강학청은 숲 쪽을 돌아보고 다급히 외쳤다.

"모두 엄폐물을 찾으시오!"

하지만 사방에 불길이 치솟고, 불길이 미치지 않는 곳은 뱀들이 차지하고 있어 화살을 피할 만한 엄폐물을 찾는 게 쉽지 않았다.

이때 십여 발의 화살이 불길을 꿰뚫고 날아왔다.

쉬쉬쉬쉭—

엄폐물을 찾지 못한 금응쌍도와 당원들은 정신없이 칼을

휘둘러 인간방어막을 쳤다.

티티티티티팅!

첫 번째 열의 궁수들이 쏜 화살은 막혔다. 하지만 두 번째 열의 궁수들이 연이어 발사한 화살까지 완벽히 막아낼 수는 없었다.

"악!"

"윽!"

두 명이 어깨와 다리에 화살을 맞고 신음을 질렀다.

삼십여 발의 화살이 날아온 것에 비해서는 피해가 적다고 할 수도 있었지만, 이제부터 시작되는 것이기에 안심할 수 있는 상황이 아니었다.

이때 화전민들이 눈치를 보며 다른 곳으로 피하기 위해 움직였다. 강학청이 움직이면 안 된다고 소리쳤지만 이미 늦어버렸다. 궁수들이 그들을 겨냥해 화살을 쐈고, 세 명의 화전민이 고통스런 신음을 터트리며 쓰러졌다.

다른 화전민들은 비명을 지르며 주저앉았고, 다시 일어날 생각도 못하고 납작 엎드린 채로 기어서 본래의 자리로 돌아갔다.

사령곡의 뜻은 명백했다. 이곳에 있는 누구도 살려 보낼 생각이 없는 것이다.

쉬쉬쉬쉭-

화살이 또다시 날아오고 금응쌍도와 당원들은 힘껏 칼을

휘둘러 막았다.

"큭!"

또 한 명이 다리에 화살을 맞고 주저앉았다.

"계속 쏴라!"

득의한 고 곡주의 음성이 궁수들을 다그쳤다.

궁수들은 열심히 시위를 당겨 화살을 걸고 쏘고, 쏘고, 또 쏘기를 반복했다. 그리고 그때마다 당원들이 부상을 입고 쓰러졌다.

기계적 힘으로 발사되는 노궁은 연사 속도가 빠르고, 가깝지 않은 거리임에도 관통력이 높았으며, 두 무리로 나눠 시간차를 두고 쏘는 방식을 취하고 있기 때문에 완벽하게 막아내기 어려웠던 것이다.

실력이 부족해 화전민들과 함께 뒤쪽으로 빠져 있던 강학청 등은 궁수들을 향해 불이 붙은 나무를 던졌으나, 그때마다 숲속에 있던 곡도들이 나서서 불을 꺼버리는 바람에 아무런 효과도 얻지 못했다.

"악!"

또 한 명의 당원이 어깨에 화살을 맞았다.

치명적인 부위에 맞아 죽는 당원은 한 명도 없었다. 하지만 부상을 입은 이들이 늘어나며 인간방어막은 갈수록 헐거워지고 약화되어가고 있었다.

'이대로는 안 된다.'

강학청은 가장 앞에서 화살을 막으며 고군분투하는 금응쌍도의 모습에서 한계가 왔음을 느낄 수 있었다.

적의 궁수들은 쉼 없이 화살을 쏘고 있었지만, 그 화살을 제대로 막을 정도로 몸이 멀쩡한 당원들은 십여 명이 고작이었으니 희망이 보일 리 없는 것이다.

아니, 처음부터 앞이 보이지 않는 무리한 저항이었다.

'도망쳐야 한다.'

홀로 보낸 금장거를 위해, 상황을 모르고 있을 총단을 위해 사령곡의 무리를 최대한 이곳에 붙잡아둬야 한다는 점을 감안하면 도망치면서 시간을 끄는 게 옳았다.

'하지만……'

땅바닥에 주저앉아 두려워 떨고 있는, 소리를 내지 않기 위해 스스로 입을 막고 우는 화전민들의 모습이 자꾸 눈에 밟혔다.

"강 문공!"

금응쌍도가 그를 불렀다.

두 사람도 이대로는 죽기를 기다리는 것밖에 되지 않는다는 걸 알고 있는 것이다.

강학청은 어금니를 악물었다.

'주군, 죄송합니다."

그는 결심을 굳히고 말했다.

"두 분은 움직일 수 있는 분들을 데리고 도망치십시오! 전

여기 남아 시간을 더 끌겠습니다!"

그러자 부상을 입은 당원들도 그와 함께 남겠다고 했다. 같이 도망쳐봤자 방해만 된다고 생각하기도 했지만, 그들 역시 강학청처럼 죄책감을 느끼고 있기 때문이었다.

결국 모두 죽게 될 것이 뻔하지만, 양심상 그들을 버려두고 도망치기는 싫었던 것이다.

"그렇다면 우리도 여기 남겠네!"

두 사람과 함께 화살을 막는 당원들도 끝까지 함께 하겠다고 말했다.

무슨 생각인 걸까?

이들의 삶에는 분명한 목적과 이유가 있었다. 거룡성을 무너트리고, 멸문한 사문을 다시 일으켜야 한다는 사명이 있었던 것이다.

하지만 이들은 이곳에서 죽기를 선택해버렸다.

이미 죽기를 각오한 상태기 때문일까?

도망쳐봤자 소용없다고 생각한 걸까?

아니면 그들도 동료를 남겨두고 가는 게, 아무 잘못도 없는데 죽게 될 처지에 놓인 화전민들을 버려두고 가야한다는 것에 대한 미안함 때문일까?

모를 일이었다.

어쩌면 그들 자신도 이유를 모를 것이다. 머리로 생각한 것이 아니라, 마음으로 내린 결정이었으니까.

"이왕지사 죽기를 각오했으니 허망하게 죽기만 기다릴 수는 없는 일! 우린 한 놈이라도 죽이고 가야겠네!"

금옹쌍도가 강학청을 돌아보며 유언을 남기듯 말했다.

그러자 다른 당원들도 같이 싸우자고 외쳤다. 부상을 입고 주저앉아 있던 당원들도 이를 악물고 일어나며 칼을 치켜들었다.

강학청은 화전민들에게 말했다.

"미안합니다."

다른 말은 할 수 없었다.

어떤 말로도 그들에겐 위로가 될 수 없을 테니까.

화전민들은 그의 말을 이해하지 못하고 멍하니 쳐다보기만 했다.

강학청은 가슴에서 끓어오르는 기운을 큰 외침에 담으며 앞으로 나섰다.

"우리 모두 당당하게 싸우다 갑시다!"

*　　　*　　　*

"유치한 새끼들."

고 곡주는 코웃음을 쳤다.

그는 저래서 정파인들을 싫어했다. 자신의 안위와 이득을 먼저 챙기고자 하는 것은 사람으로서 당연한 본능인 것을,

꼭 저렇게 자신을 속이면서 뭔가 달라 보이려고 노력하는 게 짜증났던 것이다

'마가검문 놈들도 저렇게 멍청하게 굴었지. 그래서 멸문한 거고.'

"병신 새끼들이 주제도 모르고 덤벼올 모양이니까, 준비해라."

곡도들은 일제히 칼을 뽑아들었다.

그리고 함성을 지르며 달려오기 시작하는 적들을 뚫을 듯 노려보며 긴장감을 높였다.

헌데, 적들이 채 절반도 다가오기도 전에 갑자기 비명이 들려왔다. 당연히 고 곡주를 비롯한 모두의 시선이 비명 소리가 들려오는 곳으로 모아졌다.

궁수들이었다. 그리고 그들 사이로 몇 명이 갈지자의 움직임으로 빠르게 스쳐가는 게 보였다. 그리고 피가 튀고, 비명이 나오고, 궁수들이 젖은 집단처럼 쓰러져갔다.

"적이다! 막아라!"

고 곡주의 명령에 곡도들은 다급히 앞으로 뛰어나갔다.

하지만 그들이 채 당도하기도 전에 궁수들의 삼분지이를 죽인 자들은, 어리둥절해하며 멈춰 선 반룡복고당의 무리가 있는 쪽으로 빠르게 물러났다.

"뭣들 해! 화살을 쏴라!"

갑작스런 기습과 순식간에 절반 이상의 동료들이 죽어나

가 혼란스러워하고 있던 궁수들은 노궁을 치켜들고 화살을 걸었다.

그때, 하늘 위에서 새하얀 빛이 번뜩이고, 엄청난 압력이 궁수들을 향해 내리 꽂혔다.

쾅—

귀가 터져나갈 듯한 폭음과 함께 흙이 튀어 오르고 다시 먼지가 가라앉자 고 곡주와 곡도들의 얼굴이 굳어졌다.

남은 궁수들까지 모두 처참한 상태로 죽어 있었던 것이다.

"어떤 놈이냐!"

가장 먼저 정신을 차린 고 곡주는 빛이 번뜩였던 곳을 노려보며 공력을 실어 소리쳤다.

마치 그 음성에 반응하기라도 한 듯, 가지와 잎으로 무성한 나무 꼭대기가 살짝 흔들렸다. 그리고 한 사람의 신형이 새처럼 날아 반룡복고당의 무리가 있는 곳 앞으로 가볍게 내려섰다.

고 곡주는 다시 누구냐고 물을 필요가 없었다.

강학청과 금응쌍도를 비롯한 당원들이 놀라움과 반가움이 가득 담긴 목소리로 정체를 알려주었으니까.

"반 소협!"

〈11권에서 계속〉

이환 판타지 장편소설
FANTASYSTORY & ADVENTUR
숲의종족
클로네
『은빛마계왕』, 『정령왕 엘퀴네스』의 작가!
이환이 그려간 신비로운 숲의 종족 클로네!
태곳적부터 이어온 클로네와 마물족 간의 대결.
그리고 그에 얽힌 세계의 종말에 관한 비밀!
세계를 구하려면 클로네의 비밀을 찾아야 한다.
운명의 아이, 세이가 그 끝 모를 모험에 뛰어든다!
dream books
드림북스

Dark Blaze

다크 블레이즈

김현우 판타지 장편소설

FANTASYSTORY & ADVENTURE

『레드 데스티니』, 『골든 메이지』의 작가!
김현우 판타지 장편소설

년 전쟁의 승리에 파묻힌 충격적 비화.
제국이 아버지의 죽음을 감췄다!

알파드 공의 죽음과 엘리멘탈 프로젝트의 실체.
뒤틀린 진실을 알기 위해 아르미드 남매가 복수의 칼을 들었다!

★
dream
books
드림북스

SWALLOW KNIGHTS TALE II

『드래곤 레이디』,『SKT』의 작가 김철곤.
초인기 FPS게임 'A.V.A'의 아트디렉터 김성규

최고의 두 스타일리스트가
혼신을 담아 그려간 판타지 대작!
전작을 뛰어넘는 웃음, 예측을 불허하는 반전

뒤틀린 세계와 싸우는 그들의
마지막 이야기가 시작된다

dream
books
드림북스